Nós para sempre

TRILOGIA FOREVER

Black para sempre
LIVRO 1

Você para sempre
LIVRO 2

Nós para sempre
LIVRO 3

SANDI LYNN

Nós para sempre

Tradução
Kenya Costa

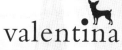

valentina

Rio de Janeiro, 2015
1ª Edição

Copyright © 2013 *by* Sandi Lynn
Publicado mediante contrato com Browne & Miller Literary Associates, LLC.

TÍTULO ORIGINAL
Forever Us

CAPA
Marcela Nogueira

FOTO DE CAPA
Steven Lam | Getty Images

DIAGRAMAÇÃO
FA studio

Impresso no Brasil
Printed in Brazil
2015

CIP-BRASIL. CATALOGAÇÃO NA PUBLICAÇÃO
BIBLIOTECÁRIA: FERNANDA PINHEIRO DE S. LANDIN CRB-7: 6304

L996n

Lynn, Sandi
    Nós para sempre / Sandi Lynn; tradução Kenya Costa. — 1. ed. — Rio de Janeiro: Valentina, 2015.
    256p. ; 23 cm (Trilogia Forever; 3)

    Tradução de: Forever Us
    Sequência de: Você para sempre
    ISBN 978-85-65859-64-6

    1. Romance americano. I. Costa, Kenya. II. Título. III. Série.

15-22623

CDD: 813
CDU: 821.111(73)-3

Todos os livros da Editora Valentina estão em conformidade com
o novo Acordo Ortográfico da Língua Portuguesa.

Todos os direitos desta edição reservados à

EDITORA VALENTINA
Rua Santa Clara 50/1107 – Copacabana
Rio de Janeiro – 22041-012
Tel/Fax: (21) 3208-8777
www.editoravalentina.com.br

Agradecimentos

Nós para Sempre, o último volume da trilogia *Forever*, é dedicado a cada um dos fãs que acreditaram em mim o bastante para torná-lo possível. Sem seu apoio e generosidade, esta trilogia jamais teria sido escrita.

Esta é minha homenagem a todos vocês! Obrigada por serem leitores tão fiéis!

Você para sempre

Denny nos levou ao restaurante, onde nos encontramos com Peyton e Henry. Eles já estavam sentados num reservado quando chegamos. A garçonete nos acompanhou até lá, mas Ellery parou e ficou olhando para o reservado.

— O que foi, Ellery? — perguntei.

— Não vou caber aí nem em mil anos. — Ela fechou a cara.

Ellery estava enorme, e parecia que ia dar à luz a qualquer momento.

— Desculpe, Elle, eu devia ter pedido uma mesa. Não quero que minha afilhadinha fique espremida — disse Peyton, rindo.

Chamei a garçonete e expliquei que precisávamos de uma mesa. Ela nos acomodou imediatamente. Sentamos, e perguntei a Ellery se estava confortável. Ela olhou para mim, e caímos na gargalhada por ela não ter cabido no reservado.

— É melhor eu perder todos estes quilos extras — disse.

— Vamos começar a frequentar a academia juntos, e vou contratar um personal trainer para você — prometi.

Peyton segurou a mão de Henry e disse que eles tinham um anúncio a fazer. Estendeu a mão esquerda, exibindo o lindo anel de noivado. Ellery quis levantar depressa e abraçá-la, mas não pôde.

— Peyton, é lindo! Parabéns! — exclamou.

Levantei da cadeira, dei um beijo em Peyton e apertei a mão de Henry.

— Parabéns para os dois, e que tenham uma vida maravilhosa juntos. — Fiz um brinde, e todos erguemos nossos copos de vinho, com exceção de Ellery, que ergueu o de água. Ela se virou para mim e me olhou como se estivesse tentando descobrir algo.

— Você sabia, não sabia? — perguntou.

— Sabia o quê?

— Que Henry ia pedir Peyton em casamento, e não me contou. — Ela me fuzilou com os olhos.

Sorri, e foi o bastante para que ela entendesse que eu sabia.

— É claro que sabia. Quem você pensa que foi com ele comprar o anel? — Comecei a rir.

— Puxa, Connor, como você pôde esconder isso de mim?

— Talvez porque era uma surpresa e, como te conheço, sabia que teria ligado para Peyton e contado a ela sobre o anel.

— Não teria, não — teimou Ellery.

— Teria, sim, e depois teria dito a ela para fingir que estava surpresa — insisti, dando um beijo no seu rosto.

Peyton olhou para Ellery.

— Ele tem razão. Provavelmente nós teríamos feito isso.

— Eu, com certeza, teria — confessou ela finalmente, revirando os olhos.

A garçonete trouxe nossos pratos. Olhei para Ellery, que não estava comendo com o apetite de sempre, apenas remexendo o frango com o garfo.

— Você está bem, amor? — perguntei.

— Estou ótima, querido, só meio sem fome. — Ela sorriu, virando-se para mim.

Henry e eu ficamos conversando sobre esportes, enquanto Peyton e Ellery trocavam ideias sobre o casamento. O jantar foi agradável, e estávamos em companhia de grandes amigos. Eu não podia ter desejado uma noite melhor. Pedi mais uma rodada de bebidas e sobremesa para todos. A garçonete tinha passado a noite inteira paquerando a mim e a Henry. Quando trouxe as sobremesas, aproveitou para roçar os seios em mim.

— Com licença — disse Peyton. —Vi o que você acabou de fazer, e não pense que não notei o que passou a noite inteira fazendo. Esse cara aí, em quem você acabou de roçar os seios, é casado e está prestes a ser pai, e este aqui é meu noivo. Se a mulher dele não estivesse para dar à luz, ela já teria dado um chute no seu traseiro. Portanto, deixe os nossos homens em paz e vá procurar alguém que não seja comprometido.

A garçonete fuzilou Peyton com os olhos, e então os cravou em Ellery.

— Assino embaixo de tudo que ela disse — falou Ellery sem rodeios.

A garçonete deu as costas e se afastou, furiosa. Henry segurou a mão de Peyton e começou a rir. Ellery pôs a mão na minha perna e a apertou. Olhei para ela, que me encarava fixamente.

— Connor, minha bolsa d'água acabou de estourar. Está na hora — disse.

Capítulo 1

ELLERY

Connor olhou para mim como se não compreendesse o que eu acabara de lhe dizer.

— O que foi que você disse? — perguntou.

— Minha bolsa d'água estourou, Connor. Nossa filha está chegando. Precisamos ir para o hospital — respondi tão devagar quanto podia.

Ele se levantou depressa da cadeira e me ajudou a levantar da minha, olhando para Henry e Peyton.

— A bolsa d'água dela estourou. Está na hora! — exclamou.

Peyton se levantou depressa e correu para mim, enquanto Henry permanecia calmo.

— AH, MEU DEUS! Henry, o que devemos fazer? — perguntou Peyton, em pânico.

— Calma, todo mundo — respondeu ele. — Ellery, você já está sentindo alguma dor?

— Não, ainda não.

— Tudo bem. Vamos para o meu carro, e levamos você para o hospital. — Henry sorriu.

Connor passou o braço pelo meu ombro e me ajudou a sair do restaurante. Antes de chegarmos ao carro de Henry, parei abruptamente e me dobrei de dor.

— PUTA MERDA! — gritei.

Connor parou comigo e pôs a mão na minha barriga.

— Está tudo bem, amor. Inspira e expira, como aprendemos no nosso curso.

Concordei com a cabeça, fazendo o que ele dissera, e a dor começou a passar. Henry e Peyton nos disseram para esperarmos enquanto traziam o carro. Quando Henry parou no meio-fio, Connor abriu a porta e sentei no banco traseiro. Ele fechou a porta e deu a volta até o outro lado. Entrou, sentou ao meu lado, pegou o celular e ligou para Denny. Quando desligou, me puxou para si.

— Mal posso acreditar que nossa filha está chegando — disse, dando um beijo na minha cabeça.

Encostei o rosto no pescoço de Connor, quando outra contração começou. A dor era insuportável, ainda pior do que os tratamentos de câncer, algo que eu não achava ser possível. Connor segurou minha mão, me dizendo várias vezes para respirar. Jurei que ia perder a cabeça se dissesse mais uma. Peyton toda hora se virava e olhava para mim do banco da frente.

— Você está bem, Elle?

— Pareço estar, Peyton? — respondi, trincando os dentes.

Demoramos uma eternidade para chegar ao hospital. Assim que chegamos à Emergência, Henry pegou uma cadeira de rodas e Connor me ajudou a sair do carro. Eu só tivera duas contrações, e já estava rezando para que aquilo acabasse. Connor me empurrou para o hospital e Henry nos levou até a Unidade Neonatal. Parando diante do balcão daquele andar, informou meu nome à atendente e ela nos levou até meu quarto. Em seguida, me entregou um robe hospitalar e disse que a enfermeira já viria.

Vesti o robe, que me era tão familiar. Enquanto Connor me ajudava, Peyton e Henry saíram do quarto. Senti outra contração chegando, e mordi o lábio, meus olhos se enchendo de lágrimas. Uma enfermeira entrou no quarto e olhou para mim e Connor. Era a enfermeira Bailey. Ela me deu um sorriso e se aproximou, fazendo um carinho na minha mão.

— É bom ver você de novo, querida. — Virou-se para Connor. — Você ainda é o amigo?

Connor abriu um largo sorriso, respondendo:

— Não, agora sou o marido.

A enfermeira Bailey sorriu, concordando.

— Muito bem. Fico feliz de ver que as coisas deram certo para vocês dois. Tinha certeza de que dariam.

Virou-se para mim, me prendendo ao monitor fetal.

— Quem diria, você vai ter um bebê! — Sorriu.

Tentei retribuir seu sorriso, mas outra contração já começava. Mordi o lábio com força e Connor apertou firme minha mão. Peyton e Henry voltaram ao quarto, e Peyton correu até meu lado.

— Mandei uma mensagem para o pager do seu médico, mas ainda não recebi resposta — contou Henry.

— Quem é o seu médico, querida? — perguntou a enfermeira Bailey.

— Dr. Keller! — gritei, morta de dor.

— O Dr. Keller teve uma emergência familiar ontem e precisou sair da cidade por alguns dias. O assistente dele, o Dr. Reed, está cuidando dos seus pacientes. Vou ligar para ele — avisou ela, fazendo um carinho na minha mão e saindo do quarto.

A contração terminou, e tive a sensação de que podia respirar novamente. Connor sentou na beira da cama e deu um beijo nos meus lábios.

— Te amo — sussurrou.

— Também te amo — sussurrei.

Henry se aproximou e explicou como o monitor fetal funcionava. Mostrou em que ponto a contração começava, quando atingia o pico e quando terminava. Connor observou o aparelho, parecendo intrigado. Peyton e Henry saíram do quarto para buscar um café e me trazer lascas de gelo.

— Não é uma coincidência incrível que a enfermeira Bailey esteja me atendendo?

— É sim, incrível. Fico feliz que seja ela.

— Eu também. — Sorri.

— Olha aqui os batimentos cardíacos da nossa filha — disse ele, apontando para um número no monitor fetal.

Sorri, observando a tela, quando outra contração começou. Segurei a mão de Connor, cravando as unhas na sua pele. Se me senti mal por fazer isso? Não, a dor que eu podia me infligir não era nada comparada com a dor do parto.

— Respira, amor. — Ele sorriu para mim, passando a mão pela minha testa.

Peyton e Henry voltaram para o quarto com uma xícara de lascas de gelo. Ela pegou uma e começou a esfregá-la nos meus lábios.

— Talvez isso te ajude a se sentir melhor — disse.

— A única coisa que vai me ajudar a me sentir melhor é tirar essa criança de dentro de mim!

A enfermeira Bailey voltou e disse que precisava me examinar. Henry e Peyton saíram novamente do quarto, e Connor sentou na beira da cama ao meu lado, segurando minha mão. Ela explicou que precisava ver o quanto eu já estava dilatada. Quando terminou, olhou para mim, apertando os lábios.

— Hum, a dilatação está só com um centímetro. Você disse que a bolsa d'água estourou quando estava no restaurante, não?

— Sim, eu estava sentada à mesa no restaurante quando ela estourou — respondi.

A enfermeira Bailey olhou fixamente para Connor.

— Por acaso vocês não fizeram sexo hoje, fizeram?

Connor e eu nos entreolhamos.

— A culpa é sua! — falei.

— Minha? Foi você quem me convidou para tomarmos um banho juntos antes de irmos para o restaurante.

— Fique calma, Ellery. Tudo vai dar certo. Não quero que se preocupe — disse a enfermeira Bailey, saindo do quarto.

Algumas horas se passaram, e eu não fizera muito progresso. As contrações só pioravam, e a enfermeira Bailey saiu do quarto, a fim de ligar para o Dr. Reed. Henry estava de olho no monitor fetal, e Connor também.

Eu estava deitada de lado, e Connor passou uma toalha úmida na minha testa. Mais uma contração tinha chegado ao fim. Soltei um longo suspiro e fechei os olhos. Senti Connor me dar um beijo na testa, afastando meus cabelos para trás.

— Se prepara, Elle. Vem mais uma aí — disse ele, observando o monitor.

— Por que você tem que ficar me avisando, Connor?! — gritei.

— Quero que você fique preparada para poder controlar a respiração. Não quero que seja pega de surpresa.

Cada parte de mim queria matá-lo naquele momento. A dor das contrações estava se intensificando, e eu me sentia como se meu corpo fosse rasgado em dois. Como sempre, ele tinha razão, e outra contração começou.

— Respira, Elle. Vamos, amor, respira fundo.

— Connor, acho melhor você parar, ela está ficando pê da vida — interveio Peyton.

Comecei a gritar de dor. Tinha prometido a mim mesma que não seria uma *daquelas* mulheres, mas, no momento, não estava dando a mínima. Não importava quem me ouvisse, nem o que pensasse. Connor ainda me dizia para respirar, e essa foi a gota d'água.

— Se me disser para respirar mais uma vez, juro que vou castrar você, Connor Black! — gritei.

Ouvi as gargalhadas de Peyton, e Connor olhou para mim.

— Puxa, Elle, não precisava dizer isso.

— O que não precisava era você ficar me fazendo sentir ainda pior do que já estou me sentindo. Não quero saber quando outra contração está chegando! Não quero que me diga para respirar! Sei que está tentando me ajudar, mas tudo que preciso de você, amor, é silêncio.

Connor olhou para mim, segurando meu rosto.

— Desculpe, amor. Não tive intenção de...

— Eu sei que não teve, Connor — interrompi-o. — É que está doendo demais, e eu quero que isso acabe.

— Eu sei que quer, e mal posso esperar para ver nossa filha. Ela vai ser linda como a mãe — disse ele, sorrindo.

Uma lágrima me escorreu do canto do olho quando outra contração começou, a pior de todas até então. Olhei para Henry.

— Por favor, Henry, me dá uma peridural. Por favor, estou implorando.

— Ellery, não posso. Você ainda não está dilatada. Desculpe — disse ele, balançando a cabeça.

Eu queria morrer. Essa criança estava me estraçalhando por dentro e eu tinha a sensação de que havia algo errado. A enfermeira Bailey entrou e disse a Henry que o Dr. Reed lhe pedira para ligar quando minha dilatação chegasse aos cinco centímetros. Connor suspirou, levantou-se da cama e foi até Henry.

— Por quanto tempo ela vai ficar assim? — perguntou.

— Cada mulher é diferente, Connor. É difícil dizer. A dilatação ainda nem chegou a três centímetros. Isso pode continuar por mais vinte e quatro horas.

— O QUÊ?! — exclamei.

Peyton segurou minha mão e começou a esfregá-la.

— Não se preocupe, Elle. Estamos aqui para te ajudar a enfrentar isso.

Connor se virou e olhou para mim. Inclinou a cabeça e me deu um sorrisinho, vindo sentar na beira da cama.

— Se eu pudesse dar à luz no seu lugar, daria. Detesto te ver sentindo tanta dor — disse, segurando minha mão e levando-a aos lábios.

— Eu te amo, Connor — sussurrei, fechando os olhos, e me preparei para a próxima contração.

— Também te amo, Ellery.

Capítulo 2

CONNOR

Ver *Ellery sofrendo* daquele jeito estava me matando. Meu coração doía por ela a cada grito que soltava e cada lágrima que escorria de seus olhos. Liguei para meus pais e Cassidy, e avisei que Ellery entrara em trabalho de parto. Eles deram um pulo no quarto por alguns minutos para falar com ela, e depois foram para a sala de espera. Ellery e eu tínhamos decidido que não queríamos mais ninguém no quarto durante o parto. No começo Peyton achou difícil aceitar nossa decisão, mas por fim compreendeu. Enquanto Peyton e Ellery conversavam, entre uma contração e outra, Henry me pediu para ir ao corredor.

— Não quero que se preocupe, mas a dilatação de Ellery não está aumentando como deveria. Estou ficando preocupado, porque a bolsa d'água estourou, e não quero correr o risco de que uma infecção se instale. Acho que precisamos deixá-la se levantar e andar um pouco para tentar aumentar a dilatação.

— Você me diz para não me preocupar, mas está preocupado com o risco de uma infecção — argumentei.

— Vou ligar para o Dr. Reed e perguntar a ele o que aconselha — disse Henry, pondo a mão no meu ombro. — Estou observando a ela e ao bebê com muito cuidado.

— Obrigado por me manter informado, Henry. — Suspirei, voltando para o quarto.

Ellery estava deitada de lado, arquejando e tentando respirar durante mais uma contração, enquanto apertava a mão de Peyton. Fui até ela, sentei na beira da cama e apertei sua outra mão.

— Ellery, olha para mim. Preciso que se concentre em mim, não na dor.

Ela balançou a cabeça e olhou para mim, enquanto a dor continuava a aumentar descontroladamente.

— Nossa filha está me matando, Connor. Ela vai me *MATAR*! — gritou Ellery quando a contração chegou ao fim.

Fechou os olhos. Peguei a toalha na mesa e a passei com delicadeza na sua testa.

— Está tudo bem, amor. Estou aqui com você, e vou ficar até o fim. Já passamos por muita coisa juntos, e isso não é nada.

Os olhos dela se abriram de repente, como se estivesse possuída pelo próprio diabo.

— Nada?! Você acabou de dizer que isso não é nada?! — gritou comigo.

— Amor, você entendeu o que eu quis dizer.

— Opa, acho que alguém está encrencado. Se eu fosse você, daria o fora daqui depressinha — disse Peyton, aos risos.

Eu não dava uma dentro. Tudo que dizia era errado, e só irritava Ellery. Levantei da cama e tirei o celular do bolso. Depois de ter uma ideia que poderia ajudar a acalmar Ellery, liguei para Claire e perguntei se podia trazer o CD de música clássica de Ellery e o pequeno quadro do bebê aconchegado na lua, entre as estrelas. Eu costumava ficar na porta do quarto de nossa filha, tarde da noite, observando Ellery enquanto ela apreciava o quadro, alisando a barriga. Uma noite, perguntei a ela a respeito.

— Já é a quinta noite que você passa aqui olhando para esse quadro. — Sorri, entrando no quarto e pondo as mãos nos seus ombros.

Ela colocou uma das mãos em cima da minha.

— Eu me sinto tranquila quando olho para ele. Não sei por que, mas me sinto. Por isso, sempre que começo a me sentir nervosa, venho para cá e ele me acalma.

Quando terminei de falar com Claire, fui até Ellery e dei um beijo na sua testa.

— Claire está vindo para cá, e vai trazer uma coisa que acho que vai te ajudar a relaxar.

Ela olhou para mim e tentou sorrir, mas outra contração já começava. Sentei na beira da cama e deixei que apertasse minha mão como precisava fazer. Eu estava assombrado com essa linda mulher que chamava de esposa e tudo por que ela estava passando para me dar uma filha. Quando a contração terminou, ela levou minha mão aos lábios e a beijou.

— Desculpe, amor. Sei que estou te machucando — disse.

Segurei seu rosto entre as mãos.

— Você não está me machucando, Ellery. Eu te amo, e amo o que você está fazendo por nós. Faça o que precisar para aguentar as contrações. Estou com você, amor. — Sorri.

Capítulo 3

ELLERY

Fiquei olhando para meu marido, que fazia o possível para me deixar confortável. Peyton estava sentada na poltrona ao lado da cama, parecendo exausta.

— Por que não vai se encontrar com Henry e comer alguma coisa?

— Não quero te deixar. Você vai precisar de mim. — Ela sorriu, segurando minha mão.

Connor olhou para ela.

— Peyton, eu te adoro, mas sou o marido dela e a única pessoa de quem ela precisa no momento.

Peyton franziu as sobrancelhas para ele.

— Tem razão, mas quero ficar aqui para dar uma força a ela.

— Você está aqui dando uma força a ela, e agradeço, mas precisa descansar um pouco — disse Connor.

— Você e Henry deviam ir transar em um dos quartos — sugeri, dando uma apertadinha na sua mão.

Um sorriso iluminou seu rosto.

— É uma excelente ideia, Ellery, mas nem pense em ter o bebê antes de eu voltar! — exclamou.

Quando Peyton saiu do quarto, Claire chegou. Mais uma contração tinha começado, no momento em que ela colocava meu quadro favorito na poltrona ao lado.

— Ah, meu Deus! — comecei a gritar.

Connor olhou para mim e na mesma hora segurou minha mão, enquanto eu mordia o lábio com força.

— Olhe para o quadro, amor. Concentre-se no quadro, não na dor.

— Não consigo, Connor. A dor é horrível demais. Não consigo me concentrar em nada além dela! — gritei.

Claire pegou a toalha na mesa de cabeceira e secou minha testa.

— Eu me lembro da dor, Ellery. Procure pensar no resultado da dor. — Sorriu, dando um beijo na minha testa.

Sorri para ela, fechando os olhos. Connor se levantou e a acompanhou até o corredor. Ouvi sua voz agradecendo a ela por trazer o CD e o quadro. A enfermeira Bailey voltou ao quarto e disse que precisava me examinar de novo para saber em que ponto estava a dilatação. Suspirou ao terminar o exame, e Connor voltou para o quarto.

— Algum progresso? — perguntou ele.

— Não. A dilatação não aumentou nem um pouco. Já volto.

Olhei para Connor, que deu um beijo na minha testa.

— Estou com medo de que alguma coisa esteja errada — confessei.

— Não tenha medo. Tudo vai dar certo. Acho apenas que nossa filha é teimosa. Está começando a me lembrar de alguém. — Sorriu, passando a mão pelo meu rosto.

Quando eu começava a relaxar, outra contração começou. Connor olhou para o monitor fetal.

— Como você pode já estar tendo outra? Só faz alguns segundos que teve a última.

Dessa vez, a dor foi diferente. Era mais intensa e se irradiava por toda a minha coluna. A pressão foi tão forte que tive que fazer força para expulsar o bebê.

— Connor, eu tenho que fazer força. Eu preciso! — gritei.

— Não, Ellery, acho que você ainda não pode fazer isso.

Ele segurou minha mão, enquanto o suor pingava do meu rosto e eu gritava de dor. Henry, Peyton e a enfermeira Bailey correram para o quarto. Quando olhei para a enfermeira Bailey, Peyton se aproximou e segurou minha outra mão.

— Eu tenho que fazer força. Eu preciso! Por favor, me ajude — implorei, lágrimas me escorrendo pelo rosto.

— Ellery, você não pode fazer força — disse a enfermeira Bailey, olhando para Henry.

De repente, o monitor começou a dar um bipe e todos os olhos se fixaram nele. Henry balançou a cabeça.

— A pressão arterial dela está caindo, e o pulso do bebê também. Precisamos tirar essa criança daí agora!

— Liguei para o Dr. Reed e ele disse que está a caminho, mas que vai demorar no mínimo de trinta a quarenta e cinco minutos para chegar ao hospital — disse a enfermeira Bailey.

— Eu estou me lixando para quanto tempo ele vai demorar. Vá ver se há algum centro cirúrgico disponível e chame um anestesista, IMEDIATAMENTE!

As vozes ao meu redor começaram a ficar grossas e lentas. O quarto começou a girar, e Henry segurou meus ombros com força.

— Ellery, fique comigo — pediu.

Eu queria desistir. Não aguentava mais fazer isso, não aguentava mais a dor. Meu corpo estava exausto, e eu sentia a consciência pouco a pouco se apagar. De repente, ouvi a voz de Connor.

— Amor, não se atreva a entregar os pontos! Acho bom não desistir de mim! Nós chegamos até aqui, lutamos demais para termos nossa vida juntos, e você não vai se render! Está me entendendo? — gritou ele.

De repente, um grupo de pessoas entrou correndo no quarto e me passou para uma maca. Abri os olhos e vi Connor, as lágrimas começando a me escorrer pelo rosto.

— Me perdoe. Me perdoe, de coração. Te amo — sussurrei.

Outro médico chegou por trás e pôs uma máscara no meu rosto.

— Preciso que respire fundo, Ellery. Isso vai ajudá-la a relaxar.

Com a máscara no rosto, olhei para Peyton e vi que estava chorando. Começaram a me levar para fora do quarto, mas eu não queria soltar a mão de Connor.

— Não se preocupe, amor, não vou sair do seu lado. Prometo que estarei com você quando acordar.

Capítulo 4

CONNOR

Saí do quarto atrás deles e fiquei vendo-os empurrarem a maca de Ellery pelo corredor. Estava morto de medo e preocupação. Se alguma coisa acontecesse com elas, não sabia o que faria. Nunca me esqueceria da expressão no rosto de Ellery enquanto a empurravam para longe de mim.

— Vou cuidar para que Ellery e o bebê fiquem bem — disse Henry, pondo a mão no meu ombro. — Vá trocar de roupa, e depois nos vemos no centro cirúrgico.

Assenti, enquanto Ellery desaparecia de minha vista. A enfermeira Bailey me entregou um pijama cirúrgico azul-claro e me disse para vesti-lo no banheiro.

— Ela vai ficar bem, Sr. Black. Agora, vá logo vestir isso. — Sorriu.

Enquanto eu entrava no banheiro para me trocar, Peyton se dirigiu à sala de espera para ficar com minha família. Vesti o pijama depressa e, quando abri a porta do banheiro, a enfermeira Bailey já estava à minha espera, segurando uma máscara.

— O senhor precisa colocá-la antes de entrar no centro cirúrgico. É para a segurança do bebê.

Quando peguei a máscara, ela me conduziu pelo corredor até o centro cirúrgico onde Ellery estava e me disse para esperar diante das portas duplas, enquanto ia verificar se eles estavam prontos. Alguns momentos depois, saiu e fez um gesto para que eu a seguisse. Quando entrei na sala esterilizada, Ellery virou a cabeça e olhou para mim. Na mesma hora estendeu a mão. Sorri, indo até ela. Segurei sua mão e sentei no banquinho ao seu lado.

— Oi. — Sorri.

— Oi, amor — sussurrou ela.

— Muito bem, Ellery, vamos trazer este bebê ao mundo — disse Henry, começando a fazer a incisão.

Enquanto ela observava meus olhos, eu me inclinei e alisei sua testa com o polegar.

— Lembro a primeira vez que vi esses olhos lindos. — Sorri.

— Na sua cozinha, depois que você me acusou de infringir uma de suas regras. — Ela também sorriu.

— É, mas nunca vou me esquecer da sensação que tomou conta de mim no momento em que você me olhou.

— Achei que você era um idiota — sussurrou ela.

— Eu sei, e era mesmo, mas você me mudou, Ellery. Você chegou sem avisar, infringiu todas as minhas regras e virou minha vida totalmente ao avesso.

De repente, o choro de um bebê nos trouxe de volta à realidade. Ellery e eu olhamos para Henry, que exibia nossa filha nos braços.

— Parabéns, mamãe e papai. — Ele sorriu.

Ela gritava, agitando os bracinhos e perninhas. Henry a entregou à enfermeira, que a levou a um canto para limpá-la.

—Você se saiu muito bem, amor. Estou muito orgulhoso de você — sussurrei, dando um beijo nela.

— Você está supersexy com essa máscara e esse pijama. — Ela sorriu.

— Bem, não foi minha intenção. — Retribuí seu sorriso.

Levantei e fui até onde minha filha estava sendo limpa. A enfermeira a envolveu em uma manta cor-de-rosa e a entregou para mim. Fiquei extremamente nervoso ao segurá-la, mas era o que sonhava fazer desde o dia em que Ellery anunciara que estava grávida.

— Ellery, vou começar a suturá-la agora e, quando terminar, pode segurar sua filha — disse Henry.

— Obrigada, Henry, por tudo. — Ela sorriu.

Quando caminhei até o lado de Ellery, ela estendeu a mão. Sentei no banquinho e aproximei nossa filha dela, para que pudesse tocá-la. A essa altura ela já tinha parado de chorar, e mal podia manter os olhos abertos. Apertou o dedo da mãe com sua mãozinha delicada, e vi quando uma lágrima escorreu do olho de minha esposa.

— Ela é tão linda, Connor — disse Ellery.

— É claro que sim. É sua filha.

Ellery fez um carinho no meu rosto. Eu nunca tinha conhecido esse tipo de sentimento antes. Amava tanto Ellery que minha existência inteira girava ao redor dela. Não achava que era possível amá-la, ou a qualquer pessoa, ainda mais. Olhar para minha filhinha, ver o amor de minha vida nessa criança e saber que nós dois havíamos criado esse milagre fez meu amor pelas duas crescer ainda mais.

— Quero conversar com você sobre uma coisa — disse, olhando para Ellery.

— O que é? — perguntou ela.

— Sei que já discutimos alguns nomes para nossa filha, mas acho que devíamos lhe dar o nome da sua mãe, Julia.

Ellery olhou para mim por um momento, lágrimas brotando nos seus olhos.

— Adorei, Connor.

— Acho que ela devia ter um nome que seja uma parte de nossas vidas. Gostaria de chamá-la de Julia Rose Black.

Capítulo 5

ELLERY

—Adorei esse nome. — Sorri. — Julia Rose Black é um lindo nome, e acho que é perfeito para ela.

Connor se inclinou e beijou meus lábios. Vê-lo ali sentado segurando Julia foi um dos momentos mais felizes da minha vida. Qualquer um que olhasse para ele poderia ver e sentir seu amor por aquela criança.

— Tudo suturado, Ellery — disse Henry. — Se quiser, pode segurar a Julia agora.

Connor olhou para mim e sorriu, pondo Julia nos meus braços.

— Está se sentindo bem? — perguntou ele.

— Estou me sentindo ótima. — Sorri, dando um beijo na testa de Julia.

Henry foi lavar as mãos, e depois se aproximou de mim e de Connor.

— Parabéns aos dois — disse, dando um beijo na minha testa e apertando a mão de Connor.

A enfermeira empurrou minha maca do centro cirúrgico para o quarto. Não podia acreditar que nossa filha estava ali. Parecia ter sido ainda ontem que eu descobrira que estava grávida. Quando já estava no quarto, deitada na cama, Connor foi avisar à família e aos amigos que Julia tinha chegado. Enquanto ela dormia nos meus braços, Peyton entrou no quarto e na mesma hora levou as mãos à boca.

— Ellery, ela é linda — disse, aproximando-se e dando um beijo na cabecinha de Julia.

— Não é? Mal posso acreditar que ela está aqui. — Sorri.

Connor entrou no quarto, seguido por seus pais, Cassidy e Denny.

— Me deixem ver minha linda neta — pediu Jenny, com uma lágrima no olho.

Embora eu não quisesse soltar Julia, entreguei-a à mãe de Connor. Denny veio sentar na beira da cama. Segurou minha mão e deu um beijo nela.

— Você e Connor fizeram uma linda menininha. — Ele sorriu. — Nunca pensei que veria o dia em que Connor seria pai.

— Para ser honesto com você, também não achei que veria esse dia — confessei, abaixando os olhos.

— Bem, você lutou, venceu e agora foi recompensada. Não conheço nenhum casal que mereça isso mais do que você e Connor.

— Obrigada — sussurrei. — Te amo, Denny.

— Também te amo, Ellery. — Ele sorriu, dando um beijo na minha testa.

Quando a enfermeira Bailey entrou no quarto, anunciou que estava na hora de as visitas irem embora. Tirou Julia do colo de Jenny e a entregou para mim, pois estava na hora de eu aprender a amamentar.

Saí do elevador para a cobertura. Era bom estar em casa. Os dois últimos dias no hospital tinham sido desconfortáveis e já começavam a me dar nos nervos. Connor seguia atrás de mim com Julia, e Claire e Denny saíram da cozinha.

— Bem-vinda, Ellery — disse Claire, me dando um abraço.

— Obrigada, Claire.

Um cheiro maravilhoso de torta de maçã se espalhava pela cobertura.

— Está fazendo torta de maçã? — perguntei a ela.

— Estou, e só para você. — Ela sorriu.

Connor olhou para mim, e então para Claire.

— E eu?

—Você pode comer também, Connor — respondeu ela.

Connor pediu a Denny para segurar o bebê-conforto enquanto me ajudava a subir a escada.

—Vem, amor. Quer que eu te leve no colo?

— Não, posso caminhar. Mas obrigada pela oferta. — Sorri para ele.

—Você sabe o efeito que esse sorriso surte sobre mim, Elle.

Ele segurou minha mão e me ajudou a subir a escada. Chegamos ao quarto, e na mesma hora me deitei na cama.

— Senti saudades desta cama.

Denny trouxe Julia para o quarto e colocou o bebê-conforto no chão.

— Sejam bem-vindos, os três. — Sorriu e saiu do quarto.

Quando Connor se deitou na cama ao meu lado, ficamos olhando para Julia, que dormia a sono solto.

— Ela é perfeita, como você — sussurrou ele, dando um beijo no meu pescoço.

Sorri e fechei os olhos, seus lábios indo até o contorno da minha orelha.

— Mal posso esperar para fazer amor com você — sussurrei. — Ainda mais agora, que não estou mais grávida.

— Eu adorava fazer amor com você quando estava grávida.

De repente, Julia começou a chorar. Olhamos um para o outro e sorrimos. Connor se levantou e a tirou com todo o cuidado do bebê--conforto. Despi a blusa, ele passou Julia para mim e ela se acomodou ao meu seio.

— Não há nada mais lindo do que ver você alimentando nossa filha — disse Connor, sentando na cama ao meu lado e beijando meus lábios.

Essa era a minha família — nós três —, e não havia mais nada no mundo que eu quisesse.

Capítulo 6 ∞

CONNOR

Um mês e meio depois...

A vida começava a voltar ao normal, até onde isso era possível com um bebê em casa. Ellery tivera problemas para amamentar depois da primeira semana, por isso acabamos tendo que alimentar Julia com mamadeira, o que fez com que ajudá-la com as mamadas se tornasse mais fácil para mim. Pensei em contratar uma babá, mas Ellery não quis nem ouvir falar nisso, argumentando que não queria uma estranha criando nossa filha. Eu trabalhava em casa o máximo que podia, mas tinha chegado a um ponto em que precisava ir ao escritório.

Estava sentado à minha mesa, estudando alguns relatórios, quando chegou uma mensagem de Ellery.

É melhor chegar em casa cedo hoje. Acabei de sair do consultório do meu ginecologista. Sinal verde para o sexo! É melhor se preparar, Sr. Black, porque hoje a noite vai ser muito especial!

Só ler isso bastou para me deixar com tesão. Estava louco de desejo por ela, e mal podia esperar para estar dentro dela novamente.

Vou estar em casa, não se preocupe. A propósito, já estou com tesão, respondi depressa.

Ótimo, e acho bom continuar assim.

Quando olhei para o computador, vi que já eram seis da tarde. Precisava me apressar e terminar de ler os relatórios para poder ir ao encontro de minha mulher e minha filha. Liguei para a floricultura e mandei que entregassem duas dúzias de rosas no escritório, para levá-las a Ellery. Peguei minhas coisas e saí. Denny já esperava por mim, como sempre, diante do prédio. Joguei a pasta no banco e me sentei.

— Lindas flores, Connor. Não precisava — disse ele, sorrindo.

— Hoje a noite vai ser especial, Denny. Vou poder transar de novo com a minha mulher!

— Parabéns, Connor. Alguém vai ficar com Julia enquanto vocês dois comemoram?

— Não, acho que não. Por quê? — perguntei.

— Boa sorte, então. — Ele deu uma risadinha.

Suspirei, porque não fazia a menor ideia do que ele quisera dizer. Quando saí da limusine, disse a Denny que o veria no dia seguinte. As portas do elevador se abriram e fui logo sentindo o cheiro da comida chinesa. Entrei na cozinha e vi Ellery tirando as embalagens da sacola, enquanto Julia estava acordada, sentada na cadeirinha de descanso. Quando fui até Ellery e lhe entreguei as flores, dei um beijo firme nos seus lábios. Julia começou a choramingar.

— São lindas, Connor. Obrigada.

— Não há de que, amor. — Sorri.

— Ela deve estar com fome de novo — disse Ellery, olhando para Julia.

— Vou dar a mamadeira dela. — Sorri. Fui até Julia e a tirei do assento. No momento em que a pus no colo, ela parou de choramingar.

— Acho que ela sentiu falta do pai dela hoje. — Ellery sorriu, colocando a comida na mesa.

Sentei à mesa com ela e tentei jantar. No instante em que peguei o garfo, Julia começou a berrar. Ellery se levantou e esquentou uma mamadeira para ela. Fez menção de tirá-la do meu colo, mas eu me recusei a soltá-la.

— Me deixe dar a mamadeira, Elle. Vai jantar. Você passou o dia inteiro com ela.

— E você passou o dia inteiro trabalhando. Posso dar a mamadeira, para você poder jantar.

— Não, me dá essa mamadeira aqui e me deixa alimentar minha filha. — Sorri para ela.

— Tudo bem. — Ela retribuiu meu sorriso, me entregando a mamadeira.

Quando pus a mamadeira na boca de Julia, ela na mesma hora começou a tomá-la. Olhei para Ellery, que deu uma olhada em mim e passou a ponta da língua pelos lábios. Era tão linda, mas parecia tão cansada.

— Amor, você está me deixando com tesão, e estou segurando nossa filha.

— Opa, desculpe. — Ela sorriu. — Não se esqueça de colocá-la para arrotar.

Tirei a mamadeira da boca de Julia e a pus na mesa. Quando coloquei minha filha sobre o ombro e dei um tapinha nas suas costas, ela soltou um sonoro arroto e começou a chorar, querendo mais. Ellery se levantou da cadeira e a tirou do meu colo.

— Agora é minha vez. Não quero que você coma comida fria — disse, me dando um beijo.

Tirei a comida da embalagem e comecei a comer. A única coisa que queria era acabar logo de jantar, para poder fazer amor com Ellery. Quando Julia acabou de mamar, Ellery terminou de jantar. Levantei da mesa e tirei a louça, enquanto ela levava nossa filha ao quarto para vestir seu pijama. Quando terminei, peguei uma garrafa de vinho, dois copos e os levei para nosso quarto. Assim que entrei, encontrei Ellery e Julia no oitavo sono em cima da cama. Olhei para meu pau, que estava semirrígido. Só de saber que iríamos finalmente transar bastara para me excitar. Suspirando, pus a garrafa de vinho em cima da cômoda. Fui até a cama e, com todo o cuidado, peguei Julia no colo. Ela se remexeu, abriu os olhos e tornou a fechá-los. Levei-a para seu quarto e a coloquei no berço. Ao voltar para meu quarto, vesti uma calça de pijama, deitei na cama e abracei Ellery.

— Durma bem, meu amor — sussurrei para ela.

Despertando bruscamente de um sono profundo, virei de lado, dei um beijo em Ellery e lhe disse para voltar a dormir. Ela estava exausta, e era minha vez de cuidar de Julia. Com seu choro ecoando pelo monitor, levantei da cama e fui para seu quarto. Acendi o abajur e me aproximei do berço. Olhei para ela, que parou de chorar assim que me viu. Pondo-a no colo, sentei na cadeira de balanço. Fiquei olhando para ela, que agitava as mãozinhas, soltando balbucios e mexendo as pernas dentro da manta em que estava enrolada.

— Você não faz ideia do quanto você e sua mãe mudaram minha vida — sussurrei baixinho, passando a mão pelo seu rosto e embalando-a suavemente. — Tenho tantos planos para nós. Mal posso esperar para te levar ao parque e à praia. Vou te ensinar a patinar, nadar e andar de bicicleta. Você sempre vai saber o quanto seu pai te ama, porque vai ouvir e sentir isso todos os dias. Você já transformou meu mundo, garotinha, e eu te amo muito.

Julia fechou os olhos e as mãozinhas. Levantei o rosto e vi Ellery parada diante da porta, sorrindo, uma lágrima lhe escorrendo pelo rosto. Levantei da cadeira e coloquei Julia no berço, e então fui até Ellery e sequei sua lágrima. Ela passou os braços pelo meu pescoço e me abraçou com força. Eu me curvei para pegá-la no colo, e ela roçou os lábios nos meus. Levei-a para o quarto e a coloquei na cama.

— Desculpe por ter pegado no sono — disse ela.

— Não se desculpe, amor. Você está cansada, e precisa descansar o máximo possível — sussurrei, meus lábios deslizando até seu pescoço.

— Faz amor comigo, Connor.

Puxei uma das alças da sua camisola e beijei seu seio exposto. O gemido baixo que escapou do fundo de sua garganta me excitou ainda mais. Fazia muito tempo, e eu queria recuperar o tempo perdido. Puxando a outra alça do ombro, sentei diante dela e tirei a camisola, expondo seu corpo inteiro. Ela olhou para mim e sorriu quando despi a calça de pijama. Minha língua traçou círculos em volta do seu umbigo, e beijei a incisão da cesariana. Enquanto minha boca devorava cada centímetro do seu torso, minhas mãos acariciavam os seios, pegando os mamilos rígidos entre os dedos. Ela jogou a cabeça para trás, gemendo, e passou os dedos depressa pelos meus cabelos. Segurei a lateral da sua calcinha e ela alteou um pouco os quadris, tirando-a. Meu dedo percorreu de leve o interior da sua coxa, indo até o clitóris. Busquei sua boca e a beijei com força, ao sentir sua umidade e excitação.

— Não quero te machucar, amor. Faz muito tempo.

— Estou bem. Preciso tanto de você, Connor, preciso te sentir dentro de mim.

Enfiei um dedo no fundo dela, e então outro. Seus gemidos se tornaram mais altos, seus quadris se abaixando e levantando, implorando para que meus dedos lhe dessem prazer. Subi em cima dela, meus dedos avançando e recuando, esfregando seu clitóris e levando-a ao orgasmo. Seu corpo estremeceu quando ela soltou seu prazer quente sobre mim.

— Assim é que se faz. — Sorri. — Ah, como senti saudades de fazer isso com você.

Olhamos nos olhos um do outro, e ela sussurrou:

— Quero que você olhe para mim enquanto faz amor comigo.

Eu me coloquei dentro dela, encarando seus lindos olhos azuis. Ela me empurrou mais fundo, os cantos de seus lábios se curvando. Seus braços envolviam meu corpo, enquanto eu avançava e recuava lentamente.

—Você é uma delícia, amor. Como senti saudades de estar dentro de você, te sentindo desse jeito.

Ela levantou as pernas, rodeando minha cintura com elas, enquanto eu aumentava o ritmo, avançando e recuando numa velocidade estável. Nossa respiração estava rápida, nossos corações disparados. Meus olhos fixos nos seus a cada golpe, ela também me olhava, sorrindo e passando o dedo pelos meus lábios. Podia sentir seus espasmos ao redor do meu pau à medida que ela se preparava para gozar.

— Ellery — gemi, não podendo mais me conter.

— Connor — gemeu Ellery, e me libertei dentro dela.

Seu corpo se retesou, ela jogou a cabeça para trás e gozou. Meus lábios se colaram com força aos seus, eu não queria parar. Finalmente interrompi nosso beijo e olhei para Ellery. Ela estava sorrindo para mim quando desabei em cima dela. Nossa respiração estava rápida, nossos corações batendo à mesma velocidade.

— Como senti saudades de fazer amor com você — disse Ellery, ofegante.

Beijei seu pescoço antes de sair de cima dela.

— Eu também, amor. Você estava maravilhosa — respondi, passando as costas da mão pelo seu rosto.

De repente, balbucios de bebê soaram no monitor. Ellery e eu olhamos para ele, que estava em cima da cômoda. Julia se remexia no berço. Soltou um gemidinho, e nos entreolhamos.

— Não se preocupe, vou lá pegá-la se ela continuar chorando. — Sorri, passando o dedo pelo contorno do seu rosto.

— Pode deixar que eu mesma faço isso. Você já fez muito esforço. — Ellery retribuiu o sorriso.

Ficamos deitados nos braços um do outro, observando o monitor e esperando que Julia acordasse. Mas não acordou. Colocando a mão entre as coxas de Ellery, sussurrei:

— Está pronta para o segundo round?

Capítulo 7

ELLERY

Quando acordei, estendi o braço para Connor, mas seu lado da cama estava vazio. Levantei, olhando ao redor. Não ouvi o chuveiro aberto, e Julia não estava no berço. Vesti o robe e desci a escada até a cozinha. Connor estava sentado à mesa, dando mamadeira para Julia.

— Bom dia, amor. — Ele sorriu, olhando para mim.

— Bom dia — respondi, me aproximando e dando um beijo nele e em Julia. — Por que não me acordou? Eu a teria pegado.

— Você parecia estar dormindo tão bem, e eu já estava de pé quando ela acordou.

Servi uma xícara de café e me sentei na cadeira ao seu lado. Ele estava supersexy de terno preto, e tive vontade de levá-lo para o quarto e devorá-lo antes de ele ter que ir para o escritório.

— Tem algum compromisso especial hoje? Você raramente vai trabalhar de terno.

— Tenho que ir ao tribunal. Eu te disse na semana passada — respondeu ele, olhando para mim.

— Merda, Ashlyn e o julgamento. Eu tinha me esquecido completamente. Desculpe.

— Tudo bem. Você acabou de ter um bebê, e ainda está tentando se adaptar. Não se preocupe com isso — disse ele, colocando Julia no ombro para fazê-la arrotar.

Denny entrou na cozinha e foi logo pegar a jarra de café.

— Bom dia. — Sorriu, olhando para nós.

— Bom dia, Denny. — Retribuí o sorriso.

Enquanto Connor fazia Julia arrotar, ela decidiu golfar nas costas do seu paletó. Levantei depressa, e ele olhou para mim.

— Ah, não brinca! — exclamou.

Denny e eu tentamos conter o riso, mas chegou um momento em que não conseguimos mais. Tirei Julia do colo de Connor e fiquei segurando-a, enquanto Denny lhe entregava uma toalha.

— Você ainda não aprendeu que não deve colocar um bebê para arrotar usando terno? — perguntou Denny.

— Acho que agora aprendi — respondeu Connor, saindo da cozinha para ir trocar de roupa no quarto.

Claire entrou na cozinha, e entreguei Julia a ela. Subi a escada e entrei no quarto, onde Connor tirava outro terno do closet. Fiquei só olhando para ele, com um sorrisinho no rosto.

— Que cara é essa? — perguntou ele.

— Estou achando graça, só isso.

— Você acha graça de nossa filha ter deixado meu terno de cinco mil dólares todo golfado?

— Acho, e, de todo modo, você não precisa de um terno de cinco mil dólares. É uma quantia absurda para se gastar. Ninguém vai saber que custa tanto, e você fica sexy num terno de quinhentos dólares do mesmo jeito.

Connor franziu os lábios e tornou a guardar o terno que tinha tirado do closet. Quando caminhou lentamente em minha direção, reconheci o seu olhar, e soube que estava encrencada. Quando ele se aproximou, levantei as mãos para impedir que chegasse mais perto. Ele as segurou e me atirou na cama.

— Você sabe como eu adoro quando você faz esses discursos. — Sorriu.

— Por favor, Connor, faça o que quiser, mas cócegas não — implorei.

De repente, ouvimos a voz de Denny no andar de baixo.

— Connor, vamos embora. Você já está atrasado.

Connor me deu um beijo nos lábios.

— Que sorte a sua, Sra. Black. Mas não se engane, vamos continuar isto hoje à noite.

—Vou estar pronta — respondi, piscando um olho.

Connor soltou minhas mãos, voltou para o armário e pegou o terno. Voltei à cozinha e peguei Julia com Claire. Pouco depois de trocar de terno, Connor desceu, pegou a pasta e nós o acompanhamos até o elevador.

—Tchau, minha linda garotinha. — Connor sorriu, beijando a cabecinha de Julia. — E até mais, minha linda esposa — disse, com um beijo nos meus lábios.

—Tchau, amor. Boa sorte, e me liga.

Ele deu um sorrisinho antes de as portas do elevador se fecharem. Levei Julia ao quarto para trocar sua fralda. Não conseguia parar de pensar no julgamento, e estava furiosa por Connor não ter me dito nada a respeito. Queria estar lá para lhe dar uma força, mas, desde que Julia nascera, não tivera tempo para pensar em mais nada além dela, e me sentia exausta o tempo todo. Troquei a fralda e desci para procurar o celular. Peguei-o na bancada da cozinha e liguei para Peyton.

— Alô, amiga. Você e Connor tiveram uma noite de sexo fantástico ontem? — perguntou ela.

— Bom dia, Peyton. Sim, tivemos uma noite de sexo fantástica, mas não é por isso que estou ligando.

— Ah, pensei que quisesse conversar sobre isso — disse ela, em tom decepcionado.

— Está ocupada hoje? — perguntei.

— Só tenho umas coisinhas para fazer. Por quê?

— Connor está no tribunal, porque o julgamento começa hoje, e quero muito ir lá para dar uma força a ele.

— Foi ele quem te pediu para ir?

— Não, e nem pediria. Você sabe como ele é. Só queria saber se você pode ficar com Julia por algumas horas.

— É claro que posso ficar com a minha afilhada linda! — exclamou ela.

— Obrigada, Peyton. Agradeço muito.

— Não por isso. Vou estar aí dentro de uma meia hora.

Quando eu colocava Julia na cadeirinha de descanso, Denny entrou na cozinha.

— Que bom que você voltou. Preciso que me leve ao tribunal — pedi, olhando para ele.

— Elle, não acho que seja uma boa ideia. Você não devia ir.

— Não é uma questão de dever ou não dever. Eu quero ir, para dar uma força ao meu marido.

— Entendo, mas não acho que Connor queira você lá.

Revirei os olhos.

— Será que a essa altura você já não me conhece?

— Conheço. Me avise quando estiver pronta. — Denny suspirou.

Sorri, indo até ele e dando um beijo no seu rosto.

— Obrigada, Denny.

— Você sabe que na certa ele vai me dar uma bronca por fazer isso — disse ele.

— Não se preocupe. Se ele disser qualquer coisa, eu me entendo com ele.

Pedi a Denny para ficar de olho em Julia, enquanto eu me aprontava. Quando estava vestindo minha saia preta, Peyton entrou no quarto, com ela no colo.

— Tem certeza de que quer fazer isso, Elle? — perguntou.

— Absoluta.

— Você sabe que aquela filha da mãe é louca, e você não a vê desde que deu um soco nela.

— Eu sei, e é por isso que está na hora.

Calcei os sapatos pretos de salto alto, entreguei a Peyton a sacola de fraldas e me despedi de Julia com um beijo.

— Tudo de que você vai precisar está aqui. Se for levá-la aos seus compromissos, vai precisar do carrinho, que está no corredor, perto do elevador.

— Não se preocupe, mamãe. Já entendi! — Ela sorriu.

— Denny, já estou pronta — avisei, pegando minha bolsa, e em seguida entramos no elevador.

Capítulo 8

CONNOR

*E*u estava do lado de fora da sala de audiências, esperando que o julgamento começasse. Não via Ashlyn desde o dia em que tínhamos nos encontrado na academia.

— Não se preocupe, Connor — disse Phil. — Ela vai receber o que merece.

—Vamos torcer para que o júri a considere culpada.

Entramos na sala de audiências e nos sentamos. Olhei ao redor e vi Ellery caminhando em minha direção. Na mesma hora me levantei.

— Ellery, o que está fazendo aqui? — perguntei.

—Vim te dar uma força, Connor.

— Amor, desculpe, mas não quero você aqui. Não quero que se envolva nisso.

— Agora é tarde demais, Connor. Sou sua mulher, e tudo que te diz respeito também diz respeito a mim. Se não me quer aqui, é uma pena, porque vim para te apoiar, queira você ou não. Portanto, paciência, meu filho! — exclamou ela entre os dentes.

Suspirei, olhando para ela, balancei a cabeça e me sentei. Ela cumprimentou Phil e se sentou ao meu lado.

— Onde está Julia?

— Peyton está cuidando dela — respondeu.

Os advogados entraram na sala e sentaram-se na frente. O guarda abriu uma porta lateral e acompanhou Ashlyn até a sala.

— Não me deixe esquecer de dizer a ela que aquele macacão laranja ficou um arraso nela, e que as algemas são chiquérrimas — sussurrou Ellery.

—Você deve ficar longe dela — adverti.

Ashlyn olhou fixamente para mim ao entrar na sala de audiências, e então fez o mesmo com Ellery. Pus a mão na sua coxa, porque estava com medo de que ela se irritasse e resolvesse fazer alguma coisa. Ellery podia ter explosões de gênio terríveis. Ela pôs a mão na minha coxa, olhando para mim.

— Relaxa, Connor.

Respirei fundo, e o juiz entrou na sala. O advogado de Ashlyn se levantou e pediu um adiamento ao juiz, devido a uma mudança na defesa de sua cliente.

— Excelência, minha cliente alega inocência por insanidade em decorrência dos maus-tratos psicológicos a que foi submetida pelo Sr. Black.

Soltei uma exclamação, e Ellery se virou para mim, os olhos arregalados de raiva. Eu não podia acreditar no que acabara de ouvir. Meu coração disparou.

— Isso é verdade? — perguntou o juiz, olhando para Ashlyn.

— É, sim, Excelência — respondeu ela, balançando a cabeça.

— Muito bem. O julgamento está suspenso por uma semana, a partir de hoje — decretou ele, levantando-se da cadeira e se dirigindo aos seus aposentos.

Quando o guarda acompanhou Ashlyn para fora da sala, ela olhou para mim e soprou um beijo. Ellery já ia se levantar, mas segurei seu braço.

— Não — sussurrei.

— Connor, isso é uma mentira deslavada — gritou ela.

— Sim, é uma armação. Preciso me encontrar com meu advogado em particular.

Quando nos levantamos, segurei a mão de Ellery e a levei para fora da sala. Chegando ao corredor, dei um abraço apertado nela.

— Tudo vai dar certo, Elle. Não quero que se preocupe com isso.

— Espero que tenha razão — respondeu ela.

Dei um beijo na sua cabeça e liguei para Lou, meu advogado. Quando desliguei, fui até o banco onde Ellery estava sentada, falando no celular. Pouco depois ela desligou, lançando um olhar triste para mim.

— Com quem estava falando? — perguntei.

— Com Peyton. Queria saber de Julia.

— Está tudo bem?

— Está. Ela quer ficar com Julia mais um pouco, e depois, quando Henry voltar do hospital, eles vão levá-la para a cobertura. Convidei-os para jantar. Espero que não se importe.

— Nem um pouco, querida — respondi, segurando sua mão e beijando-a. — Acho que vai ser ótimo termos a companhia de bons amigos hoje à noite.

Ajudei-a a se levantar do banco, passei o braço pelo seu ombro e saímos do prédio. Quando abri a porta da limusine, ela entrou e, na mesma hora, Denny soube que havia algo errado. Sentei ao lado de Ellery e fechei a porta.

— Ashlyn resolveu alegar inocência por insanidade, que ela atribui a maus-tratos psicológicos infligidos por mim.

— O quê?! — exclamou Denny.

Os olhos de Ellery se encheram de lágrimas, e ela olhou pela janela. Passei os braços por sua cintura, puxando-a para mim, e ela encostou a cabeça no meu ombro.

— Não quero que fique aborrecida por causa disso. As coisas vão se resolver — afirmei.

— Ela é uma psicopata, Connor, e vai fazer o possível e o impossível para te destruir.

— Ellery, eu não vou deixar que isso aconteça.

— E nem eu — respondeu Ellery.

Eu me afastei, olhando para ela.

— Você deve ficar longe de Ashlyn. Está me entendendo? — perguntei com firmeza.

Ela olhou para mim, seus olhos azuis exibindo uma expressão de desafio e raiva que eu já conhecia muito bem. Inclinou a cabeça, seus lábios formando um pequeno sorriso.

— Sim, Connor, estou entendendo.

Capítulo 9

ELLERY

Quando chegamos à cobertura, fui para o quarto trocar de roupa. Alguns minutos depois, Connor entrou.

— Está zangada comigo? — perguntou.

Dei meia-volta, olhando para ele, enquanto tirava a saia.

— Não. Por que pergunta?

— Porque você não abriu a boca, e está com aquele olhar.

A verdade era que eu estava um pouco chateada com ele por ter falado comigo em tom prepotente na limusine.

— Connor, não estou zangada com você. Só estou um pouco...

— Um pouco o quê? — perguntou ele, aproximando-se e começando a desabotoar minha blusa.

— OK, pode parar — falei, levantando a mão e me afastando.

Ele se aproximou com um sorriso, tirando minha blusa.

— Por que preciso parar? Pensei que você gostasse quando tiro sua roupa

— E gosto. É que você está me distraindo dos meus pensamentos. Para ser honesta, estou chateada por causa do tom que usou comigo quando estávamos voltando.

—Você usa aquele tom comigo o tempo todo, e eu acho sexy — sussurrou ele no meu ouvido, seu hálito quente descendo até o meu pescoço e me deixando toda arrepiada.

Mordi o lábio, fechando os olhos. Ele sabia muito bem o que estava fazendo.

— Connor...

— Shhh, amor. Apenas aproveite o que estou fazendo com você — sussurrou ele, sua mão empurrando meu fio dental para o lado, e enfiando o dedo em mim.

Soltei uma exclamação, o prazer tomando conta de meu corpo. Ele ficou me olhando, seu dedo avançando e recuando lentamente dentro de mim, e um sorriso se esboçou em seus lábios.

— O que estava dizendo mesmo?

— Seu espertinho — gemi, desabotoando sua calça e puxando-a para baixo.

Segurei seu pau e o alisei para cima e para baixo. Ele jogou a cabeça para trás com um gemido gutural. Tirou os dedos e me imprensou contra a parede. Sua boca se colou à minha vorazmente, enrolei as pernas em volta da sua cintura e ele se enterrou dentro de mim com força, movendo-se em alta velocidade. Nossos corações estavam disparados e nossa respiração ofegante, enquanto ele se movia dentro de mim, me levando ao orgasmo.

— Ah, meu Deus, Connor — gritei, meu corpo estremecendo.

—Você é uma delícia, amor — gritou ele, e senti seu calor se espalhar por dentro de mim.

Ele descansou por um momento, minhas pernas ainda ao redor da sua cintura, suas mãos segurando meu traseiro com firmeza.

— E então, o que era mesmo que você estava dizendo? — perguntou, com um sorriso.

Inclinei a cabeça para trás, e ele deslizou a língua pelo meu pescoço.

— É melhor nos arrumarmos. Peyton e Henry vão chegar daqui a pouco. — Connor saiu de dentro de mim, me deu um beijo nos lábios e foi para o banheiro. Peguei uma calça jeans na cômoda e me vesti. Sentei na beira da cama e comecei a chorar. Connor saiu do banheiro e se ajoelhou à minha frente, segurando minhas mãos.

— Que foi, amor? Eu te machuquei? — perguntou, em pânico.

Fiz que não com a cabeça.

— Estou com saudades de Julia, quero que ela volte logo — respondi, chorando.

— Ah, Ellery. Vem cá, amor — disse ele, me abraçando. — Daqui a pouquinho ela vai estar aqui.

De repente, ouvimos vozes no andar de baixo. Levantei da cama depressa e desci a escada correndo. Quando vi Peyton e Henry diante da porta, tirei o bebê-conforto das mãos dele.

— Julia, mamãe sentiu tantas saudades de você — chorei, tirando-a do bebê-conforto e abraçando-a com força.

— Nossa, Elle. Você está bem? — perguntou Peyton.

— Ela está ótima — respondeu Connor, descendo a escada. — Estava só com saudades de Julia.

Connor foi até Peyton e deu um beijo no seu rosto.

— Obrigado por tomar conta dela — disse, indo apertar a mão de Henry. Então deu um beijo na cabeça de Julia, dizendo a ela o quanto tinha sentido saudades.

— O que está havendo com você? — perguntou Peyton, sentando ao meu lado.

— Senti saudades dela, Peyton. Foi a primeira vez que nos separamos desde que descobri que estava grávida, e foi difícil.

— Ah, querida — disse ela, passando o braço pelo meu ombro. — Desculpe. Eu devia tê-la trazido para casa mais cedo.

— Não, não tem problema, e obrigada mais uma vez por ter tomado conta dela.

— Como foram as coisas no tribunal? — perguntou Peyton.

Olhei para ela com uma expressão abatida, sem precisar dizer uma palavra. A lágrima que escorreu pelo meu rosto foi bastante eloquente.

— Mas o que foi que houve, Ellery? O que ela fez, deixou de fazer, ou sei lá o quê? Que foi que aconteceu? — sussurrou ela.

—Vamos conversar sobre isso durante o jantar. Não quero ter que falar sobre o assunto duas vezes.

Quando Julia começou a chorar, Connor veio tirá-la do meu colo, para que eu pudesse preparar sua mamadeira. Levantei do sofá e fui para a cozinha. Peyton me seguiu.

—Você precisa fazer a prova do vestido de madrinha — relembrou.

— Ai, eu sei. Só preciso perder mais uns quilinhos.

— Eu acho que você está ótima, mas, já que insiste, sugiro que comece a frequentar a academia, e depressa. Só falta um mês para a prova do vestido — anunciou.

Tirei o menu de pizzas da gaveta e dei uma olhada nele. Peguei o celular e fiz um pedido. Esquentei uma mamadeira, e então Peyton e eu voltamos para a sala, onde estavam Henry e Connor.

— Pode deixar que eu dou a mamadeira, amor — disse Connor.

— Eu posso fazer isso, Connor.

—Ah, Henry, olha só os dois. Estão discutindo para ver quem vai dar a mamadeira para Julia. Que fofo! — gritou Peyton.

Sorri para Connor e lhe entreguei a mamadeira. Fui até o bar, e Peyton sentou em um banquinho.

— Serve uma bebida forte aí, bartender — disse ela com sotaque.

—Vamos tomar um uisquinho. — Sorri.

Peguei dois copos de uísque e a garrafa de Jack Daniels. Servi uma dose em cada copo.

— Um brinde a um dia fodido! — Sorri, erguendo meu copo.

Peyton sorriu, tomamos nossos uísques e batemos com os copos no tampo do bar. A ardência desceu pela minha garganta. Peyton olhou para mim.

— Refresca minha memória, por que é mesmo que você toma essa merda? — perguntou.

Caí na risada, servindo outra dose, e Connor se aproximou com Julia no colo.

— Continue assim e, quando menos esperar, vai estar bêbada — disse ele.

— Última dose. Prometo. — Sorri.

Julia pegou no sono, e então Connor a levou para o quarto e a pôs no berço. Quando a pizza chegou, fomos para a cozinha e sentamos à mesa.

— Vai nos contar o que aconteceu hoje? — perguntou Peyton, pegando uma fatia de pizza.

— Ashlyn mudou sua defesa e agora alega inocência por insanidade, devido aos maus-tratos psicológicos a que, segundo ela, *eu a submeti* — explicou Connor.

— O quê?! Aquela filha da mãe miserável! — gritou Peyton.

— Connor, que loucura — disse Henry, balançando a cabeça.

— Ela é louca — observei.

— Bem, todos sabemos que aquela filha da mãe é louca. E agora? — perguntou Peyton.

— Agora, vamos ter que reviver o passado e toda a merda que rolou entre ela e Connor.

— Ellery, não — disse Connor, olhando para mim.

Desviei os olhos, porque não queria passar por isso de novo. Nem agora, nem nunca.

Capítulo 10

CONNOR

Peyton e Henry foram para casa, e Ellery subiu para dar uma olhada em Julia. Fui até o bar e servi um uísque. Podia ver o quanto Ellery estava chateada, e me matava não poder fazer nada para que se sentisse melhor. Esse era apenas o começo de um processo longo e doloroso, e eu faria o que fosse necessário para proteger minha família. Subi a escada e parei diante da porta do quarto de Julia. Ellery estava sentada na cadeira de balanço, ninando nossa filha. Fiquei observando-a, com um sorriso, e ela levantou o rosto para mim, mostrando os olhos tristes. Fui até ela e me ajoelhei, pondo as mãos nas suas pernas.

— Quero que me escute, Ellery. Vamos enfrentar a situação. Falei com Lou, e ele disse para eu não me preocupar, porque amanhã nós conversamos. Ele vai fazer algumas investigações. Você sabe que ele é o melhor advogado do país, e vai cuidar disso.

— O único jeito de enfrentarmos a situação é juntos, Connor. Não pode haver segredos entre nós.

— Eu sei, amor, e nem vai haver. Você vai estar ao meu lado a cada passo — prometi.

Ela sorriu para mim, passando as costas da mão pelo meu rosto.

— Eu te amo tanto.

Segurei sua mão e a pressionei nos lábios, fechando os olhos.

— Também te amo, e acho bom nunca se esquecer disso, nem por um segundo.

Levantei e tirei Julia de seu colo. Dei um beijo na sua cabecinha e a coloquei no berço. Ellery segurou minha mão e atravessamos o corredor em direção ao nosso quarto. Ela vestiu sua camisola de cetim, e eu me despi. Quando nos deitamos na cama, eu a abracei, ela se aconchegou a mim e logo adormeceu profundamente.

Quando o despertador tocou, Ellery se virou e olhou para mim. Trocamos um breve olhar, e então nos levantamos às pressas.

— Ah, meu Deus, Julia não acordou de madrugada! — disse Ellery, em pânico.

Corremos ao seu quarto para dar uma olhada nela. Quando a observamos no berço, ela olhou para nós e sorriu. Ellery deu um gritinho e tapou a boca.

— Connor, ela sorriu! Você viu? — perguntou, eufórica.

— Vi, sim. — Sorri, tirando-a do berço e olhando para ela. Seu sorriso era igual ao de Ellery, e eu soube, naquele exato momento, que estava perdido. — Ela tem seu sorriso, Ellery. Isso significa que todos os garotos vão se apaixonar por ela, o que vai ser um problemão para nós.

Ellery riu, passando o braço pela minha cintura.

— O único problema que vamos ter é se você se tornar um desses pais superprotetores que botam os garotos para correr.

— Não vou deixar que ela namore. Sei como os garotos são, e eles não vão pôr as mãos na minha filha.

— Connor... — Ellery fez uma pausa. — Você se dá conta de que a nossa filhinha dormiu a noite inteira?

Olhei para Ellery, que sorria de orelha a orelha.

— Tem razão. Ela dormiu a noite inteira. — Sorri, levantando-a bem alto.

Passei Julia para Ellery e corri ao outro quarto para atender o celular, que tocava. Peguei-o e vi que era Lou quem estava ligando.

— Oi, Lou — falei.

— Bom dia, Connor. Tenho uma reunião rápida agora de manhã, e depois dou um pulo no seu escritório, digamos, por volta das onze.

— Vou estar lá, Lou, e obrigado.

— Não há de quê, amigo. Te vejo no escritório.

Desliguei o celular e me virei. Ellery estava atrás de mim.

— A que horas é a nossa reunião? — perguntou.

— *Nossa reunião?*

— Estamos nisso juntos, amor, e eu vou me encontrar com Lou junto com você.

Suspirei, dando um beijo nos seus lábios.

— Às onze, no meu escritório. Vou pedir a Denny para te levar.

— Obrigada — disse ela, virando-se e indo com Julia para o andar de baixo.

Entrei no chuveiro e fiquei debaixo da água quente. Não parava de pensar em Ashlyn e como podia destruir minha vida, principalmente com suas mentiras. A perspectiva de ver minha relação com ela e nosso esquema se tornando públicos me apavorava. Terminei de tomar banho, enrolei uma toalha na cintura e entrei no quarto. Ellery estava se olhando no espelho, de calcinha e sutiã.

— Está admirando seu lindo corpo? — perguntei, chegando por trás dela e pondo as mãos nos seus quadris.

— Não, estou horrorizada de ver quanto peso ainda tenho que perder.

— Bobagem. Seu corpo está tão perfeito agora quanto era antes da gravidez.

— Você só está dizendo isso porque quer sexo.

— Ah, tá legal! É isso que você acha? — Ri, pegando-a no colo, e a joguei na cama, fazendo cócegas nela até não aguentar mais.

Parei, observando seus lindos olhos azuis. O sorriso que eu amava tanto não saiu do seu rosto enquanto ela me observava. Afastei uma mecha de seus cabelos para trás da orelha.

— Te amo, Ellery.

— Também te amo, Connor — respondeu ela, passando o dedo pelos meus lábios.

Tudo que eu queria no momento era fazer amor com ela. Não me importava que horas fossem. O mundo podia esperar quando eu estava com ela. Abaixei a cabeça e mordisquei seu lábio inferior. Ela gemeu baixinho, mas então os gritos de Julia, vindo do andar de baixo, nos trouxeram bruscamente de volta ao nosso pequeno mundo familiar, um mundo onde agora não éramos mais só nós dois, e sim nós três.

Sorrimos um para o outro e eu suspirei, levantando da cama.

— Acho que vamos ter que nos acostumar a incluir as interrupções de Julia na nossa vida sexual — comentei, entrando no closet e pegando algumas roupas.

— Acho que sim. — Ellery riu, se levantando, e foi para o andar de baixo.

Cheguei ao escritório, sentei à mesa e comecei a ler minhas mensagens. Quando me virei na poltrona e olhei para a cidade de Nova York, Phil entrou.

— Já teve sua reunião com Lou? — perguntou, sentando-se.

— Vai ser daqui a pouco, às onze.

— Que filha da mãe. É louca de pedra e está fazendo o possível para não passar os próximos vinte e cinco anos na cadeia. Você se dá conta de que ela vai destruir você e a empresa com essa manobra, não?

Levantei da poltrona.

— Pensa que não sei? — Fuzilei-o com os olhos.

— Alguém tem que impedi-la, Connor.

— Não há nada que eu possa fazer. Vou falar com Lou e ver o que ele diz.

— Preciso terminar algumas coisas. Volto às onze para a reunião. — Phil suspirou, saindo do escritório.

Capítulo 11

ELLERY

Julia estava agitada. Não parava de chorar, e eu já estava quase arrancando os cabelos. Não queria tomar mamadeira, não queria a chupeta e não queria ser posta no berço, mas, mesmo quando eu a pegava no colo, não parava de chorar. Eu estava me sentindo péssima e não sabia o que fazer. Lágrimas começaram a me escorrer pelo rosto, enquanto eu andava de um lado para o outro com ela. Não queria ligar para Connor, porque ele já tinha muito com que se preocupar. No momento em que pensava nisso, meu celular tocou, e era ele.

— Alô — falei, tentando disfarçar minha voz de choro.

— Oi, amor. Por que Julia está gritando assim?

Não aguentei mais, e voltei a chorar.

— Não sei. Ela não para, e não sei o que fazer por ela — disse, soluçando.

— Tem alguém aí com você? — perguntou ele.

— Não, estou sozinha em casa. Connor, não sei qual é o problema com Julia. Ela não para de chorar.

— Estou indo para casa, Ellery — disse ele, desligando o telefone.

Tentei lhe dizer para não vir, mas ele já tinha desligado. Coloquei Julia no meu ombro e dei tapinhas nas suas costas. O choro continuou. Fiquei embalando-a, enquanto subia e descia a escada. O choro continuou. Sentei na cadeira de balanço e tentei embalá-la com carinho. O choro continuou. Eu ia literalmente enlouquecer. Quando descia as escadas com ela, Connor saiu do elevador. Veio até mim e pegou Julia no colo. Olhou para mim, secando as lágrimas de meus olhos.

— Talvez devêssemos ligar para o pediatra — falei.

— Há quanto tempo ela está assim? — perguntou ele.

— Há uma hora e meia, mais ou menos. Não faz outra coisa senão chorar. — Comecei a soluçar de novo.

Connor deu uma volta pela cobertura com ela. Tentou as mesmas coisas que eu já tinha feito, e nada estava adiantando. Quando peguei o celular e comecei a digitar o número do pediatra, a campainha tocou. Coloquei o celular na mesa e abri a porta. Qual não foi minha surpresa ao ver quem estava diante de mim.

— Mason! O que...

— Menina, qual é o problema? Por que está chorando? — ele me interrompeu, entrando na sala.

Antes que eu pudesse responder, Connor voltou à sala com Julia, que ainda estava aos berros.

— Ah, meu Deus, me dá esse bebê aqui! — exclamou Mason, aproximando-se e tirando Julia de seu colo.

No instante em que ele a segurou, Julia parou de chorar.

— Não é possível! — exclamou Connor, olhando para mim,

— Oi pra você também, Connor. — Mason sorriu.

— Mason, como é que você... Ela não para de...

— Ela está com gases! Vocês não notaram? — perguntou ele.

Connor e eu ficamos olhando para ele, que esfregava as costas de Julia.

— Elle, eu te adoro, mas você está um bagaço. Precisa ir tomar um banho. — Mason sorriu.

— Senti tantas saudades suas — falei, indo dar um abraço nele.

—Vai lá. Nós conversamos quando você voltar — disse ele, dando um beijo no meu rosto.

Fui para o andar de cima e entrei no banheiro. Mason tinha razão, eu estava mesmo um bagaço. Enquanto limpava as manchas de rímel do rosto diante do espelho, Connor entrou.

—Você devia só ver Mason com Julia. Ele tem um talento nato — sussurrou Connor.

— Eu vi, no instante em que ele a pegou e ela parou de chorar.

—Vem cá, amor — disse ele, fazendo com que eu me virasse e passando os braços pela minha cintura.

Fiquei envolta na segurança de seus braços, quando, de repente, uma coisa me ocorreu.

— Connor, a reunião com Lou! — exclamei.

— Não tem problema, já remarquei para hoje à tarde.

— Desculpe. Sou uma péssima esposa e mãe.

— Ah, amor. Você não é uma péssima esposa e mãe. Nunca mais diga isso. Você está apenas sobrecarregada. Henry acha que talvez esteja sofrendo de depressão pós-parto.

Afastei-o, dando-lhe um olhar irritado.

— Não estou deprimida, Connor.

— Eu não disse que você está deprimida.

— Disse, sim! Você acabou de dizer que acha que estou com depressão pós-parto. Já prestou atenção na palavra *depressão*, Connor? Depressão, deprimido, é tudo a mesma coisa, seu idiota.

Connor revirou os olhos e se afastou. Segui-o enquanto descia a escada. Quando cheguei à sala, Mason estava sentado no sofá, falando com Julia, que soltava mil balbucios. Connor e eu nos entreolhamos.

— Olha só como ela está feliz. — Sorri, sentando ao lado deles.

— É claro que sim. Ela está com o tio Mason. — Ele sorriu.

Connor sentou ao meu lado, dando um beijo na minha cabeça.

— Um beijo de um idiota — sussurrou.

— Desculpe. Eu te compenso mais tarde. — Sorri, beijando a ponta do seu nariz.

Mason olhou para nós, sorrindo.

— É tão bom ver vocês de novo.

— É bom ver você também. O que está fazendo em Nova York, e por que não me avisou que viria? — perguntei.

— Landon arranjou um emprego numa agência de modelos super-badalada, e eles querem que ele se mude para cá. Portanto, aqui estamos nós!

— E onde está Landon? — perguntou Connor.

— Ele teve um encontro com o agente, por isso decidi arriscar e ver se vocês estavam em casa.

— Onde você e Landon estão morando? — perguntei, tirando Julia de seu colo.

— Eu estava esperando que você perguntasse! — exclamou ele. — Alugamos um loft a um quarteirão daqui.

— Isso é maravilhoso. Quer dizer que vamos poder ver você sempre que quisermos. — Sorri.

—Vamos poder levar esta princesinha quando formos fazer compras, e ir lanchar no Starbucks. — Ele sorriu, tocando a mão de Julia. — Ai, Elle, estou tão animado!

Connor deu uma olhada no seu relógio.

— Lou vai estar no meu escritório em meia hora. É melhor irmos andando. Vou pegar a sacola de fraldas — disse Connor.

Concordei e me levantei do sofá.

— Mason, temos um encontro com o advogado de Connor, por isso precisamos ir. Por que não nos encontramos para jantar hoje à noite?

— Ótima ideia. Vou perguntar a Landon se temos algum compromisso. Você não vai levar Julia com você, vai? — perguntou ele.

—Vou, sim, por quê?

— Deixa ela aqui comigo. Por favor, Ellery, me deixa tomar conta dela — pediu ele.

Connor se aproximou atrás de mim.

— Não estou encontrando a sacola de fraldas.

— Está ali — disse Mason, apontando para a porta.

— Ellery, dá a Julia para o Mason, para podermos sair — disse Connor.

Um largo sorriso se abriu no rosto de Mason.

— Me dá a princesinha, Ellery.

De repente, eu me senti nervosa. Não queria deixá-la de novo, mas, por outro lado, a ideia de ela abrir um berreiro durante a reunião me apavorava. Dei um beijo na sua cabeça e a entreguei para Mason, que se levantara, de braços abertos.

— Não se preocupe, mamãe, ela vai ficar segura comigo — prometeu Mason.

Sorri e segui Connor até o elevador. Parei, me virei e olhei para Mason.

— Como foi que você conseguiu acalmar Julia? — perguntei.

— O vidrinho de Luftal na sacola de fraldas, Elle.

— Ah, então é para isso que aquele vidrinho branco serve — falei, entrando no elevador, e as portas se fecharam.

Denny estava do outro lado da cidade, por isso Connor e eu fomos no Range Rover para o escritório. Antes de chegarmos ao prédio, ele ligou para a secretária, Valerie, e pediu que mandasse alguém estacioná-lo. Parou no meio-fio, deu a volta e abriu minha porta. Segurou minha mão, entramos no prédio e tomamos o elevador até o último andar, onde ficava o escritório de Connor. Quando saímos do elevador, vi que as mulheres tinham levantado a cabeça por trás de suas repartições para observar meu marido. Percebi seus olhares gulosos quando ele passou. Orgulhosa, mantive a cabeça erguida e sorri, dizendo: *Boa tarde, senhoras*. Connor olhou para mim, sorrindo.

Quando chegamos ao seu escritório, Lou e outro senhor já estavam sentados, esperando. Phil entrou atrás de nós.

— Lou, obrigado por se encontrar comigo — agradeceu Connor, apertando sua mão.

— Connor, quero lhe apresentar ao Ben. Ele acabou de entrar para o meu escritório.

Enquanto Connor trocava um aperto de mão com Ben, Lou se inclinou e deu um beijo no meu rosto.

— Prazer em vê-la, Ellery. — Sorriu.

Sentei entre Lou e Ben, e Connor foi sentar atrás de sua mesa. Lou juntou as mãos.

— Não vou mentir para você, Connor. A situação pode ficar muito feia. Decidi que devemos responsabilizá-la pessoalmente pelo incêndio da empresa de Chicago. Sei que você não queria fazer isso, mas, se ela pretende alegar que estava temporariamente insana por ter sido submetida por você a maus-tratos psicológicos, temos que revidar. Já avisei o escritório do promotor público que vamos comprar essa briga.

— Droga, Lou. Não aceito em hipótese alguma — disse Connor, ríspido.

— Não temos escolha, Connor. Ashlyn encostou você na parede. Ela vai fazer tudo que puder para que você se ferre junto com ela.

Connor se levantou, pôs as mãos nos bolsos e se virou para a janela.

— Isso é um absurdo, Lou. Preciso que você dê um jeito na situação — disse.

Fiquei em silêncio, ouvindo a conversa entre Connor e Lou. Podia ver que Connor estava preocupado, embora jamais fosse admitir. Meu celular deu um sinal e, quando o tirei da bolsa, vi que havia uma mensagem de Mason.

Estou apaixonado pela sua princesinha.

Sorri, e Connor me perguntou se estava tudo bem. Concordei, e então o vi fuzilar Ben com os olhos. Notei que já tinha feito isso várias vezes desde que nos sentáramos. Lou se levantou e disse a Connor que voltaria a se encontrar com ele dentro de dois dias. Quando Phil estava saindo do escritório com os dois advogados, Connor chamou Ben. Ele se virou e foi até Connor. Fui logo me levantando, pois não gostara nada da expressão de meu marido.

— Acha minha mulher atraente? — perguntou ele.

Soltei uma exclamação, meus olhos se arregalando.

— Connor! — repreendi-o.

— Hum, acho, Sr. Black — respondeu Ben, nervoso.

— Então isso explica por que não tirou os olhos dela.

— Já chega, Connor! — disse eu, ríspida.

Ben olhou para mim e se desculpou.

— Me desculpe por ficar olhando para você, mas tenho a impressão de que já nos conhecemos. — De repente, ele pareceu se lembrar. — Já sei. Você era namorada do Kyle na faculdade.

Olhei para Ben, tentando me lembrar quem ele era, e então me ocorreu.

— Ben? Ben Winston, presidente do Clube de Debates e gênio da informática?

— O próprio! — Ele riu. — Sabia que você me era familiar, mas não estava conseguindo me lembrar onde a tinha visto.

Enquanto eu dava um abraço nele e Connor me fuzilava com os olhos, Cassidy entrou.

— Ah, desculpe, pensei que você estava sozinho, Connor — disse ela.

— Não tem problema, Cassidy. Entra aí — respondeu ele.

Cassidy veio até mim e me deu um abraço.

— Onde está minha sobrinha?

— Em casa, com Mason. Gostaria de te apresentar ao Ben Winston. Ben, essa é a minha cunhada, Cassidy.

Eles trocaram um aperto de mãos e eu me virei para Connor.

— Você deve um pedido de desculpas ao Ben.

— Pelo quê? — perguntou ele.

— Você sabe pelo que, Connor. Seu comentário foi grosseiro e descabido.

Connor respirou fundo, balançando a cabeça.

— Ben, peço desculpas por ter sido grosseiro.

— Não tem problema, Sr. Black. Se algum homem ficasse secando minha linda esposa ou namorada, eu também ficaria irritado. Bem, foi muito bom revê-la, Ellery, e um prazer conhecê-la, Cassidy. Sr. Black, vamos entrar em contato com o senhor dentro de dois dias — disse Ben, já saindo do escritório.

— Espere, também estou de saída. Vou com você. — Cassidy sorriu.

— Mas Cass...

Fui até Connor e pus a mão na sua boca.

— Ela achou o cara atraente. Deixa ela.

— Sério? — murmurou Connor.

Tirei a mão da sua boca e dei um rápido beijo nela.

— Deixa a sua irmã em paz.

— Eu não disse nada — protestou ele.

— Ainda não. Mas está com aquele olhar.

Connor consultou o relógio.

—Vamos dar o fora daqui. — Sorriu, passando o braço pelos meus ombros.

Capítulo 12

CONNOR

Entramos no Range Rover, e pousei as mãos no volante. Olhei para Ellery, que se observava em um espelhinho. Quando ela parou de se observar, fixou os olhos em mim.

— Que foi? — perguntou.

— Não consigo acreditar no que Cassidy fez no escritório.

— Por quê? Ela viu um cara atraente e aproveitou a oportunidade.

— Ah, quer dizer então que você o acha atraente?

— Acho, ele é bonito — respondeu Ellery, aplicando batom.

— Aposto que na faculdade você já o achava atraente — falei, tirando o Range Rover do estacionamento.

— Está com ciúmes porque eu disse que ele era atraente, Sr. Black?

— Não seja ridícula. Não estou com ciúmes.

— Está, sim. Posso ver pela sua expressão. — Ela sorriu.

— Não quero mais falar nisso.

—Tudo bem, amor, mas não precisa ficar com ciúmes. Você sabe que eu te acho o homem mais sexy do mundo — disse ela, acariciando meu rosto, com um sorriso.

Sorri e fomos para casa. Ellery começou a ficar impaciente com o trânsito, porque queria voltar logo para Julia. Não conversamos sobre o encontro com Lou, mas dava para ver que ela tinha ficado preocupada. Eu não queria em hipótese alguma que se envolvesse nessa situação. Se dependesse só de mim, ela não saberia de nada. Eu só queria proteger a nós dois de todo esse inferno. Ela não merecia passar por tudo isso só por causa de meus erros do passado e de minha falta de juízo.

Quando chegamos à cobertura e as portas do elevador se abriram, Ellery jogou a bolsa na mesa e entrou na sala. Mason estava sentado no chão, e Julia deitada no tapete de atividades. Fui até o bar e servi uma dose de uísque. Peguei o celular e mandei uma mensagem para Cassidy.

Por que quis me ver aquela hora?

Queria sua opinião sobre uma cor para o escritório que estou redecorando.

Então devia ter ficado, em vez de ir atrás daquele cara.

Rsrsrs, Connor. Diz a Ellery que ligo para ela mais tarde. Tchau.

Balancei a cabeça, colocando o telefone na bancada do bar. Olhei para o outro lado da sala, onde Ellery estava sentada no chão, brincando com Julia. Ela ergueu os lindos olhos para mim e um sorriso iluminou seu rosto. Mason se levantou do chão e disse que precisava ir. Pegou Julia no colo, deu um beijo nela e outro em Ellery, despedindo-se. Apenas acenei, do outro lado da sala, e disse a ele que se cuidasse. Quando ele saiu, Ellery se aproximou de mim com Julia. Peguei-a no colo, dei um beijo na sua cabeça e fiquei segurando-a.

— Quero propor ao Mason trabalhar como babá de Julia — disse Ellery.

— O quê? Achei que você não queria que Julia tivesse babá.

— E não queria, no começo, mas viu como ele leva jeito para lidar com ela? Mason tem um talento natural, e Julia parece gostar muito dele. Além disso, está na hora de voltar a pintar e, com todo esse pesadelo por causa de Ashlyn, vou precisar de ajuda.

Sorri, afastando de seu rosto um fio de cabelo louro.

— Fico feliz que tenha decidido que precisa de ajuda, e acho que Mason seria perfeito.

— Ótimo. Vou marcar um almoço e discutir o assunto com ele. — Ela sorriu.

— Achei que íamos jantar com ele e Landon hoje.

— Landon disse a Mason que teria que ficar para outra ocasião, porque eles têm que comparecer a um evento da agência de modelos.

— Pega a sacola de Julia e o bebê-conforto. Vamos jantar fora — anunciei.

— Ótimo, e também vamos precisar dar um pulo na drogaria para comprar fraldas e fórmula infantil — disse ela, afastando-se.

Pusemos Julia no Range Rover e fomos para o restaurante. Quando estávamos jantando, ela decidiu que estava com fome e começou a chorar. Na mesma hora Ellery a tirou do bebê-conforto, e os clientes do restaurante começaram a olhar para nós. Peguei uma mamadeira na sacola e a entreguei a Ellery o mais rápido possível. No instante em que o bico entrou na boca de Julia, ela parou de chorar. Soltamos um suspiro de alívio. Mas não durou, porque, quando Ellery a colocou para arrotar, ela gritou assim que a mamadeira saiu de sua boca. O restaurante era sofisticado, e os clientes não estavam nada satisfeitos por ver seu jantar sossegado ser interrompido por um bebê aos berros. Dei um olhar para Ellery, indicando que precisava fazer alguma coisa.

— O que quer que eu faça, Connor? — resmungou ela.

— Não sei, mas não a coloque para arrotar.

— Mas ela tem que ser colocada para arrotar.

De repente, Ellery olhou para o casal na mesa ao lado, que nos encarava.

— Que é? Nunca ouviram um bebê chorando? Olhem em outra direção e cuidem da própria vida!

— Ellery! — exclamei.

— Quer saber de uma coisa? Já estou farta disso — decretou ela.

Levantou-se da mesa e saiu do restaurante. Suspirei, pedindo a conta ao garçom. Assim que ele a trouxe, coloquei o dinheiro na mesa e saí atrás de Ellery. Fui encontrá-la já andando pela rua, com Julia sobre o ombro. Não demorei a alcançá-la.

— A cena que você fez lá dentro foi imperdoável, sabia? — falei.

— Sabia, e peço desculpas — disse ela, continuando a andar.

Segurei seu braço.

— Elle, pare e olhe para mim. Eu te amo, não importa o quanto você me envergonhe. — Sorri. — Vamos demorar algum tempo até nos adaptarmos a sair com um bebê. Vamos cometer nossos erros, mas vamos acabar aprendendo.

Ellery riu quando eu disse isso.

— Depois de quebrarmos a cara várias vezes, não é?

— Exatamente, amor, depois de quebrarmos a cara várias vezes — concordei, dando um beijo na sua cabeça.

Ela me entregou Julia e voltamos para o Range Rover. Depois de pararmos na drogaria para comprar fraldas e fórmula infantil, fomos para casa.

Depois de darmos um banho em Julia e vestirmos seu pijama, sentei na cama e lhe dei uma mamadeira, enquanto Ellery tomava banho. Fiquei olhando para ela, que também olhava para mim. Tinha os mesmos olhos de Ellery, o que me derretia. Essa garotinha ia ser a minha perdição, e eu tinha o pressentimento de que se aproveitaria disso quando fosse mais velha.

— Acho que está na hora de você e eu termos uma conversa, Julia. Você é linda como a sua mãe, e vão surgir alguns problemas em relação aos quais não vamos concordar. Os garotos vão ficar de quatro por você, e vão querer te namorar. Só quero que saiba que você nunca vai ter permissão para namorar. Você é a garotinha do papai, e sempre vai ser. Devo ser o único homem na sua vida. Quando eu morrer, aí sim, você pode namorar à vontade.

— Connor! — ouvi Ellery exclamar. — Não fale assim. Você não pode impedir Julia de ter seus namorados. — Ellery riu.

— Mas posso tentar, não posso? — perguntei, com um sorriso.

Coloquei Julia para arrotar. Ela encostou a cabeça no meu ombro e pegou no sono. Quando me levantei da cama, fui até Ellery, para que ela desse um beijo de boa-noite na nossa filha. Entrei no quarto de Julia e coloquei-a com cuidado no berço, para não perturbar seu sono. Precisava que ela continuasse dormindo, para poder passar algumas horas a sós com minha esposa. Ellery estava sentada na beira da cama, enrolada numa toalha, passando loção nas pernas.

— Me deixa fazer isso para você. — Sorri, tirando o vidro das suas mãos.

— O senhor é um menino muito levado, Sr. Black.

— Essa é a minha exata intenção, Sra. Black.

Espremi um pouco de loção nas mãos e comecei a esfregar suas pernas. Passava as mãos lentamente para cima e para baixo, aplicando uma ligeira pressão com os polegares. Quando comecei a esfregar o peito do seu pé, ela atirou a cabeça para trás, gemendo.

— Ah, que delícia, Connor — disse.

Minhas mãos se dirigiram à sola do pé. Sorri, vendo a expressão de Ellery. Dar prazer a ela era a única coisa que queria fazer. Aproximando os polegares do calcanhar, apliquei mais pressão, começando em seguida a movê-los em círculos. Seus gemidos se tornaram mais altos quando cheguei ao arco do pé e o massageei profundamente.

— Meu Deus, Connor. Eu poderia gozar agora mesmo.

— Amor, não diga essas coisas, e acho bom não gozar agora. Ainda não.

Antes de massagear os dedos, coloquei-os na boca e mordisquei cada um. Estava levando-a à loucura, e adorando cada minuto. Passei mais loção nas mãos e comecei a trabalhar na outra perna, novamente até o pé. Quando cheguei às coxas, afastei a barra da toalha e comecei a massageá-la em pequenos círculos até em cima, sempre me concentrando na parte interior. Os gemidos de Ellery ficaram mais altos, e ela se estendeu sobre a cama. Não aguentando manter os lábios longe de sua pele, eu me inclinei para frente e comecei a beijar cada área da coxa que massageara. Segurando a toalha, eu a abri e deixei que caísse nas laterais, expondo seu corpo totalmente nu. Minhas mãos começaram a subir pelo seu torso, segurando seus lindos seios, beliscando e pressionando os mamilos enrijecidos.

— Estou com o maior tesão, Ellery. As coisas que você faz comigo... — sussurrei, meus lábios subindo pela sua coxa.

Afastei suas pernas mais um pouco, pois já estavam abertas, implorando para que eu a fizesse gozar. Minha boca explorava sua pele úmida, enquanto a língua traçava círculos leves ao redor do clitóris. Enfiei o dedo dentro dela, que alteou os quadris, girando-os, enquanto meu dedo brincava no interior do seu corpo. Quando coloquei o polegar no clitóris inchado, começando a acariciá-lo, seu corpo se retesou, e ela segurou os lados da cama. Soltou um grito de prazer, e minha língua foi subindo até seu seio, a boca rodeando um mamilo rígido. Ellery arquejava, olhando para mim, e eu me levantei para tirar a calça e a cueca. Sorri para ela, que levantou os braços acima da cabeça, cruzando os pulsos. Subi devagar em cima dela, e segurei seus pulsos com força. Ela soltou um grito quando minha ereção, que estava entre suas pernas, se enterrou dentro dela. Aproximei meu rosto e puxei seu lábio inferior com os dentes, enquanto investia uma vez atrás da outra contra seu corpo.

— Mais forte, Connor — pediu ela.

Apertei seus pulsos com mais força, avançando e recuando depressa, minha boca se colando à sua num beijo apaixonado. Ela foi ficando inchada ao meu redor, suas pernas se apertando, e seu corpo finalmente tremeu de êxtase.

— Ai, amor — gritei, explodindo dentro dela.

Despenquei em cima de seu corpo, soltando seus pulsos. Ela passou os braços pelo meu pescoço e me estreitou com força. Levantei a cabeça e beijei seus lábios.

— Você viu que conseguimos transar até o fim sem ouvirmos um gemido da nossa filha?

— Pois é. Não foi maravilhoso? — Ela sorriu.

— Foi mesmo, amor.

Enquanto meus lábios percorriam o contorno do seu queixo, ouvimos Julia choramingar. Olhamos para o monitor e a vimos se remexer no berço. Eu já ia me levantar da cama, mas Ellery segurou meu braço.

— Aonde pensa que vai?

— Dar uma olhada em Julia — respondi.

— Por quê? Ela só está choramingando. Talvez esteja tendo um pesadelo em que você bota os namorados dela pra correr.

— Muito engraçado, Ellery.

— Está tudo bem, Connor. Ela vai ficar bem. Se começar a chorar, nós levantamos para ver o que ela quer, mas, até lá, provavelmente ela só está tentando encontrar uma posição confortável.

Vesti a cueca e deitei na cama.

— Tem razão, amor — concordei, abraçando-a e observando minha filha pelo monitor.

Capítulo 13

ELLERY

Um mês depois...

O julgamento de Ashlyn já durava três semanas, e Connor andava muito estressado. Julia tinha começado a dormir a noite inteira, o que facilitara as coisas para nós. Connor e eu malhávamos na academia todas as manhãs antes de ele ir para o escritório, e Mason ficava com Julia. Era maravilhoso com ela, e era óbvio que ela o adorava. Landon me confidenciou que estava feliz por termos contratado Mason como babá de Julia, porque Mason não parava de falar em adotar um bebê na Califórnia, e Landon ainda não se sentia pronto para assumir esse tipo de responsabilidade. Por isso, cuidar de Julia tinha mantido Mason ocupado o bastante para satisfazer seus instintos paternais.

Era uma manhã típica. Mason estava no andar de baixo com Julia, enquanto eu vestia minhas roupas de malhar e Connor arrumava suas coisas para ir trabalhar. Parecia extremamente nervoso, o que estava me irritando.

— Não se esqueça de que temos a festa de aniversário de Camden na casa dos seus pais este fim de semana — lembrei a ele, com naturalidade.

— Não sei se vou poder ir. Com esse julgamento e todos os outros problemas, estou com o trabalho atrasado no escritório, por isso talvez tenha que trabalhar o fim de semana inteiro.

Fui até ele, passando os braços pela sua cintura.

— Camden vai ficar inconsolável se você não for, e você nunca perdeu uma reunião na casa de seus pais.

Ele segurou meus braços, afastando-os de sua cintura.

— Não comece a pegar no meu pé, Ellery. Estou soterrado em problemas no momento.

— Com licença, Connor! — exclamei, furiosa.

Suspirei, saindo do quarto. Não queria começar o dia com uma discussão, e precisava ir para a academia, porque ia me encontrar com Peyton para fazer a prova do vestido de madrinha e almoçar. Desci até a cozinha, peguei minha sacola e me despedi de Julia com um beijo.

— Mason, diga ao Connor que já saí.

— Hum... tudo bem, Elle. Tenha um bom dia — disse ele.

Tomei o elevador e, quando as portas se abriram, Denny estava lá.

— Está pronta, Ellery? Onde está Connor? — perguntou.

— Quem se importa? Vou tomar um táxi. Tchau, Denny — respondi, indo para a calçada, onde chamei um táxi.

Estava na esteira da academia, ouvindo meu iPod, quando Connor subiu na esteira ao meu lado.

— Você está sempre me surpreendendo. Espero que saiba disso — falou.

— Desculpe, não estou ouvindo. Música tocando — respondi bem alto.

— Ellery, tira a porcaria desses fones.

Revirei os olhos, e fiz o que ele queria.

— Pronto. Está satisfeito?

Ele negou com a cabeça, correndo na esteira.

— Por que não esperou por mim?

— Porque você estava se comportando feito um babaca e sendo grosseiro comigo.

— Eu só disse que achava que não ia poder ir à festa de aniversário de Camden.

—Você me disse para não começar a pegar no seu pé, num tom irritado. Por isso, vim para a academia, porque não queria *pegar no seu pé*.

— Amor, você não estava pegando no meu pé.

— E você não está abrindo o jogo comigo. Sei que não está me contando várias coisas, e isso está te roendo por dentro.

— Não quero continuar discutindo isso agora, principalmente aqui — disse ele.

Fiz que não com a cabeça, descendo da esteira.

— Tudo bem. Vou para a bicicleta de spinning.

Fui para o outro lado da academia, onde ficava uma fileira de bicicletas de spinning. Sabia que Connor não se aproximaria, porque detestava essas bicicletas. Estava me irritando com sua atitude, recusando-se a falar sobre o julgamento. Podia entender que estivesse aborrecido e tentando me proteger, mas precisava compreender que eu não precisava de proteção. Era uma mulher feita e podia lidar com a situação. Com o que eu não podia lidar era Connor deixando sua família em segundo plano.

Fiquei na bicicleta por uns quarenta e cinco minutos, e então olhei ao redor, procurando Connor. Fui a todos os aparelhos que ele costumava usar, mas ele não estava em nenhum. Vi Toby, um dos personal trainers, e lhe perguntei se vira Connor. Toby respondeu que ele já fora embora. Meu sangue começou a ferver, a raiva me devorando por dentro. Não podia acreditar que tivesse ido embora sem se despedir. Saí do vestiário a passos duros, peguei o celular no armário e mandei depressa uma mensagem para ele.

Você é um babaca.

Se é o que você acha…, respondeu ele.

Revirei os olhos. Não tinha tempo para esse tipo de besteira. Precisava tomar um banho depressa para ir me encontrar com Peyton numa cafeteria que ficava a alguns metros da academia, em menos de uma hora. Quando terminei de me vestir, arrumei minha sacola e saí da academia. Ao passar pela porta, vi Denny recostado na limusine. Não pude deixar de sorrir diante dessa imagem tão familiar.

— Denny, o que está fazendo aqui?

— Só vim ver se você precisava de uma carona para casa.

— Obrigada, mas vou me encontrar com Peyton numa cafeteria aqui na rua. — Sorri, começando a me afastar.

— Ellery! — chamou Denny.

Parei e dei meia-volta, olhando para ele.

— Você sabe que você e Julia são as coisas mais importantes para Connor, não sabe?

— Sei, Denny — respondi, abaixando os olhos.

— Ele pode nem sempre ter razão, mas ama vocês mais do que a própria vida, e faria qualquer coisa para protegê-las.

Meus olhos se encheram de lágrimas e os levantei, para que não escorressem. Fui até Denny e lhe dei um abraço.

— Eu também o amo mais do que a própria vida — sussurrei no seu ouvido.

Denny me deu um beijo no rosto, sorrindo.

— Anda, vai lá se encontrar com a sua amiga.

Sorrindo para ele, dei as costas e fui até a cafeteria onde devia me encontrar com Peyton. Ao chegar, entrei e vi que ela já estava sentada a uma mesa.

— Aí está você. Por que demorou tanto? — perguntou.

— Argh. Tive uma manhã péssima, graças ao meu marido — respondi, procurando o celular na bolsa.

— Que foi que ele fez? Connor é perfeito demais para estragar o seu dia.

— Espera aí, preciso mandar uma mensagem para ele.

Só queria que soubesse que não te acho um babaca, e te amo.

Poucos segundos depois, sua resposta chegou.

Também te amo, e conversamos quando eu chegar. Veja se Mason pode ficar com Julia hoje à noite para podermos sair, só nós dois.

— Elle, que foi? Você está parecendo estressada — disse Peyton, empurrando uma xícara de café para mim.

— Connor está debaixo de uma pressão terrível por causa do julgamento, e tem andado tenso e irritado ultimamente. Preciso fazer alguma coisa.

— O que quer fazer?

Eu tinha posto na cabeça a ideia de que, se fizesse uma visita a Ashlyn na prisão, poderíamos conversar, de mulher para mulher, e eu seria capaz de convencê-la a mudar sua defesa. Eu sei, estava sendo muito otimista, mas valia a pena tentar.

— Vai estar ocupada amanhã? — perguntei, olhando para Peyton.

— Não, por quê? O que está planejando fazer? — perguntou ela, com as sobrancelhas franzidas.

— Quero fazer uma visitinha a Ashlyn na prisão.

Os olhos de Peyton se arregalaram.

— Enlouqueceu, mulher?! — perguntou, num tom bastante alto.

— Peyton! Fala baixo!

— Desculpe, mas você está louca. Connor vai te matar, Elle.

— Eu me entendo com o Connor, mas ele nem vai ficar sabendo. Só quero fazer uma visita amigável, de mulher para mulher.

Peyton não parava de negar com a cabeça. Sabia que não concordava comigo, mas era a única pessoa em quem eu podia confiar.

— Como quiser, Ellery. Eu vou com você, mas não concordo.

— Obrigada. — Sorri.

Levantamos da mesa e nos dirigimos à loja de noivas para fazermos a prova de nossos vestidos. Quando vi Peyton sair da cabine com seu vestido de noiva, meus olhos se encheram de lágrimas. Ela estava simplesmente deslumbrante, e me lembrou do dia em que Connor e eu tínhamos nos casado. Estava chateada com o clima que tinha ficado entre nós, e precisava dar um pulo na Black Enterprises para vê-lo. Enquanto o costureiro fazia ajustes no meu vestido, liguei para Mason, para saber de Julia. Estava morta de saudades dela.

— Olá, boneca. Se está ligando por causa da princesa, ela está maravilhosa. Estamos nos aprontando para ir ao parque.

— Oi, Mason. Estou ligando para saber se você pode ficar com ela hoje à noite, enquanto Connor e eu saímos.

— É claro que posso. Vou tomar conta de Julia na minha casa, para que Landon também possa curtir a companhia dela um pouquinho!

— Obrigada. Vou estar em casa daqui a pouco — avisei, desligando.

Disse a Peyton que precisava dar uma passada no escritório de Connor, porque queria buscar uma coisa. Ela me lançou um olhar incrédulo. Eu não conseguia jogar areia nos olhos de Peyton. Saímos do elevador, e atravessamos o corredor em direção ao escritório de Connor. Valerie estava sentada à sua mesa.

— Oi, Ellery. — Ela sorriu, olhando para mim.

— Oi, Valerie. Ele está aí?

— Está, sim. Quer que eu avise que você está aqui?

— Não, vou fazer uma surpresa para ele.

— Ele está de mau humor hoje — avisou Valerie.

— Eu sei — respondi, pondo a mão na maçaneta. — Peyton, só vou demorar uns minutos.

Girei lentamente a maçaneta e abri a porta. Connor estava olhando para alguns papéis.

— Valerie, pensei ter dado ordens expressas para não ser incomodado — disse ele, em tom irritado, sem levantar os olhos.

— Nem por sua própria esposa?

Connor ergueu os olhos, e um sorriso iluminou seu rosto. Ele se levantou da mesa e veio até mim. Tranquei a porta discretamente e fui ao seu encontro no meio da sala. Quando me aproximei, ele me abraçou com força.

— O que está fazendo aqui, amor?

— Só queria te dar um abraço e pedir desculpas por tudo que aconteceu hoje.

— Amor, não precisa se desculpar. Sou eu que tenho que pedir desculpas — disse ele, esfregando o rosto nos meus cabelos. — Onde está Peyton? Pensei que você tinha um compromisso com ela.

— Está esperando na sala. Disse a ela que não demoraria. — Sorri, começando a desafivelar seu cinto.

O sorriso de Connor aumentou, enquanto ele olhava para mim.

— Sexo para fazer as pazes, é?

— Exatamente, e não dá para esperar até hoje à noite — respondi, desabotoando sua calça, abaixando-a e empurrando-o no sofá.

Ele ficou me observando, enquanto eu fazia um strip tease caprichado, dançando.

— Ah, meu Deus, Elle.

Sorri, subindo em cima dele, que segurou meus quadris e os abaixou em direção aos seus.

— Você já está toda molhada — sussurrou, pondo um de meus mamilos na boca.

— É assim que você me deixa, amor. Você nem precisa me tocar. Só o seu olhar já basta.

Quando comecei a avançar e recuar os quadris lentamente, Connor jogou a cabeça para trás, um gemido baixo escapando do fundo de sua garganta. Ele estava superrígido, e eu movendo os quadris em círculos lentos e ritmados. Quando levou a mão ao meu clitóris, segurei-a, olhando para ele, e pisquei.

— Põe as mãos atrás da cabeça, Sr. Black.

— Você é uma menina muito má, Ellery.

— Essa é exatamente a minha intenção. — Sorri, estendendo os braços.

Quando segurei seus pulsos, meus seios roçaram no seu rosto. Ele gemeu, chupando cada um dos mamilos. Estendendo uma das mãos para trás, acariciei seus testículos, e seu corpo se retesou.

— Pronto, amor, não posso mais me segurar — sussurrou.

De repente, senti uma umidade quente se espalhar pelo meu corpo, cravei as unhas nele e liberei meu orgasmo ao redor da sua virilidade.

— Droga, Ellery, você está me fazendo querer gozar de novo. — Ele sorriu.

Enterrei o rosto no seu pescoço, tentando recuperar o fôlego, e ele sussurrou:

— Você é simplesmente o máximo.

Olhei para ele, dando um beijo nos seus lábios, e pus as mãos nas suas faces.

— Agora, posso ir cuidar do meu dia. — Sorri.

Ele riu, balançando a cabeça, e saí de cima de seu corpo. Levantei e me vesti depressa. Quando fui até a porta, pus a mão na maçaneta, parei e me virei.

—Vou te mandar a conta pelos serviços prestados. — Pisquei, saindo de seu escritório.

Capítulo 14

Quando voltei para casa após passar o dia com Peyton, fiquei surpresa por ver que Mason e Julia ainda não tinham voltado do parque. Quando estava pegando o celular, chegou uma mensagem de Mason.

A princesa e eu demos um pulinho no Starbucks. Estaremos aí em cinco minutos.

É melhor estar com um latte gelado na mão quando chegar, respondi.

Quando entrei na cozinha para beber um pouco de água, vi Denny falando no celular, sentado à mesa. No exato instante em que ele me viu, desligou.

— Oi, Denny. O que me conta de novo? — perguntei, com naturalidade.

— Nada de mais, Ellery. Como foi seu dia com Peyton?

— Ótimo — respondi, pegando uma garrafa d'água na geladeira.

Denny parecia nervoso. Quase como se tivesse sido apanhado fazendo alguma coisa errada, ou estivesse com medo de que eu tivesse ouvido algo enquanto ele estava no celular. Quando ouvi as portas do elevador se abrirem, saí correndo da cozinha ao encontro de Julia. Sorri, tirando-a do bebê-conforto e lhe dando um abraço apertado.

— Um latte geladinho para você, minha querida. — Mason sorriu, me estendendo um copo.

— Obrigada, querido. Como Julia foi hoje?

— Glamorosa e perfeita, como sempre. Precisava só ver as pessoas no parque, totalmente encantadas com ela.

— Isso é porque ela puxou ao pai. — Sorri, dando um beijo no seu rosto.

Avisei a ele que Connor e eu a deixaríamos na sua casa por volta das sete da noite. Ele sorriu, despediu-se dela com um beijo e entrou no elevador. Quando eu estava subindo a escada com Julia, Denny saiu da cozinha.

— Fez as pazes com Connor? — perguntou.

— Claro que sim. — Pisquei para ele.

Ele revirou os olhos, sorrindo, e saiu da cobertura.

Coloquei Julia no centro da nossa cama king size e fui me vestir para meu encontro com Connor. Enquanto estava no closet procurando o que usar, ouvi Connor entrar no quarto. Ele foi até a cama e sentou ao lado de Julia. No momento em que ela o viu, suas perninhas começaram a se agitar de alegria.

— Olha só como ela fica toda excitada quando vê o papai. — Ele sorriu.

— Não a culpo. Eu também fico toda excitada quando vejo o papai dela.

— Elle, não diga essas coisas — ele me repreendeu, com um sorriso.

Fui até ele. Julia estava com a mão em volta do seu dedo.

— Ainda estou pensando no nosso amasso no escritório — sussurrei, passando os braços pelo seu pescoço e dando um beijo no seu rosto.

— Ah, amor, eu também. — Ele sorriu, virando a cabeça, e seus lábios roçaram os meus.

— Aonde vamos agora à noite?

— Aonde você quiser ir — respondeu ele. — Andei pensando muito numa coisa ultimamente, e quero conversar com você a respeito.

Enquanto tirava meu jeans da cômoda, tive um mau pressentimento, e fiquei com medo de ouvir o que ele andara pensando.

— Quero fazer uma tatuagem, e estava pensando se podíamos ir àquele lugar onde você fez a sua.

Meus olhos se animaram, e eu me virei para ele.

— Está falando sério? Que tipo de tatuagem quer fazer?

— Estou vendo que você gostou da ideia. — Ele sorriu. — Quero alguma coisa com seu nome e o de Julia, mas que deixe bastante espaço para o caso de termos outro filho.

Parei de vestir meu jeans bruscamente, olhando para ele.

— Outro filho?

— É, por que não? Vamos ser uma família de quatro pessoas.

— Podemos conversar sobre isso de novo daqui a dois anos, Connor. Ainda não estou pronta para sequer pensar em ter outro filho, ainda mais depois dos problemas que tive durante o parto de Julia.

Enquanto eu terminava de vestir o jeans, ele se levantou da cama, veio até mim e pôs as mãos nos meus quadris.

— Não se preocupe, não quero outro filho agora. Estava só pensando no futuro — explicou, dando um beijo na minha cabeça.

— Que tal se formos jantar primeiro, e depois vamos ao salão de Jack para você conversar com ele sobre a tatuagem que quer fazer?

— Ótima ideia, querida. Vou só tomar um banho rápido, e depois nós vamos.

Julia começou a ficar agitada, por isso a tirei da cama e a levei para a cozinha. Enquanto esquentava sua mamadeira, ouvi o celular dar um sinal. Peguei-o na bancada, e vi que recebera uma mensagem de Cassidy.

Vou sair com o Ben agora à noite! Estou tão nervosa, Elle.

Que boa notícia, Cass. Não fique nervosa. Você vai se divertir.

Faz tanto tempo que não saio com um cara...

Relaxe e seja você mesma. Me liga amanhã para dizer como foi.

No momento em que apertei o botão de enviar, Connor entrou na cozinha e tirou Julia do meu colo.

— Pode deixar que eu termino de dar a mamadeira. Senti saudades dela hoje.

Connor sentou na cadeira, sem conseguir parar de sorrir para Julia, segurando a mamadeira na sua boca.

— Cassidy acabou de me mandar uma mensagem, contando que vai sair com o Ben agora à noite.

— O quê? Está falando sério? — disse ele entre os dentes.

— Estou falando sério, sim, e qual é o problema? Sua irmã merece ser feliz.

Ele suspirou.

— Não me leve a mal. Tudo que eu quero é que Cassidy encontre o homem dos seus sonhos, um homem que a deixe totalmente apaixonada e a faça feliz, mas tenho medo de que ela se magoe, por causa de Camden.

— Por causa de Camden? Mas por quê? — perguntei.

— Por causa do autismo dele. É preciso ser um homem muito especial para se envolver com a minha irmã nessas circunstâncias. E não são muitos os homens que estão dispostos a embarcar de coração aberto num relacionamento desses.

— Talvez Ben seja esse homem especial. — Sorri, levantando da cadeira e pegando a sacola de fraldas.

— Duvido.

Suspirei, olhando para Connor.

— Ainda está se vingando só porque eu disse que ele era atraente?

Ele se recusou a olhar para mim, mas estava com um sorrisinho no rosto.

— Você tem sorte por estar com Julia no colo, porque, se não estivesse...

— Se não estivesse, então o quê, Ellery?

— Nada, não. — Sorri, indo pegar a manta de Julia na sala.

Quando dei por mim, vi que Connor tinha me seguido. Ele deitou Julia na manta, que estava estendida no chão, e olhou para mim.

— Se eu não estivesse... o quê? — Sorriu, aproximando-se.

Comecei a recuar, mordendo o lábio. Mais uma vez, sua expressão, seu andar, todo o seu comportamento — eu os conhecia muito bem. Subi a escada correndo, mas, antes que pudesse chegar ao andar de cima, Connor me pegou por trás e me levou de volta para a sala.

— Agora, me diz de novo o que ia fazer comigo se eu não estivesse com Julia no colo — sussurrou com uma voz sexy que fez com que um arrepio me corresse pela espinha.

Estava me segurando com força, e não ia me soltar. Nem eu queria que soltasse. Quando ele me abraçava, eu me sentia a salvo do mundo, e todas as minhas preocupações desapareciam. Ele me colocou no chão, mas continuou a me abraçar por trás. Dava para notar que não queria me soltar, pelo jeito como enterrou o rosto no meu pescoço. Por fim, rompi o silêncio.

— Tudo vai dar certo, amor — sussurrei, soltando meu braço e levando a mão à parte de trás da sua cabeça.

Capítulo 15

CONNOR

Fiquei abraçando Ellery, até que Julia começou a se agitar no chão. Tirei a mão de Ellery da minha cabeça e pousei a palma nos meus lábios.

Enquanto fui pegar Julia, Ellery arrumou a sacola de fraldas. Coloquei Julia no bebê-conforto, e entramos no elevador. Deixamos Julia com Mason e Landon e fomos jantar.

— Onde quer ir jantar? — perguntei.
— No Shake Shack — respondeu ela.

Olhei para Ellery, contraindo o rosto.

— No... como é que é?
— No Shake Shack, seu bobo! Podemos comer um bom hambúrguer com um milk-shake, e fica a um pulo do salão de tatuagens de Jack.
— Tem pinta de ser um tremendo pé-sujo.

Ellery riu, inclinando a cabeça para mim.

— Você é uma graça. Agora, vamos lá. Estou com fome.

Suspirei e fomos para o Shake Shack. Enquanto comia meu sanduíche de frango grelhado, Ellery aproximou seu hambúrguer do meu rosto.

— Dá uma provadinha. É o melhor hambúrguer do mundo.

— Não, obrigado. Tem pinta de ser gorduroso e nojento — respondi.

— Como quiser, Sr. Black. Ainda me lembro de uma época em que o senhor provava tudo que eu levasse à sua boca.

Fiquei vendo Ellery comer seu hambúrguer com fritas. Estava hipnotizado com seu jeito encantador de comer aquele hambúrguer supergorduroso. Não pude resistir, e acabei cedendo.

— Me dá aqui, me deixa provar — pedi, estendendo a mão.

Um sorriso se abriu no seu rosto. A característica que eu mais adorava nela era o fato de se contentar com as coisas mais simples da vida. Dei uma mordida quando ela estendeu o hambúrguer, e tive uma agradável surpresa ao ver que era gostoso.

— E aí? — Ela sorriu.

— Nada mau.

— Eu sabia! Tinha certeza de que você ia gostar.

Terminamos de jantar, se é que esse lanche podia ser considerado como tal, e saímos do Shake Shack. O salão de tatuagens ficava dois quartcirões adiante, e Ellery preferiu caminhar até lá. Segurei sua mão e nos dirigimos ao salão de Jack. Estávamos andando pela rua, apreciando as várias vitrines por que passávamos, quando Ellery parou bruscamente.

— Oi, Elle.

— Oi, Kyle — respondeu ela.

— Connor. — Ele me cumprimentou com um aceno de cabeça.

— Kyle. — Retribuí o cumprimento.

Ele nos apresentou à namorada, e perguntou a Ellery como estava passando. Ela pegou o celular e lhe mostrou fotos de Julia. Fiquei constrangido, louco para sair dali. Podia ver pelo jeito como ele a olhava que ainda gostava dela. Depois que nos despedimos, continuamos a caminhar pela rua.

— Que constrangimento — comentei.
— Até que não. Já esbarrei com ele antes.
— Esbarrou? Você nunca me contou.
— Não foi nada de mais. Só um "oi" rápido quando nos cruzamos.
— Eu notei que ele ainda gosta de você.
— Bem, paciência. Foi ele quem saiu perdendo, não foi? — Ela sorriu.
— Exatamente, amor, ele saiu perdendo e eu ganhando. Se ele nunca tivesse te deixado, eu nunca teria te conhecido, e quem sabe onde eu estaria neste exato momento?

Ela apertou minha mão quando chegamos ao Salão de Tatuagens de Jack.

— Tem certeza de que quer fazer isso? — perguntou.
— Absoluta. Nunca tive mais certeza de uma coisa na vida, com exceção de você. — Pisquei para ela.

Quando entramos no salão, Jack, levantou a cabeça atrás do balcão.

— Ora, ora, olhem só quem resolveu aparecer, minha amiga Ellery! — Ele sorriu, saindo de trás do balcão.
— Oi, Jack — disse Ellery, dando um abraço nele. — Queria te apresentar ao meu marido, Connor. Ele quer fazer uma tatuagem.
— Oi, Connor, prazer em conhecê-lo, brother — disse Jack, e os dois trocaram um aperto de mãos. — Senta ali e me diz o que tem em mente.
— Eu estava pensando em fazer aquele símbolo duplo do infinito numa tinta preta bem grossa, com o nome de Ellery em cima e o de Julia embaixo, no bíceps direito.

Ellery olhou para mim, segurando minha mão, e vi lágrimas brotarem em seus olhos. Balancei a cabeça para ela.

— Bela ideia, amigo. Está pronto? — perguntou Jack.
— Prontíssimo.

Quando Jack estava na metade do desenho do infinito, perguntei a Ellery como tinha aguentado tatuar ambos os pulsos.

— Eu estava no fundo do poço, e nenhuma dor poderia ser pior do que a que eu estava sentindo por te perder.

Respirei fundo, porque meu coração doeu quando ela disse isso.

— Ellery foi muito corajosa. Ela nem estremeceu — contou Jack.

— Ela é uma mulher forte. — Sorri.

Duas horas depois, minha tatuagem ficou pronta. Olhei para ela pelo espelho, e tinha ficado exatamente como eu queria.

— Connor, ficou linda! Adorei! — exclamou Ellery.

— Obrigado, Jack. Você fez um belo trabalho — concordei, pegando a carteira, mas Ellery a tirou de minha mão.

— Aqui está, Jack. Obrigada por tudo. — Ela sorriu, entregando o dinheiro a ele, além de uma gorjeta de cem dólares.

Olhei para ela, que passou o braço pelo meu, enquanto saíamos do salão.

— De onde é que você tirou essa mania de ficar dando gorjetas de cem dólares às pessoas?

— Ele mereceu. Olha só o trabalho lindo que fez na sua tatuagem. Confesso que achei supersexy — disse ela, um largo sorriso se abrindo em seu rosto.

Fomos andando pelas ruas da cidade até o Range Rover. Ellery pegou o celular e mandou uma mensagem para Mason, avisando que estávamos indo buscar Julia. Quando chegamos ao prédio do estacionamento onde tínhamos deixado o Range Rover, abri a porta para Ellery e a beijei apaixonadamente antes de deixá-la entrar.

— Por que esse beijo? — perguntou ela, com um sorriso.

— Porque eu te amo, e quero te pegar de jeito aqui e agora.

— Aqui? Num estacionamento? — perguntou ela, arrastando o lábio por entre os dentes.

— Hum-hum, aqui mesmo, no nosso Range Rover, neste estacionamento.

— O senhor é um homem pervertido, Sr. Black. E se alguém nos vir?

Eu me inclinei mais para ela, passando o dedo pelo contorno da sua face.

— Ninguém vai nos ver, amor. As janelas têm vidros fumê.

Ela estendeu a mão, sentindo a ereção pelo tecido da minha calça, e toquei seus seios embaixo da blusa. Ela gemeu, fechando os olhos, quando meus dedos roçaram nos seus mamilos.

— Não prefere fazer isso aqui, sem o risco de Julia nos interromper? — sussurrei, minha língua lambendo de leve o ponto sensível atrás de sua orelha.

— No banco traseiro, e eu fico por cima — sussurrou ela.

— Não vou discutir com você — respondi, abrindo a porta traseira direita, e entramos.

Capítulo 16

ELLERY

Dois dias depois, quando eu estava vestindo Julia, meu celular tocou. Peguei-o em cima da cama e vi que era Sal, da galeria de arte.

— Oi, Sal — atendi.

— Oi, Ellery. Meu irmão vai abrir uma galeria enorme em Chicago, e quer que você faça parte dela. Ele ia te ligar, mas eu lhe disse que esperasse até eu falar com você. A festa de inauguração vai ser badaladíssima, com um monte de personalidades influentes e críticos de arte. Pode ser uma oportunidade fantástica para você como artista. Ele disse que quer pelo menos cinco quadros novos seus para exibir.

Meu coração começou a palpitar de emoção, e eu aceitei imediatamente. A ideia de voltar a pintar me deixara eufórica.

— Obrigada, Sal. Diga ao seu irmão que pode me ligar, e que estou muito entusiasmada.

— Vou fazer isso, Ellery, e parabéns. Sei que você vai fazer um tremendo sucesso — disse ele, desligando.

Peguei Julia e comecei a dançar com ela, de tão feliz que estava. Não pintava desde antes de ela nascer, e sentia muita falta. Connor já tinha ido para o escritório, e eu estava louca para contar a ele sobre o telefonema de Sal, por isso decidi dar um pulo no seu escritório depois de comprar o presente de aniversário de Camden. Quando desci com Julia até a cozinha, Claire a tirou do meu colo.

— Bom dia, Ellery. — Sorriu.

— Bom dia, Claire. Será que pode ficar de olho em Julia para mim enquanto termino de me vestir? Vamos comprar o presente de aniversário de Camden, e depois fazer uma visita surpresa para Connor.

Claire sorriu, olhando para Julia.

— É claro que posso ficar de olho nesta bonequinha.

— Obrigada, Claire. Não vou demorar.

Enquanto Denny levava a mim e a Julia até a FAO Schwarz, que é a maior loja de brinquedos do mundo, para nos encontrarmos com Cassidy, seu celular tocou. Ele olhou para a tela, e então para mim, pelo espelho retrovisor. Achei estranho que não atendesse. Alguns segundos depois, seu celular tocou novamente.

— É melhor atender. Pode ser importante — falei.

Ele pegou o celular e atendeu. Não parava de me observar pelo espelho. Não disse muito mais do que alguns "OK" durante a conversa. Era a segunda vez que se comportava de maneira estranha durante um telefonema na minha presença. Eu estava começando a achar que havia algo acontecendo que ele não queria que eu soubesse, mas decidi que, por ora, não faria perguntas.

Denny parou a limusine diante da loja, onde Cassidy já esperava por nós. Ela deu a volta, abriu a porta e tirou Julia do bebê-conforto. Depois que agradeci a Denny por sua ajuda, ele se despediu e foi embora.

— Quero saber tudo sobre o seu encontro com Ben — falei, enquanto o funcionário fantasiado de soldadinho de chumbo abria a porta para nós.

— Foi muito divertido. Ele não só é atraente, como também tem senso de humor.

— Acho que me lembro desse lado brincalhão dele. — Sorri. — Connor ficou chateado quando eu disse que ele era atraente. — Dei uma risada.

— Diga ao Connor que ele não tem com o que se preocupar.

— Eu já disse, mas ele quer ser o único homem atraente na minha vida.

— É claro que quer. Ele é loucamente apaixonado por você. Mas o estranho é que eu não achei que ele fizesse o tipo ciumento.

— Eu mostrei a ele que seus medos eram infundados. — Pisquei.

Cassidy e eu ficamos passeando pela loja por mais de duas horas. Julia tinha acabado de acordar, e estava começando a ficar agitada. Quando parei o carrinho e a peguei no colo, Cassidy tocou no meu braço. Olhei para ela, que olhava para frente. Meus olhos foram até o ponto que ela observava, e vi meu marido parado, perto do piano gigante, com um largo sorriso no rosto.

— O que está fazendo aqui? — perguntei, indo até ele, que tirou Julia do meu colo.

— Estava pensando em levar minhas três meninas favoritas para almoçar.

— Ah, quer dizer que agora eu sou uma das suas meninas favoritas? — perguntou Cassidy, dando um beijo no rosto dele.

— Você sempre foi a minha irmã favorita. — Ele piscou.

— Julia e eu íamos te fazer uma surpresa indo ao seu escritório.

— Bem, parece que eu surpreendi vocês primeiro — respondeu Connor, beijando meus lábios.

Cassidy se aproximou e pisou no piano gigante com um dos pés. O brinquedo consistia num longo tablado retangular, imitando um teclado, que ficava no chão, e as notas eram tocadas pisando-se em cima delas.

— Connor, lembra quando nós éramos pequenos? — perguntou ela, com um sorriso.

— É claro que lembro. Mamãe e papai costumavam nos trazer aqui, e nós tentávamos tocar uma música nesse piano.

—Vem tocar comigo. Só de curtição. Como a gente fazia naquela época — disse ela, estendendo a mão para ele.

Não havia nada que eu quisesse mais do que ver Connor tocando o piano gigante, mas achei que ele nunca iria querer fazer isso. Ele passou Julia para mim, segurou a mão de Cassidy e pisou no brinquedo com ela. Fiquei olhando para os dois, espantada. Ele deu dois passos para a esquerda, e ela dois para a direita. Coloquei Julia no carrinho e peguei o celular. Essa era uma cena de que jamais queria me esquecer, pensei, apertando o botão de gravar da filmadora. Cassidy se afastou do piano, e Connor tocou uma musiquinha. Quando terminou, Cassidy voltou e tocou a mesma melodia. Os dois estavam aos risos. Era tão bom ver Connor se divertir e relaxar um pouco. Os dois estavam sem fôlego quando terminaram. Cassidy passou por mim, e dei um toca aqui na sua mão. Quando Connor se aproximou, passou os braços pela minha cintura com força, me balançando para os lados.

—Você estava muito sexy fazendo isso. — Sorri.

— Nós vínhamos aqui toda hora. Às vezes, quando Cassidy e eu estávamos tocando o piano, uma das outras teclas se acendia sem termos pisado nela, e aí eu dizia a Cassidy que era Collin que estava aqui, tocando com a gente. Isso deixava Cass morta de medo.

Desfiz nosso abraço, pondo a mão no seu peito.

—Aposto que ele estava mesmo aqui. Ele sempre vai estar com você, em espírito.

Connor sorriu, dando um beijo na minha cabeça.

—Vem, vamos almoçar. Estou morto de fome.

Enquanto esperávamos na fila para pagarmos, Connor tirou Julia do carrinho e a levantou, fazendo mil caretas engraçadas para ela.

— Ora, ora, olhem só o Papai Connor — ouvi uma voz dizer atrás de nós.

Connor e eu nos viramos, e vimos Sarah. Na mesma hora, Connor ficou nervoso.

— Sarah. Como vai? — perguntou ele, com toda a educação.

— Estou bem, Connor. É bom revê-lo. — Sorriu. — Ellery, você está maravilhosa.

— Obrigada, Sarah — respondi, vendo-a se aproximar de Julia.

Encontrar Sarah sempre me dava um mal-estar horrível. Só o fato de saber que ela e Connor tinham sido amantes durante anos, e as coisas que tinham feito, bastava para me irritar, mas não tanto como quando eu olhava para Ashlyn.

— Ela é um encanto, Ellery, e é a sua cara.

Sorri com educação quando ela deu um passo para trás.

— Foi bom ver vocês de novo. Vocês são uma família perfeita, e eu estaria mentindo se dissesse que não estou com inveja. Tenham um bom dia — disse, afastando-se.

Cassidy olhou para mim, e então para Connor. Não disse uma palavra, e nem ele. De repente, disparei:

— Bem, isso foi constrangedor.

Connor pôs Julia no carrinho, ficou atrás de mim e sussurrou no meu ouvido:

— Como foi constrangedor esbarrar com o Kyle.

Olhei ao redor e vi que Cassidy estava pagando. Discretamente coloquei a mão na frente da calça de Connor, dando uma apertadinha. Inclinei a cabeça para trás e sussurrei:

— Ele era meu namorado, não uma foda amiga. Há uma diferença.

Connor colocou a mão na frente da minha calça, e eu tirei a mão.

— Amor, isso não foi nada simpático, e nós vamos discutir o assunto quando chegarmos em casa.

— Pode apostar que vamos discutir o assunto quando chegarmos em casa, e não apenas com palavras.

— Ah, meu Deus — sussurrou ele.

Paguei pelos presentes de aniversário de Camden, e saímos os quatro da loja. Enquanto Connor empurrava o carrinho, dei o braço a ele e sorri.

Enquanto esperávamos que nossa comida fosse servida, perguntei a Connor como soubera que estávamos na FAO Schwarz.

— Amor, você me disse ontem à noite que vocês iam lá e, quando falei com Denny, ele disse que tinha acabado de deixar você e Julia lá.

— Mas já fazia mais de duas horas que tínhamos chegado. Como você soube que ainda estávamos lá?

— Eu arrisquei, Ellery. Por que está me fazendo um milhão de perguntas?

Balancei a cabeça, pedindo desculpas. Estava com a sensação de que algo me escapava, e não conseguia atinar com o que fosse.

— Ah, meu Deus! Esqueci completamente de te contar, Connor! — exclamei.

— O quê?

— A razão por que Julia e eu íamos te visitar no escritório. Sal me ligou, o irmão dele vai abrir uma galeria em Chicago e quer que eu exponha cinco quadros.

— É uma notícia fantástica, Ellery. — Cassidy sorriu.

— Amor, isso é maravilhoso. Mas acho que você não tem cinco quadros prontos, tem? — perguntou Connor.

Abaixei os olhos, e a garçonete pôs meu club sandwich na minha frente.

— Não, não tenho. Preciso começar a pintar, e depressa.

— Quando é a inauguração? — perguntou Cassidy.

Olhei para ela, perplexa, mordendo o lábio.

— Não sei. Estava tão eufórica que me esqueci de perguntar.

— Estou tão feliz por você. — Connor sorriu, inclinando-se para me dar um beijo.

Enquanto almoçávamos, conversamos sobre a festa de Camden, e então Cassidy caiu na asneira de dizer uma coisa que nunca deveria ter dito.

— Ben vai à festa de Camden.

Julia começou a choramingar, por isso a tirei do carrinho. Não queria olhar para Connor, porque sabia que ele ia ficar furioso.

— Não olha para mim com essa cara, Connor. Para o seu governo, ele é um cara muito legal, e eu gosto dele. Aliás, vamos sair hoje à noite com Camden.

Connor se debruçou sobre a mesa.

— Você vai deixar que ele entre na vida de Camden?

— Eu gosto dele e, até onde posso notar, ele também gosta de mim.

— Ele sabe sobre Camden?

— É claro que sabe! Acha que eu esconderia isso dele?

Colocar a mão no braço de Connor para jogar água na fervura não adiantou nada. Cassidy se levantou, pondo uma nota sobre a mesa.

—Acho que é melhor irmos embora antes que um de nós diga algo de que se arrependa. Ellery, te adoro, e mais tarde nós conversamos — disse ela, dando um beijo no meu rosto.

Saiu do restaurante, e olhei para Connor.

— Está satisfeito?

Connor balançou a cabeça, revirando os olhos.

— Ela não tinha nenhuma razão para se irritar desse jeito — respondeu.

A essa altura, Julia estava cansada, e começando a se agitar.

— Não quero falar sobre isso agora. Precisamos levar Julia de volta, para ela dormir um pouco.

—Vem cá, filhinha — disse Connor, tirando-a do meu colo. —Você nunca vai ficar zangada com o papai.

— Espera só até ela chegar à adolescência e não querer mais saber de você — comentei.

— Ellery, não diga uma coisa dessas — pediu ele, com uma expressão chocada.

Sorri e nos levantamos, indo embora do restaurante.

Capítulo 17

CONNOR

*D*enny *estava esperando* por nós diante do restaurante. Assim que chegamos à limusine, entreguei Julia para Ellery, dobrei o carrinho e o guardei no porta-malas. Ellery acomodou Julia no bebê-conforto, enquanto eu entrava e fechava a porta. Quando olhei para ela, vi que estava me encarando.

— Que foi? — perguntei.
— Qual é o problema com você?
— Não tenho problema algum, Ellery.
— Tem, sim, Connor. Por que resolveu falar sobre o Ben?
— Eu não disse uma palavra sobre o Ben. Apenas perguntei se ele sabia sobre o Camden, só isso.
— Você olhou para Cassidy com ar de nojo quando ela disse que ele vai à festa.

— Olha, eu amo muito a minha irmã e o Camden, e ela precisa tomar cuidado com quem deixa entrar na vida dele.

— Espera aí — disse Ellery, franzindo o cenho para mim. — Você está com medo de que Camden afaste o cara, e isso cause um grande desgosto à sua irmã?

Olhei pela janela, sem poder dizer nada. Ela tinha razão. Só queria que Cassidy fosse feliz, mas, quando Camden não gostava de alguém ou se sentia ameaçado, podia dar muito trabalho. Não queria que minha irmã se apegasse a alguém para depois sofrer uma grande mágoa quando o cara fosse embora por causa dele. Ellery segurou minha mão.

— Connor, eu entendo que você se preocupe com Cassidy. Acredite em mim, não quero ver nem ela nem Camden sendo magoados, mas ela é uma mulher feita, capaz de tomar suas próprias decisões.

— Eu sei que ela é capaz de tomar suas próprias decisões, Ellery. Só não quero que se magoe. Sempre protegi a ela e a Camden, e não vou deixar de fazer isso agora só porque um cara qualquer está a fim de uma xoxota.

— Connor! — exclamou Ellery. — Não acredito que você tenha dito isso.

Enquanto Denny estacionava na garagem, abri a porta e tirei o bebê-conforto de Julia. Ellery pegou a sacola de fraldas e me seguiu até o elevador.

— Desculpe. Talvez não tenha tido intenção. Droga, nem sei qual foi minha intenção. Acho que vamos ter que esperar e ver o que acontece. Mas uma coisa eu te prometo: se ele magoar Cassidy, vai ter que se ver comigo.

Ellery olhou para mim, sorrindo.

— Ou comigo, e não sei qual de nós dois é pior.

— Ah, acho que é você, meu amor. — Sorri, saindo do elevador.

Ellery deu um tapa no meu traseiro pelo comentário, e senti uma pontada de desejo lá embaixo.

— Não devia ter feito isso, amor.

— Calma lá, Black. Tenho que trocar a fralda de nossa filha.

Enquanto Ellery levava Julia ao quarto para trocar sua fralda, fui para meu home office. Momentos depois, Denny entrou, fechou a porta e se sentou.

— Vai contar a Ellery sobre Ashlyn? — perguntou.

— Não acho que tenha a obrigação de fazer isso. Estou mantendo Ellery a par do julgamento, e ela parece se contentar com isso. Não quero deixá-la ainda mais aborrecida do que ela já está.

— Mas você prometeu que não guardaria segredos, Connor, e isso pode ser considerado como um segredo.

— Ela não pode mais ficar se concentrando em Ashlyn e no julgamento. Vai participar de uma exposição numa galeria em Chicago, e eles precisam de cinco quadros. Ela tem que se concentrar nisso, sem nenhuma distração. Entre a pintura e Julia, vai ficar ocupada demais até para pensar em Ashlyn e no julgamento.

Denny balançou a cabeça para mim.

— Será que algum dia você vai aprender?

— Confia em mim. Sei o que estou fazendo.

— Sabe o que está fazendo em relação a quê? — perguntou Ellery, abrindo a porta e parando diante dela.

Tive que pensar depressa, antes que ela começasse a fazer um milhão de perguntas.

— Droga, Ellery. Você estragou a surpresa — improvisei.

Denny me fuzilou com os olhos. Estendi os braços para ela, pedindo que viesse sentar no meu colo.

— Denny e eu estávamos conversando sobre o seu ateliê. — Sorri.

Um lindo sorriso enfeitou seu rosto quando ela olhou para mim.

— Que ateliê?

Dei uma olhada em Denny. Ele revirou os olhos.

— O que estou montando, para você poder pintar lá.

Ellery passou os braços pelo meu pescoço, me abraçando.

— Connor, estou eufórica! Me conta tudo sobre o meu ateliê! — pediu, entusiasmada.

— Sim, Connor, conte a Ellery quais são seus planos para o ateliê — disse Denny, com ar presunçoso.

— Podemos conversar sobre isso mais tarde — respondi, dando um piparote no nariz dela e cravando um olhar duro em Denny. — Você vai adorar, mas antes tenho que terminar uma coisa. Por favor, me deixa te fazer uma surpresa, amor.

—Tá, mas você sabe como eu sou impaciente.

— É, eu sei — concordei, ouvindo Julia começar a chorar.

Dei graças a Deus pelo choro de Julia. Ellery se levantou do meu colo e saiu do home office. Denny se levantou da poltrona, balançando a cabeça.

— É melhor tratar de pôr logo em prática esses planos para o ateliê que prometeu a ela.

—Vou fazer isso agora mesmo — respondi, suspirando.

Peguei o celular e liguei para Paul. Caiu na caixa postal, por isso deixei uma mensagem pedindo que me ligasse imediatamente. Ele encontraria o lugar perfeito para o ateliê de Ellery.

Quando saí do home office e passei pela sala, vi que Ellery dormia profundamente no sofá. Peguei um edredom no armário e a cobri. Precisava de um uísque, por isso fui até o bar. A sensação da bebida descendo redonda pela garganta ajudou a me acalmar, assim como a visão de minha esposa dormindo. Meus olhos a observavam enquanto minha mente me punia por guardar segredos dela. Alguns momentos depois, ela abriu os olhos e ficou me observando, do outro lado da sala.

— Há quanto tempo estou dormindo?

— Não sei. Você já estava dormindo quando saí do home office — respondi, indo até ela. Sentei na beira do sofá, afastando alguns fios de cabelo do seu rosto.

Quando ela se sentou, tirou o copo da minha mão e deu um gole. Como sempre, fez a mesma careta quando bebeu.

— Por que deu um gole, se não gosta de uísque?

— Estava com sede. — Ela sorriu.

Eu me inclinei para ela, roçando os lábios nos seus. Eles responderam sensualmente, e ela endureceu nosso beijo. No momento em que fiz com que se deitasse e subi em cima dela, beijando-a apaixonadamente, meu celular tocou. Respirando fundo, interrompi nosso beijo, tirei o celular do bolso e vi que era Paul quem ligava.

— Amor, temos que continuar isso mais tarde. Preciso atender, é Paul.

—Tudo bem. Vai, atende sua ligação. Vou dar uma olhada em Julia.

— Oi, Paul — atendi, entrando no home office e fechando a porta.

— Preciso que você encontre um apartamento que eu possa converter num ateliê para Ellery.

—Vou cuidar disso agora mesmo, Connor. Tem alguma área específica em mente?

— Algum lugar aqui perto da cobertura. Acho que ela vai preferir que seja perto de casa.

— Entendi. Te ligo assim que encontrar alguma coisa.

Eu estava com um bom pressentimento em relação a esse ateliê. Era algo que já deveria ter feito há muito tempo, mas, com a doença de Ellery, o casamento e agora Julia, ela não pintara muito, e eu nem pensara no assunto. Precisava que o ateliê ficasse perfeito. Deveria servir para distraí-la da roda-viva diária do processo.

Capítulo 18

ELLERY

Quando tirei *Julia* da mesa onde costumava trocar suas fraldas, o celular tocou. Coloquei-a no colo e fui até a cômoda, onde ele estava.

— Oi, Peyton.

— Oi, Elle. Pensei que fôssemos visitar aquela cachorra na cadeia.

— E vamos. O dia em que conversamos sobre isso era justamente o dia de visitas, por isso agora vamos ter que esperar até a semana que vem.

— Ah, tá. Estava só tentando entender o que tinha acontecido, porque você estava irredutível em relação a ir lá, mas depois não tocou mais no assunto. Achei que talvez tivesse mudado de ideia. Na verdade, estava *torcendo* para que tivesse mudado de ideia.

— Não, Peyton, não mudei de ideia.

— Tudo bem, Elle. O que está fazendo?

— Olhando para o meu marido sexy, que está parado diante da porta. Te ligo mais tarde.

Quando apertei o botão de encerrar, Connor se aproximou, pegou Julia no colo e sentou na cadeira de balanço. Minha maior paixão era ver meu marido com nossa filha. Peguei as roupas novas que tinha comprado para Julia e as pendurei no armário. Senti meu estômago dar um nó quando Connor me perguntou:

— Não mudou de ideia em relação a quê?

Fiquei parada olhando para o interior do armário, pendurando as roupas uma a uma. Minha pele começou a ficar quente como se eu estivesse com febre, o nervosismo tomando conta de mim. Precisava pensar em alguma coisa, e bem depressa.

— O quê...? — perguntei, com ar inocente.

— Ouvi você dizendo a Peyton que não mudou de ideia.

— Ah, isso. Era sobre ir com ela na semana que vem para escolher as flores do casamento.

— Por que ela achou que você mudaria de ideia?

— Não achou, só queria ter certeza de que eu não tinha mudado de ideia — respondi, olhando para ele, confusa.

— Não é o Henry que devia ir com ela? — perguntou Connor.

— Por acaso o senhor foi comigo, Sr. Black?

— Tem razão. — Ele sorriu.

Levantando da cadeira de balanço, levou Julia para a sala e a colocou na cadeira de descanso. Fui atrás dele, soltando um suspiro de alívio. Se descobrisse que eu pretendia visitar Ashlyn, nem sei o que seria capaz de fazer.

Recolhi vários brinquedos espalhados pelo chão, guardando-os numa cesta, e então fui à cozinha para pegar uma xícara de café. Connor se aproximou por trás de mim, passando os braços fortes pela minha cintura e aspirando meu cheiro, seu hálito quente se espalhando pelo meu pescoço. Quando pousei as mãos nos seus braços e inclinei a cabeça para o lado, seus lábios começaram a percorrer a minha pele.

— Quem dera Mason estivesse aqui agora para ficar com Julia, enquanto te levo ao delírio na bancada da cozinha.

— Não precisamos do Mason. Dá para aproveitarmos enquanto Julia está quietinha na cadeira de descanso. Podemos não ter muito tempo, mas não custa tentar.

Um rosnado baixo escapou do fundo de sua garganta, e ele enfiou a mão entre minhas coxas, aninhando meu sexo. Virei depressa para ele, que me pegou no colo e me colocou na bancada, suas mãos subindo pela minha blusa até os seios. Levei as mãos à sua cabeça, passando os dedos pelos seus cabelos. Nossas bocas se devoraram. De repente, ouvimos alguém pigarrear. Levei um susto, e Connor olhou para o outro lado da cozinha.

— Estou interrompendo alguma coisa? — perguntou Denny, indo até a geladeira.

— Mas que droga, Denny.

— Calma, Connor. Julia não teria deixado que vocês fossem mais longe.

Não pude deixar de rir desse comentário, descendo da bancada e endireitando a blusa. Quando ia dizer alguma coisa, o celular tocou. Olhei para onde ele estava.

— É uma ligação de Chicago. Aposto que é o irmão de Sal. Já volto — disse, saindo da cozinha. — Alô?

— Ellery? — disse uma voz de homem.

— Sim, aqui é a Ellery.

— Oi, é o Vinnie, irmão de Sal. Ele disse que ia te ligar sobre a exposição da minha galeria de arte aqui em Chicago.

— Sim, Vinnie, o Sal me ligou, e estou muito interessada em participar da sua exposição.

— Isso é ótimo, Ellery. Já vi seu trabalho e acho que você é uma pintora fantástica. Há alguma possibilidade de você vir a Chicago, para podermos jantar e conversar sobre a inauguração?

— Claro. Quando gostaria que nos encontrássemos?

— O quanto antes. Desse jeito, você pode ter uma ideia melhor do que estou esperando.

— É provável que eu possa ir amanhã — falei.

— Isso é ótimo. Me ligue ou mande uma mensagem para confirmar, e vou fazer a reserva para o jantar. Estou ansioso para conhecê-la, Ellery.

— Obrigada, Vinnie. Pode deixar que eu entro em contato.

Eufórica, voltei à cozinha, onde Denny segurava Julia, e Connor estava sentado diante dele.

— E aí? — perguntou Connor.

—Vou a Chicago amanhã para jantar com o Vinnie, por isso mande preparar o jatinho.

— Sim, senhora! — Connor sorriu. — Vou desmarcar meus compromissos de amanhã para poder te acompanhar.

—Você não precisa ir, Connor. Sei como está ocupado.

—Você não vai sozinha e assunto encerrado, Ellery — decretou ele, em tom sério.

Olhei para Denny, que levantou as sobrancelhas para mim. Quando caminhei lentamente até Connor, ele levantou os olhos do celular.

— Que foi?

— Eu te amo, mas, se falar comigo nesse tom de novo, vai apanhar. Estamos entendidos?

Os cantos de seus lábios se curvaram num sorriso sinistro.

— Nesse caso, vou começar a usar esse tom mais vezes, principalmente no quarto.

— Ou na cozinha, se é o que prefere — intrometeu-se Denny.

Não pude deixar de rir, indo até Denny e dando um beijo no seu rosto.

Depois de duas transas maravilhosas com Connor, primeiro na cama e depois no chuveiro, arrumamos uma mala pequena, pegamos a sacola de fraldas, pusemos Julia no bebê-conforto e fomos buscar Mason no seu loft. Abrindo a porta da limusine, ele sentou de frente para nós, ao lado de Julia.

— Olá, princesa! Vamos nos divertir muito em Chicago. O tio Mason vai levar você a uma loja chamada American Girl.

— Não acha que ela é um pouco novinha demais para isso? — perguntou Connor.

— Morda a língua! Nunca se é jovem demais para aquelas bonecas lindas e divertidas.

Quando chegamos ao aeroporto, entramos no jatinho de Connor e fomos para Chicago. Ao chegarmos, nos hospedamos nas Trump Towers e fomos para nossos quartos. Quando Connor entregou a Mason a chave do seu, ele olhou para Connor, confuso.

—Vou ter meu próprio quarto? Mas as babás não têm que ficar com o casal e a criança?

—Você vai ter seu próprio quarto, onde pode ficar com Julia quando precisarmos. Seu bar está abastecido com as melhores bebidas, portanto, aproveite. Mas não quando Julia estiver com você.

— Eu já te disse o quanto te amo? — Mason piscou para ele.

Entrando na suíte, eu me atirei na luxuosa cama king size. Connor pediu a Mason que levasse Julia para seu quarto, enquanto trocávamos de roupa para o jantar.

— Ainda faltam horas para o jantar — falei.

Connor caminhou até a cama, desabotoando a camisa. Tirou-a e a colocou na cadeira. Fiquei observando sua barriga de tanquinho supersexy, arrepios me percorrendo a pele. Ele deitou na cama e se debruçou sobre mim, seus olhos fixos nos meus.

— Quero fazer amor com você, Ellery Black, aqui e agora. Quero beijar e sentir cada centímetro da sua pele nua, e quero sentir sua excitação por todo o meu corpo. Depois, quero te levar para a banheira e ensaboar seu corpo nu, enquanto faço amor com você de novo.

Uau! Seu efeito sobre mim era hipnótico, e fiquei molhada só de ouvir essas palavras. Ele sempre me fazia sentir como se eu fosse a única mulher do mundo, e sua fome constante por mim fazia meu corpo tremer. Fiquei observando seus olhos hipnóticos, e ele enfiou a mão na minha legging, não parando até sentir o quanto eu estava excitada.

—Você está toda molhada, amor — gemeu ele, enfiando um dedo dentro de mim.

Arqueei as costas e joguei a cabeça para trás, implorando por mais, e ele arrancou minha roupa, jogando-a no chão.

Enquanto eu retocava a maquiagem e arrumava o cabelo, Connor trouxe Mason e Julia de volta para o quarto. Mason entrou no banheiro e olhou para mim.

— Nossa, como sua pele está brilhando, Ellery. Você deve ter tido uma transa maravilhosa.

Não me virei, apenas olhando para ele pelo espelho, com um sorriso.

— Eu sabia! — exclamou ele.

— Ah, para. Você sabia que nós íamos transar quando ele te pediu que levasse Julia para o seu quarto.

Mason avançou alguns passos, inclinando-se para mais perto de mim.

— Só me diz uma coisa: ele foi tão *fodástico* na cama quanto estava com jeito de que iria ser?

Franzi as sobrancelhas para ele, mas então sorri.

— Foi, e "fodástico" não chega nem perto de descrever como ele é habilidoso.

— Droga, eu sabia. — Ele suspirou.

— Para de sonhar com o meu marido e me ajuda a escolher um vestido.

Enquanto eu ia até o armário e dava uma olhada nos quatro vestidos que tinha trazido, Connor entrou no quarto com Julia. Colocou-a na cama e balançou as chaves em formato de bichinhos na sua frente. Olhei para ele, sorrindo, e então tirei o vestido vermelho e o azul do armário.

— Qual? — perguntei, exibindo-os.

— O azul. O vermelho — responderam Connor e Mason ao mesmo tempo.

Olhei para os dois com o rosto contraído.

— Tudo bem, vou pôr o preto — decidi, voltando a guardar o vermelho e o azul e tirando o pretinho. — Obrigada, cavalheiros. Agora, se me dão licença, tenho um vestido para pôr.

— Vá lá, o preto serve — ouvi Mason dizer, enquanto eu entrava no quarto e fechava a porta.

Quando terminei de pôr o vestido e calçar os escarpins pretos, me despedi de Julia com um beijo, enquanto Connor, com a mão nas minhas costas, me empurrava pela porta. Fomos nos encontrar com Vinnie em um restaurante chamado La Spiaggia. Ele já tinha chegado, e se levantou quando a hostess nos acompanhou até a mesa.

— Ellery Black, que prazer finalmente conhecê-la — disse, me dando um beijo no rosto.

— O prazer é todo meu, Vinnie. Esse é meu marido, Connor Black.

Os dois trocaram um aperto de mãos, e então nos sentamos e abrimos nossos menus.

— Tomei a liberdade de pedir uma garrafa do melhor Pinot Grigio para nós. Espero que não se importem.

— Não, em absoluto. — Connor sorriu.

Depois de decidir o que queria jantar, fechei o menu e juntei as mãos sobre a mesa.

— E então, me fale sobre a sua galeria.

— A galeria tem aproximadamente uns seis mil metros quadrados. Um excelente espaço. Gostaria de mostrá-la a vocês amanhã de manhã, se possível.

— Vamos ter que voltar para Nova York pela manhã. Que tal mais tarde, depois do jantar? — sugeriu Connor.

— Tudo bem, pode ser. — Vinnie sorriu. — A inauguração vai ser daqui a um mês e meio. Esse prazo é suficiente para você?

Dei um gole no meu vinho, engolindo em seco. Não sabia se conseguiria. Mas não ia dizer isso a ele.

— Mais do que suficiente — respondi, dando outro gole de vinho.

— Ótimo. Quando formos visitar a galeria, que ainda está inacabada, vou lhe mostrar o espaço que reservei para seus quadros.

Enquanto degustávamos os pratos da alta culinária e tomávamos vinho, Connor e Vinnie conversaram principalmente sobre o aspecto comercial da galeria. Peguei o celular e mandei uma mensagem para Mason.

Como está o meu amor?

Vou bem, obrigado. Ah, sim, você se refere à princesa. Ela é adorável e está dormindo.

Que bom. Voltaremos para o hotel mais tarde. Vamos visitar a galeria antes.

Não tem pressa, e divirtam-se.

Depois de visitarmos a galeria, Connor e eu nos despedimos de Vinnie e entramos na limusine que esperava por nós. Connor segurou minha mão.

— Gostou da galeria?

— Adorei. Vai ficar fantástica quando estiver pronta.

— Vai ficar fantástica quando seus quadros estiverem pendurados na parede — corrigiu ele, sorrindo.

Depois de dar um beijo no seu rosto, encostei a cabeça no seu ombro, morta de medo por não saber se conseguiria terminar os cinco quadros dentro do prazo. Quando era solteira, esse tipo de preocupação nunca teria passado pela minha cabeça, mas, agora que era esposa e mãe, seria difícil, mesmo com a ajuda de Connor e Mason. Respirei fundo, e Connor deu um beijo na minha cabeça.

Capítulo 19

CONNOR

Depois de tomarmos um bom café da manhã, voltamos para Nova York. Pedi a Denny que me deixasse na Black Enterprises, para que eu pudesse pôr meu trabalho em dia, antes de levar Ellery, Julia e Mason para casa.

— Até mais tarde, amor — falei, dando um beijo em Ellery e em Julia.

— Tchau, querido. Não trabalhe demais.

Fechei a porta e entrei no prédio. Ao entrar no elevador, o celular tocou. Era Paul.

— Estou subindo para te ver. Estou no elevador.

Quando as portas do elevador se abriram, atravessei o corredor até o escritório de Paul. Abri a porta e me sentei diante dele.

— Encontrei um lugar para o ateliê de Ellery.

— Ótimo. Onde é? — perguntei.

— No seu prédio.

Olhei para ele, confuso.

— Como assim, no meu prédio? Que prédio?

— Onde você mora, Connor — disse ele, com um suspiro.

Franzi as sobrancelhas, me levantando para pegar a garrafa térmica.

— Não sei se é uma boa ideia. Preferia que fosse em outro prédio.

— Olha só, Connor. O lugar é perfeito, e acho que ela adoraria. Fica no décimo andar, e é um apartamento de esquina. Tem mais janelas, o que significa mais luz natural, cozinha, banheiro e um quarto, que pode ser convertido em despensa. Ela vai ter tudo de que precisa lá e, o mais importante, é seguro. Sei o quanto você se preocupa com a segurança dela.

Fiquei bebendo meu café, e balancei a cabeça.

—Talvez você tenha razão. Vou dar uma olhada nele antes de ir para casa. Obrigado, Paul — agradeci, saindo do seu escritório e indo para o meu.

Horas mais tarde, decidi ligar para Cassidy. Digitei seu número e esperei pacientemente que ela atendesse. Não sabia se faria isso, considerando como as coisas tinham ficado entre nós na véspera.

— Se está ligando para tomar satisfações sobre a minha vida amorosa, pode ir tirando o cavalinho da chuva — foi logo dizendo ela ao atender.

— Isso é que é maneira inteligente de atender o telefone. Imagino que ainda esteja chateada comigo.

— Chateada é apelido, Connor.

— Desculpe pelo que disse ontem. Sinceramente. Agora, se me perdoar, posso dizer a razão por que estou ligando.

—Você não ligou para se desculpar? — perguntou ela.

— Bem, sim, também, mas queria te pedir um favor.

Ouvi um longo suspiro do outro lado.

— O que você quer?

— Vou ver um apartamento no meu prédio, para converter num ateliê para Ellery, e adoraria que você fosse dar uma olhada nele comigo. Mas, por favor, não conte nada a ela, é surpresa.

— Quando quer fazer isso?

— Que horas estaria bom para você? — perguntei.

— Pode ser daqui a uma hora?

Olhei para o outro lado de meu escritório e vi a porta se abrir. Cassidy estava parada no umbral. Sorri, desligando o celular e me levantando da poltrona, e ela entrou no escritório. Demos um abraço carinhoso.

— Desculpe, irmã. Você sabe o quanto amo você e Camden, e só quero o melhor para os dois.

— Eu sei, Connor, e também te amo, mas você não pode achar que tem o direito de mandar na minha vida. Me deixe cair, porque eu me levanto e tento de novo. Não sou tão fraca quanto você pensa.

— Não acho que você seja fraca em absoluto. — Sorri, desfazendo nosso abraço.

— Tenho mais umas coisas para terminar no outro escritório, e depois podemos ir.

— Ótimo. Vou pedir a Denny para vir me buscar.

— Não precisa. Estou de carro. Você pode ir dirigindo. — Ela sorriu, saindo do escritório.

Não havia nada que eu detestasse mais do que o trânsito de Nova York, e ela sabia. Talvez fosse sua maneira de se vingar de mim.

Cassidy e eu entramos no apartamento e, na mesma hora, eu soube que era perfeito para Ellery.

— Adorei, Connor — disse Cassidy. — Ela vai amar!

— É, é muito bom. Me diga quais são seus planos. Lembre-se, vai ser um ateliê.

Enquanto Cassidy dava uma volta pelo apartamento, expondo suas ideias, tive certeza de que Ellery iria adorar. Quanto mais pensava a respeito, mais via que Paul tinha razão. Era muito mais seguro para Ellery ter um ateliê ali, e eu não teria que me preocupar tanto com ela. Pegando o celular, liguei para o proprietário e comprei o apartamento. Cassidy e eu saímos de lá e, quando apertei o botão do elevador, dei um abraço nela, me despedindo. As portas se abriram e levei um susto ao ver Ellery dentro do elevador.

— Connor, Cassidy. O que estão fazendo? — perguntou ela, com uma expressão perplexa.

Merda, pensei comigo mesmo.

— Amor, o que *você* está fazendo?

— Acho que perguntei primeiro, Connor — respondeu ela, saindo do elevador. — Por que está neste andar?

— Ah, que droga — exclamei, balançando a cabeça. Segurei sua mão. —Vem, vou te mostrar a razão.

Abri a porta do apartamento e fiz um gesto para que ela entrasse.

— Não estou entendendo — disse Ellery.

— Bem-vinda ao seu ateliê.

Uma expressão chocada se estampou no seu rosto.

— O quê...?

Passei os braços pela sua cintura.

— Este é o seu ateliê, amor. Comprei o apartamento para você como uma surpresa, e Cassidy vai decorá-lo. É aqui que você vai pintar seus quadros, sem qualquer interrupção.

— Ah, Connor, adorei! Obrigada — disse ela, me dando um beijo.

Agradeceu a Cassidy com um abraço, e então minha irmã anunciou que tinha que ir embora.

— Preciso ir para casa. Ainda tenho muito que fazer para a festa de Camden amanhã.

Ellery perguntou se havia algo que pudesse fazer para ajudá-la. Cassidy respondeu que não, educada, pois já estava com tudo organizado. Quando ela saiu do apartamento, Ellery fechou a porta e encostou o corpo nela, com um sorriso. Dava para ver que ia aprontar alguma.

— É melhor irmos andando — falei.

— E nós vamos, depois que tivermos batizado meu novo ateliê — respondeu, sorrindo.

Senti um desejo lá embaixo quando ela disse isso. Andou até onde eu estava, pegou a barra da minha camisa e a puxou pela minha cabeça.

— Quero lhe agradecer por toda a sua dedicação, Sr. Black — anunciou, abrindo meu cinto.

Sorri de orelha a orelha só de pensar no que estava por vir.

Paramos na longa e tortuosa estrada de carros da casa de meus pais. A varanda estava decorada com balões e um grande cartaz que dizia *Feliz Aniversário, Camden*. Ellery e eu sorrimos quando vimos o cartaz, sabendo que, num futuro não muito distante, estaríamos fazendo o mesmo por Julia. Tínhamos dado um pulo antes em nossa casa de praia para deixar nossas sacolas e dar uma olhada nas coisas. Já fazia algum tempo que não íamos lá, por causa de tudo que estava acontecendo. Mason e Landon viriam à festa, e também Peyton e Henry, e Denny e sua mulher, Dana. Estacionei o Range Rover e desafivelei o bebê-conforto de Julia. Ellery pegou a sacola de fraldas e os presentes de Camden. Quando entramos na casa, Camden veio correndo da sala de estar. Coloquei depressa o bebê-conforto no chão ao vê-lo correr para os meus braços.

— Feliz aniversário, amigão — disse, dando um beijo na sua cabeça. Ele sorriu para mim, e então olhou para Ellery, estendendo os braços. Ela pôs os presentes na mesa e o tirou de mim, abraçando-o e desejando-lhe feliz aniversário.

Enquanto Ellery tirava Julia do bebê-conforto, Camden me levou pela mão até os fundos da casa. Toda a nossa família e amigos estavam lá, rindo, conversando e se divertindo. No instante em que nossa mãe nos viu, correu para nós e tirou Julia do colo de Ellery. Enquanto dávamos uma volta, tia Sadie se aproximou e nos abraçou. Segurou a mão de Ellery e a virou para cima. Eu detestava quando ela vinha às reuniões de família. Tia Sadie olhou para Ellery e sorriu, apertando sua mão.

— Você está muito saudável, minha querida.

— Obrigada, tia Sadie. É bom saber. — Ellery sorriu.

Tia Sadie pediu a Ellery para se curvar um pouco e sussurrou algo no seu ouvido. Fiquei vendo-a sorrir e agradecer.

— O que foi isso? — perguntei, quando tia Sadie se afastou.

— Ah, ela só disse que vê um garotinho no nosso futuro. — Ela sorriu, me dando o braço.

Arqueei a sobrancelha para ela.

— Nós vamos ter um filho?

— De acordo com a tia Sadie, sim — disse Ellery, rindo.

A ideia de ter um filho me deixou eufórico. Um filho que eu poderia treinar para assumir a Black Enterprises, como meu pai fizera comigo. Dei um beijo na cabeça de Ellery.

— Por que isso? — perguntou ela.

— Porque te amo.

Ela sorriu, dando uma apertadinha no meu braço. Fomos até onde Denny e Dana estavam e sentamos perto deles. Pouco depois de me sentar, meu pai pediu para dar uma palavra comigo. Segui-o até a casa e entramos no seu escritório, onde ele fechou a porta.

— Como estão indo as coisas no julgamento, filho? — perguntou.

Passei a mão pelos cabelos, indo até o bar e servindo uma dose de uísque.

— Estão indo como em todos os julgamentos, pai. Só gostaria que esse inferno acabasse logo.

— Foi você quem se meteu nessa confusão, Connor. Que ideia de jerico foi essa de se envolver com aquela pistoleira?

Respirei fundo, olhando para ele.

— Tive minhas razões.

— Você nunca disse que razões eram essas, e eu quero saber. Não quero ver o nome de minha empresa sendo enlameado só porque você não foi capaz de manter o pau dentro da calça.

Seu comentário ardeu no meu corpo todo.

— Agora a Black Enterprises é minha. Fui eu que fiz a empresa dar a volta por cima quando você não estava prestando a menor atenção nela, porque tinha se mandado com a sua piranha para o Caribe, e o seu contador estava metendo a mão na sua grana — exclamei entre os dentes.

Meu pai não sabia que eu estava a par da mulher que ele levara para o Caribe dois anos antes de eu assumir a presidência da empresa. Ele devia estar passando um mês na Alemanha a negócios — pelo menos fora o que dissera à minha mãe. Seu contador deu um desfalque colossal na empresa e seu vice-presidente fez alguns negócios desastrosos. Meu pai deu meia-volta, recusando-se a olhar para mim quando falou.

— Você jamais contou isso à sua mãe. Por quê?

— Porque a teria matado, e eu não queria vê-la magoada. Meu relacionamento com Ashlyn estava fora de controle. Eu estava no fundo do poço na época. Felizmente, Ellery entrou na minha vida. Pai, fique tranquilo, Lou está com tudo sob controle. Não quero que se preocupe com esse assunto. Se Deus quiser, esse pesadelo vai acabar logo.

Quando ele se virou, olhou para mim e sorriu.

— Tem razão, filho, e peço desculpas pelo que disse.

Esbocei um sorriso para ele, que saiu de trás da mesa e veio dar um tapinha nas minhas costas. Abri a porta e vi que Ellery estava lá.

— Aí está você. Estava pensando onde tinha se metido — disse ela.

— Desculpe, Ellery. Tive que roubar o meu filho para conversar sobre uns assuntos com ele. Mas onde é que está a minha neta? — Meu pai sorriu para ela.

Quando voltamos para o pátio, ouvimos gritos. Olhei para a direita e vi Camden caído no chão, esperneando e gritando a plenos pulmões. Já ia me dirigir a ele, mas Ellery segurou meu braço.

— Não, Connor.

Nesse instante, vi Ben se aproximar dele. Deitou-se no chão ao seu lado e fez com que Camden olhasse para ele. Começou a fazer vários gestos, apontando para o céu, e pediu a Camden que o imitasse. Ellery olhou para mim, sorrindo, e na mesma hora Camden se acalmou, fazendo o que Ben lhe pedira. Todos voltaram a se ocupar de seus assuntos, continuando a comer e a conversar entre si. Cassidy me encarou do outro lado do quintal. Quando fui até ela, Ben e Camden se levantaram e vieram até nós.

— Isso foi impressionante, Ben — falei.

— Meu irmão é autista e eu praticamente o criei até ir para a faculdade. Minha mãe emendava dois turnos num hospital, e meu pai foi embora quando eu tinha nove anos. Camden é um menino maravilhoso. — Sorriu, olhando para Cassidy.

Nesse momento, senti que havia algo entre os dois. Ellery se aproximou e me entregou Julia.

— Admita que estava errado em relação ao Ben — disse ela.

— Eu estava errado em relação ao Ben. Ele é um cara muito legal. — Sorri.

Capítulo 20

ELLERY

Connor parecia estar ainda mais nervoso e irritável nos últimos tempos. Ia ao tribunal todos os dias, e depois ao escritório. Voltava para casa mais tarde do que o normal, porque estava cheio de trabalho atrasado. Eu fazia tudo que podia para tentar diminuir seu estresse. Embora meu ateliê ainda não estivesse pronto, comecei a pintar, com medo de não conseguir terminar os quadros.

Eram dez da noite, e eu acabara de pôr Julia para dormir. Sentada diante do cavalete, ouvi as portas do elevador se abrirem.

— Oi, amor. Desculpe por chegar tão tarde. Tive muito trabalho para fazer — disse Connor com voz arrastada, e, quando deu um beijo no meu rosto, senti o bafo de bebida.

— Você andou bebendo? — perguntei.

— Só duas doses — respondeu ele, sentando no sofá.

— No escritório?

— Não, passei num bar antes de vir para casa.

Esparramou-se no sofá, cobrindo os olhos com o braço. Levantei da cadeira e fui até ele.

— Como foi que você chegou em casa?

— Tomei um táxi.

Eu estava furiosa com ele por não me dizer que ia passar num bar antes de vir para casa. Também estava zangada com o fato de não ter vindo para casa ver Julia antes de ela ir dormir. Isso não se parecia com ele, e havia mais alguma coisa acontecendo.

— Você não podia vir para casa, para passar um tempo com Julia antes de ela ir dormir? — perguntei, elevando a voz.

Ele levantou o braço, olhando para mim.

— Está zangada?

— Estou, sim, Connor. Você não me disse que ia para o bar quando saísse do escritório. Então eu presumi que estivesse lá, trabalhando. Com quem você foi ao bar?

— Com Paul. Qual é o problema? Que droga, Ellery, você está enchendo o meu saco.

— *Eu* estou enchendo o *seu* saco? Você volta para casa às dez da noite, com bafo de bebida, e espera que eu não me aborreça? Teria sido diferente se você tivesse me ligado para avisar.

Connor se levantou do sofá, dirigindo-se à escada.

— Não preciso ficar dando satisfações sobre meu paradeiro a você, Ellery.

Fiquei imóvel, em estado de choque, enquanto ele subia a escada. Esse não era meu marido. Decidi que era melhor deixá-lo ir dormir em paz, para que os efeitos da bebida passassem, mas não consegui me livrar da sensação de que havia mais alguma coisa acontecendo. Pegando o celular em cima da mesa, liguei para Peyton.

— Oi, gata sexy. Henry e eu estamos prestes a fazer um sexo selvagem, por isso não posso demorar — disse ela ao atender.

— Por que atendeu o celular, então?

— Porque era você, e podia ser importante.

— Connor voltou para casa bêbado.

— É mesmo? Isso não se parece com ele.

— Eu sei. É essa merda de julgamento e aquela filha da mãe da Ashlyn. Preciso fazer uma visita a ela amanhã mesmo, e você vem comigo. Lembre-se, não diga uma palavra ao Henry ou a qualquer outra pessoa.

— Tudo bem, te vejo amanhã para a prova do vestido.

— Obrigada, Peyton — agradeci, desligando.

Apagando todas as luzes, subi para dar uma olhada em Julia antes de ir para o meu quarto. Entrando no chuveiro, não conseguia parar de pensar no que Connor me dissera, o que me deixou furiosa. Foi bom sentir a água quente escorrendo pelo meu corpo enquanto eu passava xampu nos cabelos. Não queria acordar Connor, por isso não demorei muito no chuveiro. Quando saí, levei um susto ao vê-lo entrando no banheiro.

— Nossa, Connor, que susto que você me deu!

— Desculpe. Só queria fazer pipi.

Enrolei uma toalha no corpo e, quando ia entrar no quarto, Connor segurou meu braço e me puxou para si.

— Perdão, amor. Não queria ter chegado tão tarde, nem ter dito o que disse.

— Eu sei que não, Connor. Você está sob muita pressão.

— Isso não serve de desculpa, Ellery — disse ele, me beijando. — Por favor, me deixe fazer amor com você.

Sorri ante suas palavras bêbadas, balançando a cabeça. Ele desenrolou minha toalha, me pegou no colo e me levou para nossa cama.

— E aí, o que vai dizer a ela quando estiverem cara a cara?

— Não sei. Já imaginei um milhão de conversas — respondi, enquanto íamos de carro para a penitenciária onde Ashlyn estava presa.

— O que você disse a Connor que ia fazer hoje? — perguntou Peyton.

— Que você e eu íamos fazer mais uma prova, e depois darmos um pulo numa confeitaria.

Detestava mentir para ele, e isso estava me roendo por dentro. Mas não tinha escolha. Precisava tentar salvar minha família e, principalmente, meu marido. Deixei o Range Rover no estacionamento e caminhei até o prédio. O atendente atrás da janela de vidro perguntou o nome da prisioneira que eu ia visitar. Quando lhe dei o nome de Ashlyn, ele o digitou no computador, e então olhou para mim, perplexo.

— Desculpe, senhora, mas ela foi liberada desta instituição há duas semanas. No momento, ela se encontra em prisão domiciliar.

Comecei a sentir uma comichão na pele e, de repente, não estava passando nada bem. A ideia de aquela filha da mãe ter saído da prisão me encheu de náusea. Olhei para Peyton, que arregalou os olhos.

— Como foi que aquela cachorra conseguiu sair daqui? — exclamou, furiosa.

— Ela deve ter um senhor advogado, porque, segundo meus registros, ela saiu sob fiança.

— Obrigada — agradeci ao atendente, segurando o braço de Peyton e saindo às pressas do prédio.

Voltamos para o Range Rover, e eu só pensava em uma coisa: se Connor tinha tomado conhecimento disso. Mas sabia que a possibilidade não existia, porque ele teria me contado. Meu marido teria me contado uma coisa tão crucial.

— Acha que Connor sabia disso? — perguntou Peyton, como se lesse meus pensamentos.

— Não. Não há a menor hipótese de ele ter ficado sabendo.

Entramos no carro, e encostei a testa no volante.

— E agora, Elle?

— Agora, vamos ao apartamento de Ashlyn.

Ouvi Peyton soltar uma exclamação quando eu disse isso. Não me importava se estava errada ou não. Iria vê-la de um jeito ou de outro.

— Mas você pelo menos sabe onde ela mora?

— É claro que sei. Não se esqueça de que foi Connor quem deu a ela a porcaria do apartamento.

Levamos uma hora para voltar à cidade, e fomos direto para o apartamento de Ashlyn. Eu estava furiosa por ela ter saído sob fiança, e não conseguia aceitar a ideia.

— MERDA! Como foi que ela conseguiu sair sob fiança? — gritei, enquanto manobrava o carro para uma vaga.

— Calma, Ellery.

Enquanto Peyton e eu subíamos no elevador até o andar de seu apartamento, meu corpo tremia de raiva. O fato de ela ter sido capaz de incendiar um prédio, admitir isso, e então trocar de defesa e sair da prisão sob fiança era demais para a minha cabeça. Paramos diante da porta, e bati de leve. Alguns segundos depois, a porta se abriu, e Ashlyn apareceu. Seus olhos se arregalaram quando ela me viu.

— O que você está fazendo aqui?

— Quero conversar com você — respondi.

— Vai embora daqui! — exclamou ela, tentando fechar a porta.

— Ah, não, nada disso — disse Peyton, jogando o corpo contra a porta para impedir que ela a batesse.

As duas lutaram, Ashlyn tentando bater a porta e Peyton tentando mantê-la aberta.

— Por favor, Ashlyn. Só quero conversar com você — pedi.

Peyton conseguiu abrir a porta até o fim, e empurrou Ashlyn alguns passos para trás. Entramos, e Peyton fechou a porta.

— É melhor ser breve, ou vou chamar a polícia — ameaçou Ashlyn.

Meu pulso estava disparado, minha pele pegando fogo, enquanto eu me via diante da mulher que estava destruindo minha família.

— Por que, Ashlyn? Só me diz por que quer destruir minha família.

Ela olhou para mim, seus olhos se tornando ainda mais ferozes.

— Você destruiu a minha vida.

— Como *eu* posso ter destruído a sua vida? — perguntei.

— Você tirou de mim a única pessoa que já amei. Entrou na vida dele, e ele me ignorou completamente. Ele era a única pessoa que já tinha prestado atenção em mim.

Ali parada, pude ver como essa mulher realmente era desequilibrada.

— Você incendiou a empresa de Connor, contratou uma pessoa para destruí-la, e agora tem que pagar pelas consequências dos seus atos. Ou achou que não seria apanhada?

— Não teria sido, se aquele dedo-duro não tivesse dito nada.

— Ashlyn, você sente algum arrependimento pelo que fez?

— Não, nenhum. Connor me magoou profundamente, como fez com minha irmã, e agora vou obrigá-lo a pagar pelo que fez. Vou garantir que ele nunca mais me magoe, mesmo que tenha que destruir você e sua preciosa filhinha.

Senti um incêndio devorar minhas entranhas como nunca tinha sentido na vida, uma raiva que jamais conhecera emergindo das profundezas do meu ser. Ela ameaçara minha filha. Me ameaçar era uma coisa, mas ameaçar minha filha era outra. Ela ultrapassara um limite perigoso. Sentindo meu corpo fora de controle, parti para cima dela e a derrubei no chão, sentei em cima dela e apertei seu rosto entre as mãos.

— Jamais ameace a minha filha. Está entendendo, sua psicopatazinha de merda?

Ashlyn se debateu até conseguir se desvencilhar, me empurrando de cima de si.

— Eu vou acabar com a sua raça, sua filha da puta! É uma coisa que já devia ter feito, em vez de incendiar aquele prédio! — berrou.

Ela avançou para mim e agarrou meus cabelos, me derrubando. Bati com a testa na mesa. Ouvi Peyton gritar, tentando agarrá-la. De repente, a porta se escancarou e dois homens entraram correndo. Connor me segurou por trás, e Denny agarrou Ashlyn, imobilizando-a.

— Ellery, você está sangrando — disse Connor, limpando o sangue da minha cabeça.

— Ela ameaçou Julia! — gritei.

— O quê?!? — ele gritou, olhando para Ashlyn.

Peyton foi pegar uma toalha no banheiro e a entregou a Connor, que a pressionou contra o corte.

— Agora você está numa baita encrenca — disse Connor, comprimindo a ferida.

— Como soube que eu estava aqui? — perguntei.

— Não vamos conversar sobre isso agora.

— Me acredite, Connor, nós vamos conversar sobre isso agora, sim.

Dois policiais entraram no apartamento de Ashlyn e a tiraram de Denny. Um deles se aproximou e me perguntou o que acontecera.

— Ela ficou fora de si e partiu para cima de mim, me derrubou e eu bati com a cabeça na mesa — respondi, com toda a inocência.

— Gostaria de apresentar queixa por agressão e lesão corporal, senhora?

— Não, não acho que seja necessário — intrometeu-se Connor.

Fuzilei-o com os olhos, incrédula com o que acabara de dizer.

— Sim, gostaria — respondi ao policial.

De repente, Ashlyn gritou:

— Foi ela quem me agrediu primeiro. Foi legítima defesa!

O policial olhou para Peyton.

— A senhorita testemunhou a cena?

— Testemunhei, e aquela mulher ameaçou explicitamente matar a Sra. Black, e então avançou para cima dela e a empurrou contra aquela mesa. Fiquei tão apavorada que nem consegui me mexer.

Enquanto Ashlyn vociferava, o policial a algemou e levou para fora do apartamento. Denny olhou para mim e sorriu, aproximando-se.

— Você está bem? — perguntou, segurando minha mão.

— Estou, sim.

Connor afastou a toalha do meu corte, que ainda sangrava.

— Você vai precisar levar pontos, Ellery — disse, balançando a cabeça. — Estou furioso com você.

— Pode parar, Connor. Não estou a fim de ouvir sermão.

— Henry está no hospital. Acabei de falar com ele, e está esperando por nós. Eu vou no Range Rover e te encontro lá — disse Peyton.

Olhei para ela, assentindo, e perguntei:

— Pegou tudo?

— Se peguei! — Ela sorriu, erguendo o pequeno gravador que tinha na mão.

Quando Peyton saiu do apartamento, Connor e Denny me ajudaram a levantar.

— Tenho a impressão de já ter feito isso com você antes. — Denny sorriu.

— O que foi que Peyton pegou? — perguntou Connor, saindo do apartamento.

— Evidências. — Sorri.

Capítulo 21

Connor me ajudou a entrar na limusine e fechou a porta. Deu a volta e entrou ao meu lado. A dor na minha cabeça começava a piorar, e eu não precisava dele gritando comigo.

— Que diabos pensou que estava fazendo? — perguntou entre os dentes.

— Tentando salvar nossa família.

— Eu te disse para ficar longe dela, e você me desobedeceu. Você sabe como ela é desequilibrada. Ela poderia ter te matado, Ellery.

— Connor, por favor, para de gritar. Minha cabeça está doendo demais — pedi, uma lágrima me brotando no olho.

— Deixa ela em paz, Connor. Vocês dois podem conversar sobre isso mais tarde. O mais importante é que suturem o corte logo — disse Denny.

Connor se virou, olhando pela janela. Tentei segurar sua mão, mas ele a arrancou. A última vez que eu o vira tão zangado assim comigo fora em Michigan, quando ele descobrira sobre o meu câncer. Denny parou diante da entrada da Emergência, onde Peyton já esperava por mim com uma cadeira de rodas. Abri a porta sozinha e comecei a descer. Connor deu a volta e segurou meu braço, mas o arranquei.

— Não encosta em mim — falei, ríspida, sentando na cadeira.

Peyton olhou para ele, e então para mim. Ela me empurrou até o balcão da recepção e a enfermeira me levou imediatamente para uma sala. Tirou a toalha da minha testa e olhou para mim.

— O Dr. Henry vai dar um jeito nisso para a senhora — afirmou, com um sorriso, dando um tapinha na minha mão.

Quando ela saiu da sala, Connor ficou sentado ao lado da mesa. Eu não conseguia parar de pensar que ele e Denny sabiam que eu estava no apartamento de Ashlyn. A intensidade de minha raiva era inédita. Quando eu estava prestes a fazer a tão temida pergunta, cuja resposta não sabia se queria conhecer, Henry entrou na sala, bem-humorado. Parou diante da porta, com um sorrisinho no rosto.

— Isso é *déjà vu?* — perguntou.

— Tem toda a pinta, não tem? — respondi.

Enquanto Henry suturava o corte, começou a me fazer perguntas.

— E aí, por que vocês duas estavam no apartamento de Ashlyn e, principalmente, o que ela estava fazendo lá? Pensei que estivesse presa.

— Pelo que nos disseram, ela pagou fiança e foi posta em prisão domiciliar — explicou Peyton.

Henry deu o último ponto, e depois um beijo na minha cabeça.

— Tudo costurado. De novo. — Sorriu.

Connor não disse uma palavra. Só ficou me encarando, com uma expressão de raiva e decepção.

— Peyton, vou te levar para casa, e Connor pode levar Ellery no Range Rover — disse Denny.

Ótimo, pensei comigo mesma. Não queria ficar sozinha com ele. Sabia que uma discussão violenta estava a caminho, e não me sentia disposta nem forte o bastante para discutir com ele. Connor estendeu a mão e me ajudou a descer da mesa. Olhei para Peyton.

— Queria que você e Henry fossem jantar lá em casa hoje.

— NÃO, Ellery. Você precisa descansar — disse Connor.

— Não se preocupe comigo. Temos alguns assuntos para discutir.

— Nós levamos o jantar. Não se preocupe com nada — disse Peyton, vindo me dar um abraço.

O trajeto até em casa foi silencioso. Ele não disse uma palavra, e nem eu. Subi a escada e fui para nosso quarto. Mason tinha me mandado uma mensagem horas antes, dizendo que estava no parque com Julia, e que voltariam mais tarde. Sentei na beira da cama e esperei que Connor entrasse e começasse a gritar comigo. Ele entrou no quarto, me entregando um comprimido branco e um copo d'água.

— Que ideia louca foi essa? — cobrou, ríspido.

— Antes de dizer uma palavra, quero que responda a duas perguntas.

Seus olhos zangados se cravaram em mim.

— Você não está em posição de me dar ordens, Ellery.

— Você sabia que Ashlyn tinha saído da prisão? — perguntei.

Connor passou as mãos pelos cabelos e respirou fundo, dando as costas e atravessando o quarto.

— Sabia, sim, que merda!

Com o corpo trêmulo, coloquei o copo na mesa de cabeceira.

— Sabia, mas não me contou? Você mentiu para mim, Connor.

— E você para mim, Ellery! — disse ele, elevando a voz. — Eu te disse mais de mil vezes que você devia ficar longe dela, mas você não me ouviu. Esse é o seu problema: você nunca ouve. Sempre resolve ir em frente e fazer tudo que passa pela sua cabeça, sem qualquer consideração por mim ou por meus sentimentos.

— Ela vai destruir você, vai destruir a nós, e a nossa família. Eu não podia ficar de braços cruzados vendo-a fazer isso.

Connor se enfureceu, aproximando-se, com o dedo apontado para o meu rosto.

— Eu disse a você que não a deixaria fazer isso, mas você não acreditou, e resolveu fazer justiça com as próprias mãos. Você podia ter sido morta. Ela é louca o bastante para fazer uma coisa dessas!

— Como você soube que eu estava lá? — perguntei, levantando da cama.

Mais uma vez, ele se recusou a olhar para mim, dando as costas.

— Não importa como eu soube.

—Você mandou alguém me seguir?

— Não.

De repente, minha cabeça voltou às ocasiões em que ele andara aparecendo aleatoriamente em lugares onde eu estava. Lembrei que aparecera na FAO Schwarz, sabendo exatamente o andar em que eu estava e a seção em que Cassidy estava. Olhei para meu celular em cima da cama.

— Seu filho da puta! Você estava me vigiando pelo celular?!? Estava me rastreando?!? — gritei.

A atmosfera ficou carregada, e ele não precisou dizer uma palavra, porque seu silêncio foi muito eloquente. Fechei os olhos, me sentindo tonta, e precisei me deitar na cama.

—Você não tinha esse direito — sussurrei, uma lágrima me escorrendo pelo rosto.

—Você não me deu escolha, Ellery. Eu sabia que faria alguma coisa assim — disse ele calmamente, dando alguns passos em direção à cama.

— Quero que você saia deste quarto e me deixe em paz. Minha cabeça está doendo, e preciso de espaço.

—Acho que nós dois precisamos de espaço — respondeu ele, saindo e fechando a porta do quarto.

Capítulo 22

CONNOR

Depois de pegar o vidro de analgésicos no armário do banheiro, entrei na sala e fui direto para o bar. Sacudi o vidro sobre a mão, tirando duas pílulas, coloquei-as na boca e as ingeri com um copo de uísque.

— Não acha que é um pouco cedo para começar a beber? — perguntou Denny, entrando na sala e sentando na poltrona de couro.

— Nunca é cedo demais para começar a beber. Aceita um? — ofereci, erguendo o copo.

Com um aceno educado, ele recusou.

— Você e Ellery já fizeram as pazes?

— Mais ou menos. — Suspirei.

— Eu te disse que ela ia descobrir que você sabia que Ashlyn tinha sido solta. Ela descobriu como você a rastreou?

— Descobriu — respondi, sentando no sofá.

— Eu te avisei, Connor. Eu disse que não era boa ideia guardar segredos dela.

— Como se eu tivesse escolha. Olha só o que ela fez.

— Exatamente! Mas ela teria feito isso de um jeito ou de outro. Portanto, não teria sido melhor contar a ela logo no começo? Porque, se quer saber minha opinião, a dor que ela está sentindo agora é muito pior.

— Sim, mas e quanto a mim e como estou me sentindo, Denny? Ela mentiu para mim. Ela mentiu em relação ao que estava fazendo e aonde ia hoje.

—Você mentiu, ela mentiu. Vocês dois são perfeitos um para o outro. Escute, Connor, sei por que você fez o que fez, e sei por que Ellery fez o que fez. A verdade é que, no fim das contas, a despeito de toda essa confusão de horas atrás, vocês dois se amam mais do que se amavam ontem. Mas vou te dizer uma coisa, você foi extremamente cruel com ela na limusine e no hospital.

Levantei do sofá, fui até o bar e servi outra dose.

— Não comece, Denny.

— Vou começar, sim senhor. Sua esposa, mãe de sua filha, está no quarto, com pontos na cabeça, por causa daquela psicopata que você namorava, e em vez de pedir desculpas a ela e confortá-la, você está aqui na sala, tomando uísque.

— E conversando com você, se me permite acrescentar — rebati, irritado. —Você conhece Ellery, e sabe como ela pode ser. Ela está furiosa e me pediu para sair do quarto, porque precisava de espaço.

Denny se levantou da poltrona e começou a caminhar em direção ao elevador. De repente, parou, virando-se, e cravou os olhos em mim.

—Você vai se sentir um idiota muito em breve. — Sorriu.

— Que diabos quer dizer com isso? — gritei, quando as portas do elevador se fecharam.

Suspirei, indo até o bar para colocar meu copo, e ouvi a porta do elevador se abrir. No começo, pensei que fosse Denny, mas qual não foi minha surpresa ao ver Mason e Julia.

— Aí está minha filhinha. — Sorri, tirando Julia do colo dele. — Se divertiram no parque?

— Ah, demais! Ela fez amigos maravilhosos, e todos os *mannies* têm adoração por ela.

Olhei para Mason, confuso.

— Todos... o quê?

— Uma vez por semana, eu me encontro com os outros *mannies*, babás do sexo masculino, e seus bebês no parque. Você não acreditaria nas histórias que eles contam sobre as famílias para as quais trabalham, e eu só fico lá, me gabando por trabalhar para você e Ellery. E por falar na minha Diva, onde ela está?

— Ela sofreu um pequeno acidente horas atrás, e está deitada no quarto.

— O quê?! — exclamou Mason. — O que aconteceu?

— Ela caiu, bateu com a cabeça e precisou levar alguns pontos. Mas está passando bem.

Mason pôs a mão sobre a boca.

— Ela caiu aqui?

— Não. É uma longa história. Ela vai te contar tudo amanhã. Agora, ela precisa descansar.

— Precisa que eu tome conta da princesa mais um pouco? — perguntou ele.

— Não. Pode considerar o dia de trabalho encerrado. Vai para casa relaxar. — Sorri.

— Se precisar de mim, é só ligar.

— Obrigado, Mason, eu ligo — respondi, e a porta do elevador se fechou.

Olhei para Julia, dando um beijo na ponta do seu nariz.

— Te amo, garotinha.

Levei-a para o quarto, troquei sua fralda e então fui para meu quarto, com ela no colo. Ellery ainda estava dormindo, atravessada na cama. A bandagem na sua testa começou a me trazer lembranças de quando eu quase a perdera. Mas também me lembrou do quanto nos aproximamos naquela época. Sorri, olhando para ela e depois para Julia, que também olhava para ela. Minhas emoções estavam à flor da pele, depois dos acontecimentos do dia. Ainda estava muito zangado com ela por ter mentido para mim e ido ver Ashlyn. Julia começou a balbuciar, e Ellery abriu os olhos. Quando viu Julia, estendeu as mãos. Caminhei até a cama e me sentei, para que Ellery pudesse tocá-la.

— Oi, garotinha — disse ela, segurando a mão de Julia.

— Como está sua cabeça? — perguntei.

— Doendo — respondeu ela, abaixando os olhos. — Ainda estou muito zangada com você.

— E eu ainda estou zangado com você.

Ellery se sentou, estendendo os braços. Entreguei Julia para ela, que a pôs no colo, abraçando-a com força. Em seguida, Ellery começou a chorar. Fiquei triste por vê-la ali sentada, segurando Julia e chorando.

— Amor, não chore — sussurrei.

— Você não estava lá. Não ouviu como aquela miserável ameaçou nossa filha.

Suspirei, e meu celular tocou. Tirei-o do bolso, e vi que era Lou.

— Olá, Lou — falei, levantando da cama. — Sim, hoje à noite está ótimo. Até mais tarde.

— O que foi?

— Lou vai vir aqui à noite para discutir o que aconteceu hoje.

Ellery não disse nada. Colocou Julia na cama, levantou-se e foi até o banheiro. Depois de alguns momentos, fui dar uma olhada nela. Estava parada diante da pia, olhando-se no espelho.

— Não sinto o menor arrependimento pelo que fiz hoje — disse ela.

— Não quero mais discutir esse assunto — falei, parado diante da porta.

— Tudo bem. Só queria que você soubesse disso porque, como você, não vou deixar ninguém prejudicar ou destruir minha família — concluiu Ellery, passando por mim com um empurrão e saindo do banheiro.

Pegou Julia na cama e a levou para o andar de baixo. Fiquei onde estava, pensando no que fazer em seguida, quando chegou uma mensagem de Cassidy.

O ateliê de Ellery está pronto, se quiserem vir dar uma olhada.

Obrigada, Cassidy. Já estamos descendo.

Ellery estava na cozinha, esquentando uma mamadeira para Julia, quando entrei para avisá-la sobre o ateliê.

— Cassidy acabou de me mandar uma mensagem para dizer que seu ateliê está pronto. Eu disse a ela que já estávamos descendo.

— Tudo bem — respondeu ela, segurando Julia, e pegou a mamadeira.

Entramos no elevador e descemos até o décimo andar. Quando saímos, Cassidy já estava lá, com a porta aberta. Deu uma olhada na cabeça de Ellery e na mesma hora ficou preocupada.

— Ellery, o que aconteceu? — perguntou, carinhosa, e Ellery passou Julia para o seu colo.

— Eu caí e bati com a cabeça. Mas já estou bem.

Entramos no ateliê, que tinha ficado simplesmente perfeito. Quando Ellery sorriu, vi que tinha adorado o resultado.

— Obrigada, Cassidy. Adorei! — exclamou. — Mal posso esperar para começar a pintar aqui.

Fui até Cassidy e dei um beijo no seu rosto.

— Obrigado, irmã. Está lindo. Você se superou.

— Às ordens. Agora, tenho que ir andando. Ben e eu vamos levar Camden para jantar fora.

— Divirtam-se. — Ellery sorriu, dando um abraço nela.

Peguei Julia de seu colo e continuei a dar sua mamadeira, enquanto Cassidy saía do ateliê. Ellery ficou na frente do cavalete, que abrigava uma grande tela em branco.

—Vou começar esse quadro amanhã — disse.

— Está feliz?

Ela me deu um olhar zangado e saiu do ateliê sem dizer uma palavra. Olhei para Julia e suspirei.

Capítulo 23

ELLERY

Fui até o bar e servi uma dose de Jack Daniels. Quando terminei de virá-la, vi que Connor estava parado com Julia, olhando para mim.

— Que foi?

— Não acho que seja uma boa ideia beber depois de tomar um analgésico — disse ele, colocando Julia no balanço.

— Não tem problema, Connor. Uma dose não vai me matar.

— Não, mas Ashlyn poderia ter matado, e você parece achar que não há nada de mais nisso.

— Não vou mais te ouvir — falei, correndo pela escada.

— Você nunca ouve mesmo! — ouvi Connor gritar.

Quando dei uma olhada no celular para ver que horas eram, notei que Peyton e Henry chegariam em breve. Depois de vestir roupas mais confortáveis, fui para a cozinha e peguei uma garrafa de vinho. Ouvi as portas do elevador se abrirem e Connor cumprimentar Peyton e Henry.

Quando eles entraram na cozinha, Henry veio até mim e me deu um beijo no rosto.

— Como está sua cabeça?

— Dolorida, mas estou bem. — Sorri.

Pensei comigo mesma que pelo menos alguém se importava. Peyton se aproximou, passando o braço pelo meu ombro.

—Você e o cara sexy ainda estão brigados?

— Estamos. Estou furiosa com ele por esconder aquilo de mim.

— Eu entendo, mas não se esqueça de que também escondeu algo dele.

Revirei os olhos, e estremeci da dor dos pontos. Abri o armário, peguei quatro pratos e Peyton terminou de arrumar a mesa. Sentamos e jantamos, e Peyton pegou o gravador que levara ao apartamento de Ashlyn. Primeiro olhou para mim, e depois para Connor.

— Quer ouvir isso ou não? — perguntou a ele.

— Para ser franco, não — respondeu ele. — Não importa o que esteja na fita. Para começo de conversa, vocês não deviam ter ido lá.

—Vai pro inferno, Connor — falei, levantando. Atirei o prato na pia, e ele se espatifou.

— Muito bem, Elle! — exclamou ele.

Quando eu estava à beira das lágrimas, o porteiro interfonou para avisar que Lou estava subindo. Abri a porta no instante em que ele saía do elevador.

— Oi, Lou — falei, e ele me deu um beijo no rosto.

—Você está bem? — perguntou.

Nos reunimos na sala, e Connor serviu bebidas para todos. Lou olhou para mim e perguntou:

— Pode me contar o que aconteceu hoje?

— Foi isso que aconteceu hoje — respondeu Peyton, apertando a tecla *play* do gravador.

Connor entregou uma bebida a Lou, e então se sentou na poltrona diante de onde eu me acomodara. Ele me encarou, ouvindo atentamente. Fechou os olhos lentamente quando ouviu Ashlyn dizer que ia destruir não apenas a ele, mas também a mim e a Julia.

— Isso põe *Atração Fatal* no chinelo, hein, Lou? — disse Peyton.

Quando Lou terminou de ouvir nossa discussão horrível, olhou para mim, sorrindo.

— Ashlyn fez uma confissão e uma ameaça de primeira. Vou levar essa fita ao advogado dela e submetê-la como evidência. Se ela não for aconselhada a mudar de defesa, vamos continuar a trabalhar em cima das acusações de agressão e lesão corporal, o que vai aumentar ainda mais a pena. Ellery, tenho uma pergunta para fazer, e preciso que seja totalmente honesta comigo. Você a agrediu fisicamente?

— Em grande estilo! — respondeu Peyton. — Precisava só ter visto a cena. Ela derrubou Ashlyn no chão, depois segurou o rosto dela, sem soltar, e disse que era melhor ela nunca mais ameaçar a sua filha. Bem, você ouviu o que ela disse.

Connor olhou para mim, com uma expressão chocada.

— Ah, por favor. Eu já dei um soco nela uma vez. Você pensou mesmo que eu não iria partir para cima dela quando ameaçou nossa filha? — perguntei a ele.

Lou balançou a cabeça.

— Vamos manter essa informação entre nós. Ela não ficou com nenhuma marca, e você está com pontos na cabeça. Por isso, assim que o juiz e o júri ouvirem o que ela tiver a dizer, não vão acreditar nela.

Ele se levantou da poltrona, e o acompanhamos até a porta.

— Obrigado, Lou — agradeceu Connor, e eles trocaram um aperto de mãos.

— Não há de quê. — Ele sorriu. — Cuide desse corte, Ellery. Vou pedir um adiamento, e é capaz de a situação se resolver em uma semana.

Senti um alívio enorme ao ouvir Lou dizer isso. Peyton tirou Julia do balanço e veio até mim.

— Já está acabando, querida. Henry e eu vamos embora. Ele tem que estar no hospital daqui a algumas horas. Toma um analgésico, duas doses daquela merda de que você gosta e vai dormir feito um anjo.

Sorri para ela, tirando Julia de seu colo, e nos despedimos. Connor recolheu os copos sujos da mesa e os levou para a cozinha. Não deu uma palavra comigo, nem depois de ouvir o que Ashlyn dissera. Levando Julia ao quarto para trocar sua fralda, não pude deixar de pensar em como estava magoada por descobrir que Connor sabia que Ashlyn estava em prisão domiciliar, e que andava rastreando cada passo meu. Senti um nojo enorme, enquanto colocava Julia no berço. A única coisa que queria e de que precisava era um banho quente.

Depois de abrir a torneira, despejei uma dose de sais de banho no jato de água quente. Fechando a porta do banheiro, tirei a roupa, prendi o cabelo e me deitei na banheira. Se havia uma pessoa de quem eu precisava no momento, era minha mãe. Lágrimas desataram a me escorrer pelo rosto, quando comecei a assimilar os acontecimentos do dia. Encostei os joelhos no peito, passando os braços em volta das pernas, e solucei com o rosto contra eles.

— Ellery — ouvi Connor sussurrar, abrindo a porta do banheiro e entrando.

Ele sentou na banheira, atrás de mim, totalmente vestido, e passou os braços pela minha cintura.

— Me perdoe, amor. — Começou a chorar também. — Me perdoe por tudo que você passou hoje. Só queria te manter afastada da maldade do mundo. Queria te proteger, Ellery. Preciso que você tente compreender por que fiz o que fiz e por que me comportei daquele jeito. Eu te amo muito, muito, muito.

Coloquei meus braços sobre os dele, que relaxou a força com que me apertava, e me virei para olhá-lo. Ele inclinou a cabeça, me observando, e tentou limpar as manchas de rímel sob meus olhos. Levando a mão ao seu rosto, sequei cada lágrima que havia escorrido de seus olhos.

— Ah, Connor, suas roupas ficaram ensopadas. — Sorri.

— Não importa, porque estou te abraçando. — Ele sorriu, sua mão alisando meu rosto.

— Você me perdoa? — perguntei.

— É claro que perdoo. Você me perdoa?

— Perdoo. Eu te amo demais para não perdoar.

Sentei diante do cavalete para começar meu terceiro quadro. Uma sensação de paz recuperada se espalhava por todo o meu corpo, agora que Ashlyn fora declarada culpada e condenada a uma pena de vinte e cinco anos de reclusão, sem direito a liberdade condicional. Connor estava mais relaxado, e eu também, sem o julgamento pendendo acima de nossas cabeças como uma espada. Julia estava crescendo tão depressa que mal conseguíamos acompanhar as mudanças. Com a luz do sol jorrando pelas janelas, decidi aproveitar o lindo dia e levar Julia ao Central Park. Peguei o bloco de desenho e fui para a cobertura. Quando saía do elevador, vi Mason e Julia na sala.

—Vou te dar a tarde de folga, porque quero levar Julia ao Central Park.

— Ah, que legal, posso ir? — perguntou Mason, me entregando Julia.

Fiquei com pena de dizer não a ele, mas queria passar um tempo sozinha com minha filha.

— Ah, Mason, desculpe, mas eu queria muito passar um tempinho só com Julia. Considerando toda aquela merda que rolou, estou me sentindo uma mãe horrível por não ter passado tanto tempo com ela quanto deveria.

— Eu entendo, mamãe. — Ele sorriu, dando um beijo no meu rosto.

— Mas preciso que você me faça um favor. Preciso que vá ao spa para mim — disse, pegando a bolsa e tirando a carteira.

— Do que você precisa do spa? — perguntou ele.

— Quero que você faça tudo a que tem direito: massagem, manicure e limpeza de pele.

— Está falando sério?

— Seriíssimo — respondi, entregando o dinheiro a ele. — Considere isso como um presente por tudo que fez por Connor e por mim, pelo que ficamos muito gratos. Sei que não é muito, mas é um começo.

— Está brincando? É o máximo! Obrigado, boneca! — disse ele, animado, me dando um beijo e indo para o elevador.

Sorri, dando um beijo no nariz de Julia, desejando que Connor pudesse ir ao parque conosco, mas ele tinha uma reunião atrás da outra o dia inteiro, além de uma videoconferência. Coloquei Julia no carrinho, peguei a sacola de fraldas, uma manta, meu bloco, lápis e uma garrafa d'água. Depois de ver se estava com tudo de que precisava, empurrei o carrinho para o elevador e fui a pé para o Central Park.

As flores no jardim do Conservatório estavam lindas como sempre. Enquanto eu empurrava o carrinho de Julia, olhei adiante e vi que não havia ninguém no meu ponto favorito. Quando cheguei a ele, espalhei a manta no gramado, descalcei os sapatos e tirei Julia do carrinho.

— Este é o meu lugar favorito. Julia. Espero que algum dia também seja o seu.

Coloquei-a na manta e tirei suas meias. Ela começou a chutar e agitar os braços, soltando os gritinhos mais fofos do mundo. Abri o bloco e comecei a desenhar a cena que tinha em mente para meu quadro. Olhando para Julia, esbocei um campo de flores. Alguns momentos depois, ouvi o celular tocando. Quando o tirei da bolsa, sorri ao ver que era Connor.

— Olha, é o papai — disse, mostrando o celular a Julia. — Alô?

— Oi, amor, estava só pensando se podíamos almoçar juntos.

— Parece ótimo. A que horas?

— Que tal agora? Dá uma viradinha — disse ele.

Fiz o que me pedira e vi Connor se aproximando com uma sacola na mão. Sorrindo de orelha a orelha, desliguei, pondo o telefone na manta.

— Como soube que eu estava aqui?

Antes de se sentar na manta, ele tirou os sapatos e as meias.

— Falei com Mason. Tentei ligar para você antes, mas caiu na caixa postal, então liguei para ele, pedi para te chamar e ele disse que você e Julia estavam aqui — contou, sentando e me dando um beijo.

— Pensei que você tinha uma série de reuniões e uma videoconferência.

Connor pegou Julia no colo e começou a brincar com ela.

— E tinha. Já tinha participado de duas reuniões, mas, quando soube que minha mulher e minha filha estavam no Central Park, quis passar o dia com elas, por isso desmarquei as outras reuniões.

— Estou tão feliz por você estar aqui com a gente. — Sorri, acariciando seu rosto. — O que tem na sacola?

— Abre e descobre.

Peguei a sacola e olhei dentro.

— Ah, você trouxe cachorros-quentes.

— Eu sei o quanto você adora comer cachorro-quente aqui. — Ele sorriu.

Tirei os cachorros-quentes da sacola, e Connor colocou Julia no carrinho.

— Preciso conversar sobre uma coisa com você — disse ele.

—Tudo bem. O que é?

— Não quero que fique zangada por eu não ter falado com você antes, porque foi uma coisa que aconteceu assim, meio que de repente.

Dei um olhar preocupado para ele, que sorriu, segurando meu queixo.

— Não se preocupe, não é nada ruim.

Soltei um suspiro de alívio quando ele começou a me contar o que fizera.

— Eu investi na galeria de Vinnie em Chicago, e agora sou seu sócio.

— Como? — perguntei, confusa.

— O sócio dele deu para trás na última hora e o deixou com uma galeria inacabada, sem fundos suficientes para concluir as obras para a inauguração. Ele me ligou para perguntar se eu estaria interessado em investir numa galeria de arte e ser seu sócio. Pedi ao meu advogado que cuida da parte administrativa que redigisse os documentos necessários, e Vinnie vai ao meu escritório amanhã para assiná-los.

Fiquei olhando para ele. Precisava lhe contar uma coisa que andara pensando durante um tempo.

— Posso ser totalmente honesta com você em relação a uma coisa?

— Claro, amor. O que é?

— Pensei que a galeria já era sua e você não queria me contar.

A expressão dele foi de perplexidade.

— Por que você pensou isso?

— Não sei. Foi só uma impressão que tive.

— Bem, estava enganada. Eu não tinha nada a ver com aquela galeria até hoje de manhã. Não posso acreditar que você pensou que eu não te contaria uma coisa dessas.

— É mesmo? — perguntei, inclinando a cabeça e apertando os lábios.

—Tá, já entendi — respondeu ele, balançando a cabeça.

Depois de comermos nossos cachorros-quentes e Julia pegar no sono, Connor e eu nos deitamos sobre a manta e eu me aconcheguei a ele, que passou o braço ao meu redor, e ficamos olhando para o céu.

— É um dia perfeito — disse ele, dando um beijo na minha cabeça.

— Todos os dias são perfeitos quando estamos juntos. — Sorri.

— Nunca vou me esquecer do dia em que te encontrei deitada aqui, na chuva. Você estava muito doente, e eu morto de medo. Você me deu uma punhalada aquele dia, Ellery.

— Como? — sussurrei.

— Dizendo que estava deitada aqui porque assim ninguém saberia que você estava chorando. Você não faz ideia de como me matou por dentro te ouvir dizer isso.

Inclinei a cabeça, olhando para ele.

— Desculpe. Minha vida era muito diferente naquela época. Você me salvou de mim mesma.

Ele olhou para mim, seus lábios roçando os meus.

— Nós salvamos um ao outro.

Embora eu quisesse ficar naquele lugar para sempre, nosso momento intenso logo foi interrompido pelo choro de Julia. Sorrimos e nos levantamos, e Connor a tirou do carrinho.

— Acho que está na hora de irmos para casa — falei, começando a guardar minhas coisas.

— Acho que tem razão.

Depois de dar um beijo em cada face de Julia, Connor a colocou no carrinho e pegou o celular.

— Para quem está ligando? — perguntei.

— Para Denny. Vou pedir a ele para vir nos buscar.

— Diga a ele que mandei um abraço. — Sorri, pondo as mãos no carrinho e começando a caminhar.

— Ellery Rose Black! Volte aqui com a minha filha! — disse ele em voz bem alta.

Virei a cabeça, olhando para ele com um largo sorriso.

— Divirta-se na limusine sozinho, Sr. Black! Minha filha e eu vamos a pé para casa.

Instantes depois, Connor estava atrás de mim.

— Como você é teimosa!

— Eu sei, e essa é uma das razões por que você me ama.

— Uma em um milhão, amor. Só uma em um milhão — disse ele, passando o braço pelo meu ombro.

Capítulo 24

CONNOR

Ellery vinha trabalhando intensamente nos seus quadros. A inauguração da galeria seria no mês seguinte, e ela ainda tinha dois quadros para pintar. Mason fora passar uma semana com Landon na Califórnia, por isso eu a ajudava o quanto podia com Julia, para que não tivesse que se preocupar em cuidar dela. Eu dera a Claire o dia de folga para levar seu marido ao médico, e Peyton tinha viajado com Henry. Eu planejara trabalhar em casa, mas precisavam de mim no escritório. Tentei pedir ajuda à minha família, me esquecendo de que todos também tinham viajado. Ellery acabara de ir para o ateliê quando Phil ligou, avisando que eu precisava ir ao escritório para uma reunião sobre a nova empresa de Chicago, e aquele era o único dia em que ela podia ser feita. Olhei para Julia, que estava na cadeirinha de descanso.

— Presta atenção, Julia. Papai vai te levar ao escritório, por isso você precisa se comportar muito bem. Está certo?

Ela sorriu para mim, dando um gritinho. Tinha achado graça de eu lhe pedir que se comportasse muito bem. Coloquei-a no bebê-conforto, peguei a sacola de fraldas e entrei no elevador. Era o dia de folga de Denny, por isso eu teria que ir dirigindo o Range Rover até o escritório. Passei no ateliê de Ellery para avisar que levaria Julia comigo. Ao entrar, ela se virou e olhou para mim.

— Oi, querido, o que foi? — perguntou, vindo me dar um beijo.

— Vou levar Julia comigo para o escritório. Preciso resolver alguns assuntos.

— Sozinho?

— Sim, sozinho. Acha que não sou capaz de passar o dia sozinho com a minha filha?

— Não, acho que é capaz, sim. Boa sorte, meu bem. — Ela sorriu, inclinando-se para dar um beijo na cabecinha de Julia.

Coloquei a mão na maçaneta, girei-a e abri a porta. Dando meia-volta, olhei para ela, perguntando, confuso:

— Esse "boa sorte" foi para mim ou para Julia?

— Para os dois — disse ela, rindo.

Quando coloquei Julia na banco traseiro, ela começou a chorar. *Merda,* pensei comigo mesmo. Já estava ficando atrasado para a reunião. Ela tinha acabado de mamar, por isso eu sabia que não estava com fome, e também tinha trocado a fralda antes de sairmos. Peguei a chupeta na sacola de fraldas. Ellery não gostava que Julia chupasse chupeta, mas era uma emergência. Quando a coloquei na sua boca, ela parou de chorar. Soltei um suspiro de alívio, sentando atrás do volante e indo para o escritório. O trânsito estava horrível, e Julia começou a chorar de novo. Dei uma olhada pelo espelho retrovisor, e vi que sua chupeta tinha caído da boca. Seus gritos se tornaram mais altos, e estendi o braço para trás, tentando pegar a chupeta. Quando finalmente a encontrei, coloquei-a na sua boca, mas ela não quis, cuspindo-a e voltando a berrar. Não queria ligar para Ellery, porque não queria que se preocupasse, por isso liguei para a segunda melhor opção: Mason.

— Mas o que... Connor, por que a princesa está chorando desse jeito?

— Mason, preciso de sua ajuda. Estou levando Julia para o escritório...

— Sozinho? — ele me interrompeu.

— Sozinho. Estou preso num engarrafamento, e ela não para de chorar. Mas não quer a chupeta.

—Você deu chupeta para ela? Ellery sabe disso?

— Não, e nem você vai contar. Me ajuda, não sei o que fazer.

—Você tem algum CD de música clássica aí?

— Acho que não.

— Procura na sacola de fraldas. É capaz de ter um lá.

Estendendo a mão para trás, alcancei a sacola e, enquanto a trazia para o banco da frente, vários itens foram caindo pelo chão. Julia ainda estava aos urros, e eu prestes a ter uma crise de nervos.

— Não tem porra de CD nenhum aqui! — gritei para o celular.

— Connor, sinto muito, mas não há nada que você possa fazer até chegar ao escritório.

Depois de desligar, olhei para o celular e tive uma ideia. Ainda preso no trânsito, fiz o download de algumas peças de música clássica. A "Ode à Alegria" da *Nona* de Beethoven era a primeira da lista. Apertei o *play* e aumentei o volume ao máximo, estendendo o celular na direção de Julia. Ela não parou de chorar na mesma hora, mas o choro começou a enfraquecer. Quando o trânsito voltou a andar, Julia pegou no sono, e me senti como se pudesse respirar de novo. Finalmente, chegamos à Black Enterprises. Entrei na garagem do prédio e estacionei na minha vaga. Dando uma olhada para trás, vi que Julia ainda estava dormindo, e eu precisava que continuasse. Abri a porta com todo o cuidado e comecei a recolher todas as coisas que tinham caído da sacola no chão. Quando estava desafivelando o bebê-conforto, os olhos de Julia se abriram, e fiquei paralisado. Pegando a chupeta que estava ao seu lado, coloquei-a na sua boca, e os olhos dela se fecharam lentamente. Comecei a suar frio ante a ideia de ela voltar a abrir um berreiro.

Ao sair do elevador dos fundos que levava ao meu escritório, na mesma hora me vi cercado por um grupo de mulheres querendo ver Julia. Enquanto atravessava o corredor em direção ao escritório, notei que Valerie não estava sentada à sua mesa. Merda, suas férias tinham começado aquele dia, lembrei. Logo hoje, que eu estava contando com ela para ficar de olho em Julia. Abrindo a porta do escritório, coloquei o bebê-conforto em cima da mesa, enquanto pegava algumas pastas para a reunião.

— Ué, Connor, por que Julia está aqui? — perguntou Phil, meio chocado.

— *Ué*, porque eu não tinha ninguém com quem deixá-la, Phil — respondi, irritado.

—Você não tem uma babá, ou *um* babá, ou o que for?

— Ele está de férias, e Ellery está trabalhando nos seus quadros.

—Você não pode trazer um bebê para uma reunião — disse Phil.

Fuzilando-o com os olhos por causa de sua estupidez, respondi calmamente:

— Já se esqueceu de que a Black Enterprises é *minha* empresa e eu posso fazer o que quiser? Se quiser trazer minha filha para uma reunião, eu trago, e foda-se quem não gostar!

Phil suspirou, saindo do escritório.

— A reunião começa em cinco minutos — avisou.

Julia abriu os olhos. Peguei as pastas, o bebê-conforto e fui para a sala de reuniões.

Quando entrei na sala, onde quinze homens e mulheres se reuniam, todos os olhos me fuzilaram na mesma hora.

— Desculpem pelo atraso, mas, como podem ver, estou com minha filha hoje, e se algum de vocês não aceita isso, a porta fica bem ali. Estamos entendidos?

Enquanto olhava para todos, a sala ficou em silêncio.

— Muito bem. Agora, podemos começar.

Enquanto trocava a fralda de Julia, levantei a cabeça e vi Ellery parada diante da porta do quarto, com um sorriso no rosto.

— Oi, amor. Há quanto tempo está aí? — perguntei.

—Tempo bastante para ouvir a conversinha que vocês dois estavam tendo.

—Aquela foi uma conversa particular entre pai e filha. — Sorri.

Ela entrou no quarto, me deu um beijo e tirou Julia da mesa.

— Como foi o dia com o papai? — perguntou a ela, levantando-a nos braços.

— Correu tudo bem. Não sei por que você acha tão difícil de acreditar que eu possa cuidar da minha filha sozinho — comentei, jogando fora a fralda usada.

— Como é, Julia? Você chorou durante todo o percurso até o escritório, e o papai teve um ataque de nervos?

Droga. Ela devia ter falado com Mason.

— Não foi isso que aconteceu, Ellery.

— Não foi o que fiquei sabendo, Connor — disse ela, abrindo um sorriso para mim.

— Por que Mason te contou que eu tinha ligado para ele?

— Como é, Julia? Papai te deu uma chupeta? — Ellery olhou para mim, zangada.

— Será que eu não posso fazer mais nada sem alguém te contar?

— Mason não me contou, quer dizer, não exatamente. Eu estava falando com ele no celular quando você ligou, e então pedi que pusesse a chamada em conferência para eu poder ouvir.

— Ellery Rose! Isso é uma invasão de privacidade.

— Ah, por favor. Eu achei engraçado, e, embora quisesse ir te ajudar, sabia que você ia acabar descobrindo o que fazer.

— Obrigado pela confiança — agradeci, pondo as mãos nos seus quadris e beijando seus lábios.

— Afinal, você é o CEO de uma empresa de um bilhão de dólares. Já enfrentou coisas muito piores. Não fiquei nem um pouco preocupada com a hipótese de um reles bebê de colo ser capaz de te derrubar. Admito, isso sim, que fiquei um pouco preocupada com outra coisa.

— Com o que você ficou preocupada?

— Não há nada mais sexy do que um homem com um bebê, e eu já estava vendo as aves de rapina no seu escritório querendo se aproveitar da situação.

Sorrindo para ela, tirei Julia de seu colo e a coloquei no berço.

— O que está fazendo? — Ellery riu, voltando a pegá-la.

— Só há uma ave de rapina que eu quero que se aproveite de mim, e quero agora.

— Mas e quanto a Julia, Connor?

— Ela vai ficar bem. Está segura no seu berço, e, se começar a chorar, nós paramos. Quero fazer amor com você agora. Não aceito esperar mais um segundo.

Fomos para o nosso quarto. Antes de deitá-la na cama, meus dedos seguraram a barra de sua blusa, puxando-a pela cabeça. Minha boca se colou à sua, e ela pôs os braços para trás, abrindo o sutiã e deixando-o cair no chão. Depois que minha mão segurou seu seio e puxou a dureza do mamilo, eu a peguei no colo, e ela cruzou as pernas ao meu redor, enquanto eu a colocava na cama. Queria devorá-la, e coloquei seu seio na boca. Seus dedos apressados desabotoaram minha calça, enquanto os meus faziam o mesmo com a dela. Fiquei de pé e a tirei o mais depressa possível. Arranquei a camisa e a joguei no chão, e ela sentou e tirou a calcinha, jogando-a do outro lado do quarto. Olhou para mim com um sorriso sedutor, e se deitou de bruços.

— Ai, Ellery, você me deixou superduro.

— Então faça bom proveito dessa ereção, Sr. Black.

Um rosnado escapou do fundo da minha garganta, e juro que quase gozei no exato instante em que ela disse isso. Enfiei um dedo dentro dela para ter certeza de que estava pronta para mim, e, como era de esperar, estava prontíssima. Debruçado em cima dela, penetrei-a lentamente e comecei a avançar e recuar, quando, de repente, Julia começou a chorar.

— Não se atreva a parar, Connor! — exclamou Ellery.

— Não vou, mas...

— Sem mais, nem meio mas! Você não pode, nem vai parar! Estou tão perto. Ai, meu Deus. Ai, meu Deus! — gritou Ellery, seu corpo se retesando e relaxando, fazendo com que eu explodisse dentro dela.

Continuamos deitados, com nossos corações disparados, tentando recuperar o fôlego. De repente, tudo ficou quieto. Ellery virou a cabeça e me olhou.

— É claro que ela tinha que parar de chorar agora. — Começou a rir.

Essa era a minha filha. Meu amor, minha vida e meu anjinho.

Capítulo 25

ELLERY

Diante do cavalete, dando os últimos retoques na minha quarta tela, olhei pela ampla janela que dava para a cidade. Mil pensamentos me passavam pela cabeça sobre a exposição na galeria, a nova empresa de Connor em Chicago e a despedida de solteira de Peyton, que começaria no dia seguinte, às dez da manhã. Connor e eu tivéramos uma pequena discussão a respeito, porque ele queria que Denny passasse o dia inteiro nos levando de carro de um ponto ao outro da cidade. Eu não concordara, e ele não ficara nada satisfeito. Desnecessário dizer que venci a parada. Não entendia com o que ele se preocupava, pois estaria na despedida de solteiro de Henry, que também seria no dia seguinte, à noite. Ouvi a porta se abrir e, quando me virei, Connor entrou, pôs a pasta na cadeira e me abraçou.

— Oi, bonitão. — Sorri.

— É tão bom te abraçar. Senti saudades, amor — disse ele, enterrando o rosto no meu pescoço.

— Eu também. Qual é o problema?

— Hoje é um daqueles dias em que, se tudo pudesse dar errado, daria. Onde está Julia? — perguntou ele.

— Está em casa, com Mason.

Ele interrompeu nosso abraço, olhando para mim.

— Agora me diga exatamente o que vai fazer amanhã para a despedida de solteira de Peyton.

Olhei para ele com as sobrancelhas franzidas.

— Por que quer saber?

— Sou seu marido, e deveria saber o que você faz.

Eu queria me livrar sem ter que descrever detalhe por detalhe da festa, porque ele não ia gostar nada de saber o que eu tinha planejado. Esse poderia ser o começo de uma terrível discussão.

— Por favor, sente-se, Sr. Black, enquanto explico os detalhes da despedida de solteira de Peyton. O senhor não vai dizer uma palavra ou fazer qualquer comentário sobre o que irá acontecer. Não haverá discussões ou palavras ríspidas, e eu o proíbo de ficar com ciúmes. Se decidir começar uma briga, ficará sem sexo durante muito tempo. A festa é da minha melhor amiga, e eu vou enchê-la de detalhes sexy antes de ela se casar. É o que nós, mulheres, fazemos, e, se não pode confiar em mim, sua esposa, que o ama mais do que a própria vida, está precisando ir ao terapeuta.

Ele ficou só me ouvindo, com as pernas cruzadas e as mãos superpostas no colo, olhando para mim até eu ter pronunciado a última frase.

— Tudo bem, e o mesmo vale para você.

Depois de dizer isso, comecei a me preocupar um pouco, e senti um friozinho no estômago. Mas não ia deixar que ele percebesse. Ele não sabia o que eu tinha planejado, e nem eu sabia o que ele tinha planejado. Cada um de nós iria dar a sua própria festa e confiar no outro. Eu sabia o quanto ele me amava, e ele sabia o quanto eu o amava.

— Tá, tudo bem — respondi, com um sorriso forçado.

Ele se levantou do sofá, me beijou e disse que tinha alguns planos para confirmar. Eu sabia que dissera isso de propósito, porque estava se roendo por não saber o que eu tinha planejado, por isso estava tentando se vingar de mim. Disse a ele que subiria para a cobertura dali a pouco, quando terminasse o quadro. Os pais de Connor iriam ficar com Julia no fim de semana, porque Mason e Landon iriam participar da despedida de solteira de Peyton.

Na manhã seguinte, acordei antes de Connor. Tínhamos deixado Julia na casa de seus pais na noite anterior, e então transáramos em cada canto da cobertura, aproveitando o fato de Julia não estar em casa para nos interromper. Diante do espelho, prendi os cabelos louros num rabo de cavalo alto. Enquanto escovava os dentes, Connor ficou parado diante da porta do banheiro, usando apenas uma calça de pijama, seus braços musculosos encostados na soleira.

— Que foi? — Sorri.

— Nada. Estava só admirando sua beleza antes de nos separarmos, daqui a duas horas.

Cuspi na pia, enxaguando a boca, antes de ir até ele e pousar as mãos no seu peito escultural.

— Estou achando tão chato isso de não nos vermos até amanhã.

— Pois é, eu também — disse ele, segurando meu rosto, e me deu um beijo nos lábios.

— E aí, quais são seus planos? — perguntei, com ar natural.

— Não vou te contar nada. Você está fazendo o maior suspense em relação à sua festa, por isso estou dançando conforme a música.

— Você percebe que está se comportando como uma criança, não?

— Percebo, mas como *sua* criança — sussurrou ele, lambendo minha orelha, e então deu um tapa no meu traseiro.

Dei um risinho, e fui acabar de embalar as coisas de que precisaria para a festa. Quando Connor terminou de tomar banho e se vestir, pegou minha sacola e descemos até a garagem, onde duas limusines esperavam por nós.

— Sua limusine, meu amor — anunciou Connor, abrindo a porta.

— Obrigada, querido. — Sorri.

Ele passou os braços pela minha cintura e me puxou para si.

—Tome cuidado, comporte-se e fique segura.

— Não se preocupe, Connor, vou ficar bem. Se cuide você também.

—Te amo, Ellery.

—Também te amo, Connor — disse, entrando na limusine, que logo se afastou pela rua.

Fomos buscar Mason e Landon, já que moravam a um pulo de nós, e em seguida Peyton e as outras amigas que participariam da despedida de solteira. Peyton estava pronta e animadíssima para começar a festa. Ela não fazia a menor ideia do que eu tinha planejado. Na verdade, ninguém fazia, nem mesmo Mason.

— Muito bem, minha melhor amiga, me diz o que está programado para hoje, e por que tivemos que arrumar uma sacola para passarmos a noite fora!

—Vocês vão ver quando chegarem — respondi, sorrindo.

Quando a limusine parou diante do Waldorf Hotel, todos os olhos se arregalaram.

— Elle, que foi que você fez?! — perguntou Mason.

Sorri, enquanto o motorista abria a porta, e saímos da limusine.

— Nosso dia começa aqui — informei a todos.

Quando entramos no hotel, fomos recebidos na mesma hora pela concièrge.

— Sra. Black, bem-vinda ao Waldorf.

— Obrigada — respondi, enquanto o carregador pegava nossas sacolas e nos acompanhava até o elevador. Quando chegamos à suíte presidencial, coloquei o cartão na fenda e abri a porta.

— Este lugar é do cacete! — gritou Peyton.

— Acho que morri e fui para o céu — disse Mason, observando a suíte.

—Vamos ter cabeleireiros e maquiadores individuais para fazer nossos cabelos e nos maquiar para hoje a noite. — Sorri.

— Puta que pariu! — gritou Peyton, me dando um abraço.

Peguei o celular na bolsa e dei uma olhada na hora.

— Muito bem, pessoal, temos hora marcada no spa dentro de cinco minutos. Vamos fazer tudo a que temos direito: massagem, limpeza de pele, manicure e pedicure.

Quando saímos da suíte, Mason passou o braço pelo meu ombro.

—Você sabe mesmo como comemorar em grande estilo, menina!

Pusemos nossos robes e chinelos luxuosos do spa. Notei que tinha deixado meu celular na suíte, e precisava ficar com ele, para o caso de haver alguma emergência com Julia.

— Já volto. Deixei o celular no quarto — expliquei, me levantando e saindo do spa.

Enquanto esperava pelo elevador, não pude deixar de pensar em Connor e como já estava começando a sentir saudades dele. Já começava a me arrepender por não ter lhe contado meus planos, mas sabia que ele não teria aprovado esse agito, com sua mania de segurança. Quando as portas do elevador se abriram, prendi a respiração, ficando totalmente paralisada. O homem no elevador olhou para mim. Olhei para ele. Engoli em seco, meu coração acelerando pelo jeito como ele me encarou. Seus olhos misteriosos me estudaram dos pés à cabeça.

— Qual andar, senhorita? — perguntou ele.

— Trigésimo quinto, por favor.

— O spa? — perguntou, observando o robe que eu vestia.

— Sim, estou dando uma despedida de solteira para minha melhor amiga — respondi, mordendo o lábio.

O elevador parou no trigésimo quinto andar, e saímos.

— Divirta-se na despedida de solteira. Espero que voltemos a nos encontrar. — Ele sorriu, eu virei à direita e ele à esquerda. Sorri, balançando a cabeça, e lhe agradeci, voltando ao meu quarto. Tirei o cartão do bolso do robe e, ao colocá-lo na fenda, virei a cabeça e olhei na direção em que ele seguira, apenas para ver que ele tinha parado seis portas adiante e me olhava fixamente. Quando abri a porta, entrei depressa no quarto e a fechei. Me encostando à porta, respirei fundo várias vezes, para acalmar o coração que palpitava no peito. *Que é que está havendo comigo?* Fui até a mesa, onde tinha deixado o celular, e dei uma olhada nele. Não havia nenhuma mensagem de meus sogros ou de Connor.

Deitada na mesa de massagens, não conseguia parar de pensar no homem do elevador e no jeito como tinha olhado para mim. Meu coração voltou a acelerar só de pensar nele. Minha cabeça precisava voltar à realidade, se eu quisesse levar essa festa até o fim. Quando acabamos nossos tratamentos no spa, voltamos ao quarto, e Peyton gritou ao ver dois gatos supersexy totalmente pelados, usando só aventais minúsculos, punhos de camisa e gravatas-borboleta.

— Ah, meu Deus, Ellery! Eu te aaaaaamo!

Sua reação me fez chorar de rir, e Landon se aproximou.

— Detalhe simpático, Ellery — elogiou, sorrindo.

Os garçons pelados abriram uma garrafa de champanhe e entregaram uma flûte a cada um de nós. Pouco depois, os cabeleireiros chegaram. Peguei uma tiara prateada, cravejada de pedras de strass, com os dizeres "Futura Esposa", e a entreguei ao cabeleireiro de Peyton. Enquanto nos preparávamos para nossa grande balada, o serviço de quarto chegou. O garçom abriu a porta, e bandejas de sushi, queijos e biscoitos salgados foram entregues no quarto. Pegando o cartão que estava na bandeja, o garçom o entregou a mim. Dizia:

Um presentinho para você e suas amigas.
Espero que gostem.
Com os cumprimentos do homem do elevador.

— De quem é? — perguntou Peyton.

— Da administração do hotel — menti.

— Garçons pelados, tragam essas bandejas pra cá! — ordenou ela.

Sorri, lendo o bilhete, e, mais uma vez, meu coração disparou quando pensei nele. Seu mistério tinha me perturbado. Não podia acreditar que tivesse mandado essas bandejas e que estivesse pensando em mim.

— Olá, Elle! Em que planeta está perdida? — perguntou Peyton, estalando os dedos.

Olhei para ela, confusa.

— O quê?

— Você estava com ar de perdida no espaço, ou sei lá o quê. O que está havendo com você?

— Nada. Estava só pensando em Julia — respondi, bebericando meu champanhe.

Quando meu penteado e minha maquiagem ficaram prontos, entrei no quarto e peguei o vestido que tinha comprado. Depois de colocá-lo, me olhei no espelho. O tubinho curto e prateado com lantejoulas e decote profundo era perfeito para aquela noite.

— Nossa, mas que gata mais sexy e gostosa! — disse Mason, entrando no quarto. — Esse vestido é um escândalo, e esse coque realmente combinou com ele. Não acho que Connor aprovaria essa produção sem estar ao seu lado.

— Connor não está aqui, está? — perguntei, sorrindo.

— Não, não está, mas é melhor tomar cuidado, porque você vai deixar todos os caras babando na gravata.

Ri, calçando um par de sandálias Jimmy Choo, prateadas, de salto alto. Todo mundo estava superproduzido. Antes de sairmos da suíte, peguei a faixa branca com os dizeres bordados "Futura Esposa" e a coloquei em Peyton.

— Pronto! Agora sua produção está completa. — Sorri.

Peyton me abraçou, e bateram à porta. Fui atender, e o carregador me entregou um pedaço de papel branco. Abri-o e li:

Estou no bar do hotel.

Se quiser me fazer companhia, mesmo que apenas por alguns minutos, eu agradeceria.

Saudações do homem no elevador.

Meu pulso disparado estava quase entregando meu nervosismo quando me virei para o grupo e disse que voltaria logo, pois a concièrge precisava falar comigo na recepção. Peguei minha bolsa e disse que me encontraria com eles na limusine em vinte minutos. Tomei o elevador até a portaria e fui para o bar. Quando o vi sentado num banquinho, o sobe e desce no meu estômago se transformou numa montanha-russa desenfreada. *Por que eu estava fazendo isso? Como podia fazer isso?* Ele virou a cabeça, seu olhar atravessando meu corpo como se fosse de fogo. Nervosa, fui até ele e me sentei no banquinho ao seu lado.

— Não sabia se você viria — disse ele, pegando seu copo.

— Queria agradecer pelas bandejas de sushi e queijos que mandou à minha suíte. Foi muito gentil da sua parte, mas não precisava ter feito isso.

— Eu sei que não, mas achei que você e suas amigas gostariam. Você gostou? — perguntou ele, seus olhos fixos nos meus.

— Gostei muito. Obrigada — respondi, meu coração parecendo que ia saltar do peito.

— Gostaria de beber alguma coisa?

— Não, obrigada. Tenho que me encontrar com minhas amigas na limusine dentro de dez minutos.

— Se ofenderia se eu lhe dissesse que você é simplesmente linda?

— Obrigada — respondi, abaixando os olhos.

—Vejo que é casada — disse ele, observando minha aliança.

— Sou, e tenho uma filha pequena em casa.

Dei uma olhada na sua mão para ver se usava aliança, e vi que usava.

—Vejo que também é casado.

Ele olhou para mim, os cantos de sua boca se curvando ligeiramente.

— Sou. Mas isso não me impede de apreciar as mulheres bonitas. Pelo visto, também não impede você, porque está sentada aqui, comigo.

Engoli em seco e me levantei. Ele pôs a mão em cima da minha, e um choque elétrico percorreu meu corpo.

— Obrigado por vir se encontrar comigo.

— Tenho que ir. Mais uma vez, obrigada pelas bandejas — encerrei a conversa, saindo do bar o mais depressa possível.

Todos esperavam por mim na limusine. Quando o motorista abriu a porta para mim, sentei ao lado de Mason.

—Você está bem? Está com o rosto vermelho — disse ele.

— Estou ótima. Agora, vamos nos divertir.

Capítulo 26

Chegamos à primeira boate, e jantamos no terraço. Eu não conseguia parar de pensar no homem do elevador e no jeito como me sentira quando ele tocara em mim. Precisando ver se tinha recebido alguma chamada ou mensagem, tirei o telefone da bolsa, mas não encontrei nada. Imaginei o que Connor estaria fazendo, e senti que precisava lhe mandar uma mensagem.

Oi, amor. Só queria saber se você está se divertindo.

Alguns minutos depois, sua resposta chegou.

Oi, amor. Estamos nos divertindo muito. E você?

Eu também. Só queria te dizer que te amo, digitei, me sentindo culpada.

Também te amo. Lembre-se de tomar cuidado.

Pode deixar.

Guardei o celular na bolsa, peguei o copo de vinho e o bebi de um gole só. Procurei tirar da cabeça todos os pensamentos do homem do elevador, para poder curtir a noite que passara meses planejando. Comemos, bebemos e nos divertimos. Mas a diversão só começou mesmo quando fomos a uma casa noturna chamada X. Era uma boate de strip tease de alta classe, dividida em dois lados. Em um deles, os strippers eram homens e, no outro, mulheres.

Sentamos à mesa, esperando que o show começasse. Peyton já estava bêbada, e outras amigas nossas também. Eu precisava de uma bebida, mas não queria esperar pela garçonete, por isso pedi licença e fui até o amplo bar que era compartilhado por ambos os lados da boate. Quando o bartender se aproximou, pedi uma dose de Jack Daniels. Ele colocou o copo de uísque na minha frente e eu o bebi, permitindo que a sensação de ardência se espalhasse pela minha garganta. De repente, uma voz no meu ouvido me assustou.

— Ora, mas que coincidência, encontrar você aqui. Deve ser coisa do destino — sussurrou a voz grossa, seu cheiro me capturando, seu hálito aquecendo meu pescoço.

Mais uma vez, meu coração bateu mais depressa, e a metade inferior de meu corpo começou a se encher de desejo.

— Está me seguindo? — perguntei, sem me virar.

— Eu já ia te perguntar a mesma coisa. Você sempre vem a boates de strip tease?

— Não. Já expliquei que é a despedida de solteira da minha melhor amiga.

— Ah, tem razão — disse ele, traçando pequenos círculos com o dedo no meu ombro.

Minha pele começou a esquentar com seu toque. Não havia nenhum lugar para onde eu pudesse ir. Ele tinha me encurralado entre o bar e o banquinho.

— Estou te deixando constrangida? — perguntou.

— Só um pouquinho — respondi, nervosa.

— Peço desculpas. É melhor voltar para as suas amigas — sussurrou, inclinando-se para mim, e senti seus lábios roçarem meu pescoço de leve.

Estremeci, e ele levantou o braço para que eu pudesse passar. Quando estava me afastando, eu me virei, embora cada parte de mim dissesse para não fazer isso. Mas eu fiz, porque podia sentir seus olhos queimando meu corpo. Sentei à mesa bem na hora em que o show ia começar.

— Onde você estava? — perguntou Mason. — Já íamos começar a te procurar.

— O bar estava lotado. Demorei séculos para conseguir chamar a atenção do bartender.

O show começou e um stripper entrou no palco. Peyton foi ao delírio, gritando. Olhei para ela, rindo, porque estava de pé em cima da cadeira. Eu precisava ir ao banheiro, por isso me levantei e disse ao pessoal que já voltaria. Estava me sentindo meio zonza do uísque com Coca-Cola que estava tomando, além do champanhe que tinha bebido horas antes. Não conseguia encontrar o banheiro, por isso tive que perguntar a uma das garçonetes. Ela apontou o longo corredor, dizendo que ficava à esquerda. Depois de fazer pipi, o que pareceu demorar uma eternidade, lavei as mãos e, quando abri a porta, levei um susto ao ver a fila de gente que se estendia pelo corredor estreito. Quando saí do banheiro e tentei abrir caminho por entre a multidão, senti duas mãos segurarem minha cintura. Eu me virei, e era ele.

— Está tudo bem. Me deixa te ajudar a sair daqui — disse.

Quando chegávamos ao fim do corredor, duas mulheres bêbadas tropeçaram, nos empurrando contra a parede.

— Espera um pouco. Deixa elas passarem — sussurrou ele no meu ouvido.

Engoli em seco, o desejo lá embaixo voltando, meus sentidos aguçados por seu cheiro tentador, um aroma que eu não conhecia. Uma das mulheres passou, e então ele segurou minha cintura e me conduziu pelo corredor.

— Não se vire, só estenda a mão — instruiu.

Fiz o que tinha pedido, e estendi a mão à minha frente. Ele pôs um pedaço de papel branco nela, e então a fechou.

— Não deixe ninguém ver isso. É só para você — sussurrou, afastando-se na direção oposta.

Abri a mão e desdobrei o pedaço de papel. Estava escrito:
No meu quarto, hoje, depois da sua festa.

Quarto 4709
Estarei lá, esperando por você.

Fiquei imóvel, olhando para o bilhete, até que ouvi alguém chamando meu nome. Levantei os olhos e fechei a mão com força, enquanto Mason caminhava em minha direção.

— Por que está demorando tanto? — perguntou.

— Olha só para essa fila — respondi, e ele segurou minha mão, me levando de volta à nossa mesa.

Estava na hora de irmos embora, para podermos ir à última boate. Ajudei Peyton a entrar na limusine, enquanto ela não parava de falar sobre a dança sensual que tinha recebido do stripper. Todo mundo estava contando piadas e se divertindo. Eu começava a ficar com um pouco de medo de que Peyton estivesse bêbada demais para ir à próxima boate, mas ela insistiu que estava ótima. Quando abri a bolsa para pegar o celular, o pedaço de papel caiu no chão.

— Opa, você deixou cair uma coisa — disse Mason, pegando-o.

— Não! Eu pego — falei, em tom ríspido.

Mason pegou o papel e me entregou.

— Nossa, calma, Elle, é só um pedaço de papel.

— Desculpe — pedi.

A boate estava lotada. A música era ensurdecedora, e o chão trepidava. Tentei não pensar nele, mas não consegui. Sua estatura alta e confiança eram fora de série, mas de um jeito desejável. Para me distrair desses pensamentos, que pareciam me consumir, eu me abandonei à música, dançando, bebendo e me divertindo. Quando chegou a hora de irmos embora, Landon teve que carregar Peyton para a limusine, enquanto eu e nossas amigas seguíamos trocando as pernas, aos risos, por pouco não despencando no chão. Peguei o celular na bolsa, mas não havia mensagens ou chamadas perdidas de ninguém. Não muito depois de sairmos da boate, voltamos ao Waldorf. Landon carregou Peyton até o quarto, e despencou no sofá. Peguei o pedaço de papel na bolsa e olhei para o número do quarto. Não era o mesmo quarto em que ele tinha entrado horas antes. Este ficava no último andar do hotel.

Respirei fundo, saindo do elevador. Bati discretamente à porta do quarto 4709. Na mesma hora, a porta se abriu, e ele apareceu, com um sorriso no rosto.

— Entre, por favor — disse. — Não sabia se você viria.

— Nem eu mesma sabia — respondi, entrando no quarto.

— Aceita uma bebida?

— Não, obrigada. Já bebi o bastante por hoje.

Os cantos de sua boca se curvaram para cima quando eu disse isso.

— É mesmo? — perguntou, aproximando-se de mim, tirando a bolsa de minhas mãos e jogando-a numa poltrona. Parou à minha frente e, quando abaixei o rosto, ele segurou meu queixo e o levantou, até eu ser forçada a olhar para ele.

— Uma mulher tão linda como você nunca deveria abaixar o rosto.

Respirei fundo, e ele passou o dedo pelo contorno da minha face.

— Você é simplesmente maravilhosa. Desde o momento em que pus os olhos em você, eu te desejei. E sei que você sentiu o mesmo. Eu notei, pela expressão desses lindos olhos azuis. Você sentiu alguma coisa?

Balancei a cabeça levemente, seus olhos prendendo os meus.

— Diga. Quero ouvir você dizer que sentiu alguma coisa quando me viu.

— Eu senti alguma coisa — sussurrei.

Ele se inclinou para mim, mordiscando meu lábio inferior, e então voltou a me olhar.

— Quer que eu faça amor com você? Porque é o que eu quero desde o momento em que te vi — disse, passando o dedo pelos meus lábios.

As palavras não me saíam, por isso apenas balancei a cabeça.

Seus lábios se colaram aos meus, que se entreabriram, permitindo que sua língua explorasse minha boca. Quando ele me encostou à parede, segurou meu traseiro, sentindo minha calcinha encharcada ao empurrá-la para o lado e enfiar um dedo dentro de mim.

— Eu sabia que te excitava — murmurou, seus lábios avançando para o meu pescoço.

Enquanto eu passava os dedos pelos seus cabelos, ele puxou as alças do meu vestido, deixando-o cair no chão.

Sua mão direita apertou meu seio, enquanto a esquerda arrancava minha calcinha. Soltei uma exclamação quando ele enfiou dois dedos dentro de mim num movimento de vaivém, enquanto eu desabotoava sua calça com a outra mão e a tirava. Minha respiração estava rápida, e meus gemidos se tornaram mais altos quando ele me penetrou. Estava tão duro, investindo com tanta força, que cada vez que ia ainda mais fundo dentro de mim fazia meu corpo ter convulsões. Enrolei as pernas com força em volta da sua cintura, e ele me levantou contra a parede, continuando a avançar e recuar.

— Ah, meu Deus, ah, meu Deus — gritei, meu corpo tremendo quando ele me levou a um orgasmo maravilhoso.

— Assim. Quero sentir seu prazer no meu corpo — disse, avançando com força uma última vez, até eu senti-lo explodir dentro de mim.

Com minhas pernas ainda ao seu redor, ele olhou para mim, beijando meus lábios.

— Bem representado, Sra. Black. — Sorriu.

— Touché, Sr. Black. — Comecei a rir.

Estendi as pernas, e ele me pôs no chão.

— Por favor, diga que vai passar a noite comigo, e não voltar para o seu quarto. Não quero dormir sozinho.

— É claro que vou ficar aqui. Eu te amo demais, Connor — falei, enxugando o suor da sua testa.

Deitamos na cama luxuosa, e Connor me abraçou.

— Você sabia que eu estava aqui? — perguntei.

— Não, não fazia a menor ideia de que você vinha para cá. Estava com um show de Las Vegas montado no quarto para a festa de Henry, e um de nossos amigos arranjou a boate de strip tease. Quando as portas do elevador se abriram e eu te vi, você me deixou sem fôlego, e eu me senti como se fosse a primeira vez que te visse. Foi por isso que tive vontade de fingir que não te conhecia e, quando você fez o meu jogo, decidi levá-lo até o fim.

— Devíamos fazer isso mais vezes. — Sorri, me virando, e seus braços me apertaram com mais força.

Ele deu um beijo nas minhas costas, sussurrando:

— Vamos ter uma conversinha amanhã sobre aquele vestido que você estava usando.

Sorri, fechando os olhos, e logo peguei no sono.

Capítulo 27

CONNOR

Um mês depois...

—Estou pouco me lixando se a mulher deu um fora nele. Diga a ele que é melhor o prédio da empresa de Chicago estar pronto para inspeção no mês que vem. Paguei um bom dinheiro para ele fazer isso, e acho bom terminar o trabalho! Porque, se não terminar, pode dizer àquele filho da puta que eu vou entrar na Justiça! — gritei, atirando o telefone na mesa.

— O que está acontecendo? — perguntou Ellery, entrando no meu home office com Julia no colo.

— Gente deixando de fazer o que deveria. — Suspirei, me levantando da mesa e indo até ela.

— É a empresa de Chicago de novo?

— É, amor, mas não quero que se preocupe com isso — falei, dando um beijo na sua cabeça e tirando Julia do seu colo. — Já terminou o último quadro?

— Já. Dei as últimas pinceladas alguns minutos atrás — respondeu ela, sorrindo.

— Ótimo. Vou mandar embalá-los e enviá-los para a galeria. Vão chegar lá a tempo para a inauguração na semana que vem.

Olhei para Julia, que prestava atenção em mim com seus grandes olhos azuis enquanto eu conversava com Ellery. Ela estava crescendo muito depressa. Ellery começara a lhe dar alimentos infantis, e ela já aprendera a se sentar sozinha.

— Peyton e Henry vão voltar hoje, depois de um mês fora, em lua de mel — contou Ellery.

— O casamento deles foi maravilhoso. Mal posso acreditar como passou depressa.

— Eu sei. O tempo está passando muito depressa. Olha só como Julia já está ficando grande — disse ela.

Ouvimos as portas do elevador se abrirem, e Mason anunciando que tinha chegado.

— Está pronta para ir à academia? — perguntei a Ellery.

— Prontíssima. Me deixa só pegar a minha sacola.

Saímos do home office, e entreguei Julia a Mason.

— Aqui está a princesinha. — Sorri.

Enquanto Ellery pegava a sacola, tirei a minha do armário do corredor e peguei as chaves.

— Esqueci de te dizer que vamos no Range Rover. Denny me ligou hoje de manhã, e não estava se sentindo bem.

Ellery se virou para mim.

— O quê? O que é que ele tinha? — perguntou, preocupada.

— Não sei. Ele só disse que não estava se sentindo bem, e que lamentava, mas não ia poder trabalhar hoje.

— Denny nunca fica doente — disse ela.

— Pois é. Estou um pouco preocupado com ele, mas tenho certeza de que deve ter sido alguma virose que ele pegou. Várias pessoas no escritório estão doentes.

— Espero que ele melhore logo.

— Eu também, amor — concordei, passando o braço pelos seus ombros, e fomos para a academia.

Depois de malharmos, Ellery me deixou no escritório e ficou com o Range Rover. Disse a ela que voltaria para casa de táxi à noite. Valerie me seguiu até o escritório, falando pelos cotovelos sobre todas as reuniões marcadas para aquele dia. Suspirei, colocando a pasta na mesa, e olhei para a ampla janela que dava para a cidade. Não parava de pensar em Denny. Em todos os anos que o conhecera, ele nunca faltara ao trabalho por motivo de doença, nem uma única vez, e eu estava preocupado.

— O senhor está bem, Sr. Black? — perguntou Valerie.

— Estou, Valerie. Agora, se me der licença, preciso fazer algumas coisas antes da primeira reunião.

Ela assentiu, saindo do escritório, e fechou a porta. Quando liguei o computador, a tela exibiu uma foto de Ellery e Julia. Alguns minutos depois, Phil e Paul entraram no escritório, me chamando para a reunião. Deixei o celular na mesa e peguei minhas pastas.

Enquanto eu participava de uma videoconferência com Sakura Nakamura, o CEO da Takashi Entreprises, uma empresa japonesa com a qual estávamos tentando negociar um contrato, Ellery entrou na sala de reuniões. Quando a vi, levantei depressa da poltrona.

— Ellery, o que aconteceu? — perguntei, pois podia ver que ela parecia estar em pânico.

— Connor, desculpe, mas é Denny.

— Terminem a reunião sem mim — avisei a Paul e Phil.

Pondo a mão nas suas costas, levei-a para o corredor.

— O que aconteceu? — perguntei, enquanto nos dirigíamos ao meu escritório.

— Dana me ligou para dizer que Denny teve uma convulsão, e então ela chamou uma ambulância e eles o levaram às pressas para o hospital. Nós duas tentamos te ligar, mas você não estava atendendo.

— Merda, eu deixei o celular na mesa enquanto estava em reunião. Desculpe, amor — pedi, enquanto entrávamos no meu escritório, e peguei o celular.

— Tentei ligar para Valerie, mas ela não estava à sua mesa. Eu sabia que você tinha uma reunião, por isso, quando vi que você não estava no seu escritório, imaginei que estivesse na sala de reuniões.

Fomos correndo até onde Ellery estacionara o Range Rover. Entramos, e eu dirigi o mais depressa possível até o hospital. Quando chegamos, a enfermeira nos levou até onde Denny estava. Assim que entramos no quarto, Dana se levantou, e eu lhe dei um abraço.

— Connor, Ellery, obrigada por virem — disse ela, chorando.

— O que aconteceu, Dana? — perguntei, olhando para Denny, que estava dormindo.

— Ele acordou hoje de manhã e disse que não estava se sentindo bem, mas que não sabia dizer o que estava errado. Disse que estava se sentindo tonto. Então fiz com que ele se deitasse um pouco, e, quando ele se levantou da cama, caiu no chão e teve uma convulsão.

— Tem certeza de que foi uma convulsão? — perguntei.

— Tenho, porque minha irmã tinha convulsões o tempo todo — disse ela, chorando.

Enquanto eu lhe dava um abraço apertado, dizendo que tudo ia ficar bem, Denny abriu os olhos.

— Que negócio é esse de abraçar a minha mulher? — perguntou, esboçando um sorriso.

— E que negócio é esse de ficar deitado numa cama de hospital? Você devia estar trabalhando. — Sorri, pondo a mão no seu ombro.

— Pois é, mas tenho certeza de que você sobreviveria sem mim — disse ele.

— Eu não teria tanta certeza assim — respondi, sério.

Ele olhou para Dana, estendendo a mão. Ela a segurou, mais lágrimas lhe escorrendo pelo rosto. Ellery foi até ela e apertou seus ombros.

— Dana, pare de chorar — disse Denny. — Vou ficar bem.

O médico entrou com a enfermeira e disse a Denny que iriam fazer uma tomografia computadorizada para ver o que estava acontecendo. Quando o levaram para o corredor, segurei a mão de Ellery e ficamos aguardando na sala de espera da Emergência.

— Eu bem que tomaria uma dose de uísque agora — comentei.

— Que tal um café? — perguntou Ellery, sorrindo para mim.

Passei o braço pelos seus ombros e fomos para o Starbucks, que ficava dentro do hospital. Ellery me entregou um café e, quando voltávamos para a sala de espera, esbarramos no Dr. Taub.

— Ellery, Connor, que prazer revê-los. Ellery, está aqui para fazer seu exame de sangue anual?

— Não, Dr. Taub. Um amigo nosso foi levado para a Emergência, e estamos aqui para visitá-lo — respondeu ela.

— Ah, sim. Espero que seu amigo fique bem. Não se esqueça do seu exame de sangue. Você sabe o quanto é importante — alertou ele, afastando-se.

Esperamos por uma hora até Denny ser levado de volta para o quarto. Enquanto fazíamos companhia a ele, o médico entrou e pediu para falar com Denny e Dana em particular.

— O que quer que tenha a dizer, pode falar na frente deles, são meus parentes — disse Denny.

O médico pigarreou antes de começar a falar.

— A tomografia acusou a presença de um tumor no seu cérebro.

Na mesma hora, Dana começou a chorar. Amparei-a depressa, para que não caísse. Ellery segurou a outra mão de Denny.

— Não sou um especialista, mas chamei um para ver o senhor.

— Qual é o nome dele, e quais são suas credenciais? — perguntei.

— Ele é um dos melhores neurocirurgiões que temos na equipe. É altamente conceituado. Seu nome é Dr. William Armstrong e ele virá à noite para vê-lo. Até lá, vamos mantê-lo em observação, e depois de sua consulta com o Dr. Armstrong, saberemos melhor como proceder.

A expressão de Denny não se alterou enquanto ouvia atentamente cada palavra que o médico lhe dizia.

— A comida daqui é boa? — perguntou.

Ellery riu, apertando sua mão.

— Não é tão ruim assim — respondeu.

— Tudo bem, então. Vou ficar.

O médico sorriu, saindo do quarto. Denny olhou para Dana, apertando sua mão.

— Pare de chorar, mulher. Vai dar tudo certo. Vou ficar bem.

— É claro que vai. — Ellery sorriu para ele.

Receber a notícia de que Denny tinha um tumor cerebral foi um choque para mim. Eu não sabia muito sobre tumores, mas sabia que não eram boa coisa. Quando saí do quarto para dar um telefonema, Ellery me seguiu. Tirei o celular do bolso e liguei para Bernie.

— Bernie, é Connor. Preciso que descubra tudo que puder sobre um médico chamado Dr. William Armstrong. É um neurocirurgião da equipe do Hospital Mount Sinai, aqui de Nova York. Quero a ficha completa, entendeu? É muito importante.

— Entendi, Sr. Black, vou cuidar disso agora mesmo e ligo de volta.

— Obrigado — agradeci, encerrando a ligação.

Ellery segurou minha mão.

— Para que tudo isso?

— Quero ter certeza de que ele é o melhor, porque, se não for, eu mando buscar quem quer que seja.

Ellery e eu fomos do hospital para casa, pois queríamos passar algum tempo com Julia antes de voltarmos mais tarde, quando o Dr. Armstrong estivesse lá. Coloquei Julia na cadeira de alimentação para almoçar e, enquanto Ellery esquentava sua comida, o celular tocou. Era Bernie.

— O que descobriu? — fui logo perguntando ao atender.

— O Dr. Armstrong é considerado um dos melhores na sua especialidade. Suas credenciais são excelentes, Connor. Não acho que você tenha nada com que se preocupar.

— Obrigado, Bernie. Agradeço muito — falei, encerrando a ligação.

— O que ele disse? — perguntou Ellery, colocando os potes de papinha na mesa.

— Disse que ele é um dos melhores. Portanto, vamos ter que esperar para ver.

Quando peguei a colher infantil e a enfiei no pote, Julia começou a dar gritinhos. Sorri, levando a colher à sua boca, e ela comeu tudo direitinho.

— Mason disse que pode ficar com Julia hoje à noite enquanto estivermos no hospital. Já ligou para seus pais?

— Não, ainda tenho que fazer isso. Vou ligar assim que terminar de dar o almoço a Julia.

Ellery veio até mim e passou os braços pelo meu pescoço.

— Eu posso fazer isso, amor — ofereceu-se, dando um beijo no meu rosto.

— Quero terminar de dar o almoço dela. Eu ligo para eles depois.

Quando Julia terminou de almoçar, Ellery a limpou e a tirou da cadeira, enquanto eu ia ligar para meus pais. Eles ficaram abalados quando lhes dei a notícia, e pediram que eu avisasse como as coisas estavam indo e quando poderiam visitar Denny. Por volta de uma hora depois, Mason saiu do elevador com Landon.

— Oi, vocês dois — cumprimentei-os.

— Se não se importarem, vamos levar Julia conosco para comprar móveis — disse Mason.

— Ah, vai ser divertido! — exclamou Ellery.

— Por mim, tudo bem — falei, indo para o andar de cima.

Entrei no banheiro e joguei um pouco de água no rosto. Tinha a sensação de que havia algo errado, e estava com um mau pressentimento. Fiquei imóvel, com as mãos na bancada, quando Ellery entrou e olhou para mim.

— Connor, você está bem? — perguntou.

— Não sei, Elle. Para ser honesto, não sei como estou me sentindo no momento.

Ela veio até mim e enlaçou minha cintura com força. Eu precisava dela mais do que nunca. Fechei os olhos, e ela encostou a cabeça nas minhas costas.

— Vamos fazer pensamento positivo, Connor. Sei que é difícil, me acredite, mas a positividade é a chave para se manter a força, e precisamos ser fortes por ele e por Dana. Sua força foi o que me fez enfrentar minha doença, mesmo quando pensamos que não havia esperança.

Eu me virei e segurei seu rosto entre as mãos.

— Eu nunca perdi a esperança. Era tudo que eu tinha. Não teria aguentado se não tivesse. A ideia de perder você para aquela doença dominava meus pensamentos todos os dias, mas eu nunca perdi a esperança, e nunca desisti de você.

Lágrimas brotaram em meus olhos, e o lábio inferior dela começou a tremer.

— Eu tinha desistido. Perdido todas as esperanças para mim mesma. Até te conhecer. Você fez com que eu me apaixonasse por você, e me mostrou que havia uma razão para lutar. Você teve esperanças por nós dois, e, se não fosse por você, eu não estaria aqui hoje.

Uma lágrima escorreu de meu olho ao ouvir suas palavras. Puxei-a para mim e a abracei com todas as minhas forças. Ela era meu porto seguro, minha santa e salvadora, e eu agradecia a Deus todos os dias por não tê-la tirado de mim. Ela deu um pulo, rodeando minha cintura com as pernas, e a levei para nossa cama. Coloquei-a sobre o colchão e fiquei observando seus olhos, enquanto beijava seus lábios. Acredite se quiser, mas era só o que eu queria. Apenas beijá-la, e mais nada.

Quando Ellery e eu subimos até o quarto de Denny, o Dr. Armstrong já tinha ido embora, e Dana estava chorando. Ellery foi confortá-la, e Denny me deu um olhar sério.

— O que foi? O que o Dr. Armstrong disse? — perguntei, indo ficar ao seu lado.

— Tenho um tumor cerebral de terceiro grau, e é agressivo. O que significa que está crescendo rápido.

Quando ouvi Denny dizer essas palavras, senti um mal-estar horrível.

— O que isso quer dizer?

— Quer dizer que tenho câncer no cérebro e que há uma possibilidade de ele se espalhar para outra parte do corpo. Mas o Dr. Armstrong não tem como saber, até eu fazer uma ressonância magnética.

— Quando você vai fazê-la? — perguntei.

— Pela manhã — respondeu ele, desviando os olhos.

Eu não tinha palavras naquele momento. Não sabia o que dizer. A preocupação, que supunha ter se afastado de minha vida, voltara, apenas com outra pessoa que eu amava e que era muito importante para mim. Ellery me lançou um olhar cheio de lágrimas, enquanto tentava confortar Dana.

— E quanto à hipótese de fazer uma cirurgia? — perguntei.

— Ele disse que o tumor é operável e que vai discutir o assunto comigo quando chegar o resultado da ressonância magnética.

— Sinto muito, Denny — falei, abaixando os olhos.

— Não sinta, Connor. Eu vou ficar bem.

Ellery sentou na beira da cama, pondo a mão sobre a de Denny.

— Sempre vou estar aqui se precisar de mim. Se quiser chorar, conversar, rir ou mesmo gritar, vou estar aqui.

Se alguém sabia como Denny estava se sentindo, esse alguém era Ellery. Ela lutara contra o câncer e suportara tudo que ele envolve, não só uma, mas duas vezes. Quando Denny começou a se cansar, decidimos que era melhor irmos embora. Dana nos acompanhou até a porta, e nos despedimos.

— Ele vai ficar bem, Dana. Não vou dizer a você para não se preocupar porque sei que você não tem como impedir. Vá para casa descansar um pouco. Você não vai poder ajudá-lo se estiver cansada — observei, dando um beijo na sua cabeça.

Ela sorriu, concordando, e então voltou para o quarto de Denny. Suspirei, olhando para Ellery, que parecia profundamente pensativa.

— O que está se passando nessa linda cabecinha? — perguntei, afastando uma mecha de seus cabelos para trás da orelha.

— Eu sei o que ele está passando e como está se sentindo. Fico arrasada por ele ter que passar por isso.

— Bem, então, é uma grande sorte que ele tenha você para conversar — observei, puxando-a para mim e abraçando-a com força.

Podia ver que ela estava tão assustada quanto eu. Já estava ocupada demais com a exposição na galeria e Julia. Tinha acabado de superar o julgamento e o incidente com Ashlyn. Dando uma olhada nela, enquanto dirigia para casa, vi que a mesma expressão de dor e tristeza se estampava em seu rosto. Segurei sua mão, levando-a aos lábios.

— Me diga como está se sentindo, Ellery.

Ela suspirou, e então respirou fundo.

— Eu me sinto como se estivesse passando por tudo de novo. Embora não seja comigo, é com alguém que amo e é como um pai para mim. MERDA! — gritou.

Desviei o carro até o meio-fio, estacionei o Range Rover e saí. Fui até o lado do carona e abri a porta. Puxei Ellery do banco e a abracei com todas as minhas forças.

— Tudo bem, amor, desabafa — falei, meus olhos se enchendo de lágrimas.

Ellery soluçou no meu peito, e nos abaixamos lentamente até o chão.

— Por quê? Por que isso tinha que acontecer logo com ele? Não é justo, Connor. Ele está com um câncer no cérebro, e estou morta de medo de que morra. Ele é o pai que nunca tive. Ele sempre me deu a maior força. Ele não pode morrer. Ele não pode morrer, Connor — gritou ela.

Estava tremendo descontroladamente. Eu jamais a vira assim antes, e fiquei arrasado. A única coisa que podia fazer era abraçá-la e tentar lhe dar um pouco de carinho. As lágrimas se acumulavam em meus olhos, e escondi o rosto em seu pescoço. Precisávamos ser fortes, mas também desabafar nossos sentimentos.

— Ele vai sair dessa, Ellery.

Ela não disse mais nada. Apenas chorou nos meus braços, até não ter mais lágrimas. Disse a ela que precisávamos voltar para casa por causa de Julia, e ela assentiu. Ajudei-a a entrar no carro e a pôr o cinto de segurança, e então dei um beijo na sua testa, antes de fechar a porta.

Capítulo 28

ELLERY

Alguns dias se passaram, e a ressonância magnética de Denny mostrou que não houvera metástase do câncer para nenhum outro órgão do corpo. Connor e eu ficamos aliviados com a notícia. O Dr. Armstrong tinha marcado a cirurgia para a sexta-feira, justamente o dia da inauguração da galeria e de minha exposição. Connor já tinha mandado todos os meus quadros para Chicago, por isso eu não tinha com o que me preocupar; só precisava comparecer. Mas, a essa altura, não queria mais ir. Denny era mais importante, e também dar força a ele, Dana e Connor. Só não sabia como Connor iria receber a notícia.

Dei o dia de folga a Mason, e fui com Julia visitar Denny em sua casa. Ele parecia estar no melhor dos humores. Estava sentado na poltrona à minha frente, e apertei sua mão.

— Sei que você está com medo, mas o Dr. Armstrong é um dos melhores do país. Você sabe que Connor levantou toda a ficha dele.

— É, eu sei, e não duvido que ele seja o melhor, mas a ideia de meu cérebro sendo cortado não é lá muito agradável.

— Sei que não, mas tem que ser feito. Depois, você vai fazer quimioterapia durante um tempo, e aí vai ficar livre do câncer e pode deixar tudo isso para trás. — Sorri.

— Falar é fácil, Elle.

— Não estou falando por falar. Eu deixei tudo para trás.

—Você alguma vez pensa "e se isso, e se aquilo"? — perguntou ele.

—Às vezes sim, principalmente quando estou com Connor. Quando não consigo dormir à noite, viro de lado e o abraço, e começo a pensar no que teria sido se o tratamento não tivesse dado certo. É assim que os seres humanos são, Denny. Esses pensamentos sempre vão se insinuar na sua cabeça, e você é o único que pode afastá-los.

Ele sorriu, e então me levantei da poltrona, tirando Julia do colo de Dana. Quando fui até Denny, entreguei-a para ele.

— Dá um beijinho no tio Denny para se despedir — disse a ela.

Julia soltou uns balbucios fofos, e então cuspiu no rosto dele.

— Foi o seu papai que te ensinou isso, não foi? — Ele riu.

Denny a abraçou e deu um beijo no rosto dela. Dei um beijo nele, me despedindo, e fui para casa com Julia.

A cobertura estava em silêncio. Não havia mais ninguém em casa além de mim e de Julia. Coloquei-a sobre a sua manta no chão da sala e a cerquei de brinquedos. O outono estava chegando, e a temperatura começava a cair. Fui até a lareira e a liguei. Sentei na manta diante de Julia e comecei a brincar com ela e seus brinquedos. Tinha refletido um pouco mais sobre a exposição na sexta-feira, e decidira que podia ir a Chicago logo antes da inauguração e voltar na mesma noite. Uma hora depois, Connor voltou para casa. Tirou os sapatos, colocou a pasta na poltrona e veio se sentar com nós duas no chão.

— Como vão as minhas duas garotas especiais? — Sorriu.

—Vamos bem, querido — respondi, dando um beijo nele.

Julia começou a berrar quando Connor se sentou. Ela resolvera pôr as cordas vocais para trabalhar nos últimos tempos. Sua voz era estridente, de rachar os tímpanos. Connor se inclinou para ela, segurou seus braços e a levantou. Suas perninhas se agitaram, e ela sorriu, dando gritinhos.

— Nossa, como ela está alegre hoje! — disse ele.

— Ela se comportou bem o dia inteiro. Fomos ver Denny hoje à tarde.

— Como ele está? Dei um pulo na sua casa pela manhã, antes de ir para o escritório.

— Ele está bem. Dá para ver que está com medo da cirurgia.

— Isso é natural. Eu também estaria — disse Connor, abaixando Julia com cuidado.

— Preciso conversar com você sobre a sexta — falei.

— O que é que tem a sexta? É o dia da cirurgia de Denny.

Foi tudo que ele disse. Não mencionou nada sobre a inauguração ou minha exposição. Devia ter se esquecido, com tudo que estava acontecendo. Preferi não prolongar a conversa. Daria um pulo rapidíssimo na galeria e voltaria para casa antes que Connor sequer notasse que eu tinha ido embora.

— Só queria te dizer que Mason vai passar a sexta inteira, dia e noite, com Julia na casa dele.

— Tudo bem — respondeu ele, inclinando-se para me beijar, o que me forçou a me deitar de costas, pois ele não parava.

Nosso amasso foi interrompido pelos gritos de Julia. Connor parou de me beijar e olhou para ela. Estava de quatro, balançando-se de um lado para o outro.

— Ah, meu Deus, Connor, ela vai engatinhar! — exclamei.

Na mesma hora, ele se sentou e estendeu os braços para ela.

— Vem até o papai, Julia — disse.

Ela ficou na mesma posição, sorrindo. Como não se moveu, afastei todos os brinquedos e coloquei um único bloco à sua frente, mas longe o bastante para ela ter que engatinhar para alcançá-lo. Ela começou a ficar frustrada, porque não parava de cair. Logo, perdeu a paciência e abriu um senhor berreiro. Connor a pôs no colo e a abraçou. Eu nunca me cansava de vê-lo com Julia. Então, comecei a pensar no que Denny dissera sobre "e se isso, e se aquilo".

— Vou pegar a mamadeira dela. Deve estar com fome — falei, me levantando.

Quando entrei na cozinha, lembrei que tinha que ligar para Vinnie e pedir a ele para não mencionar a exposição a Connor. Era a última coisa com que eu queria que ele se preocupasse. Preparei a mamadeira de Julia e voltei para a sala, onde encontrei Connor adormecido na larga poltrona reclinável, com Julia enroscada sobre o peito. Sorrindo, tirei uma foto com o celular e a mandei para Peyton.

Como a cirurgia de Denny estava marcada para as seis da manhã, Mason viera buscar Julia na noite anterior. Quando o alarme tocou, Connor se virou e passou o braço por mim, que desliguei o despertador. Fiquei aconchegada com ele por alguns minutos, antes de termos que nos levantar e nos vestir para irmos ao hospital.

— Você e eu precisamos ter uma conversa — disse ele, em tom sério.

— Sobre o quê? — perguntei.

— Sobre a galeria e a exposição de hoje à noite.

Merda, pensei comigo mesma. Nunca devia tê-lo subestimado e achado que se esqueceria de alguma coisa.

— O que é que tem?

— Estou meio chateado por você não ter falado comigo, e por estar pretendendo ir sem mim.

Eu me virei, olhando para ele.

— Como você conseguiu se lembrar, com tudo que está acontecendo, e como sabia que vou sem você?

— Meu piloto me ligou ontem à noite para confirmar.

— Filho da mãe. E por que você não falou nada ontem mesmo? — perguntei.

— Porque Mason tinha acabado de levar Julia, e eu queria devorar o seu corpo. Imaginei que, se tocasse no assunto, iríamos discutir, e aí eu não teria corpo nenhum para devorar.

Inclinei a cabeça, sem poder acreditar que ele tivesse acabado de dizer isso.

— Está falando sério? — perguntei.

— Estou, e eu não ia desistir do meu projeto. Não é toda hora que Julia não está aqui para nos interromper.

— Não quero discutir esse assunto agora. Precisamos nos vestir para irmos ao hospital — falei, me levantando da cama.

Connor também se levantou, me seguindo até o banheiro.

— É aí que você se engana, Ellery. Nós *vamos* discutir o assunto agora.

Quem diabos ele pensava que era para começar uma discussão comigo antes mesmo de eu tomar minha primeira xícara de café? Vesti o robe de seda e desci até a cozinha, com Connor me seguindo.

— Vou com você, e assunto encerrado. Viu só? Não foi tão ruim assim, foi?

— Connor...

Ele se aproximou, me pegou no colo e me pôs sentada na bancada.

— Preste atenção. Você é minha mulher e isso é uma coisa tão importante para você quanto para mim.

— Mas...

Ele me interrompeu, levando um dedo aos meus lábios.

— Sem mas, nem meio mas. Eu amo Denny e nós vamos ficar no hospital durante a sua cirurgia. Mas depois eu vou entrar naquele jatinho com você, e nós vamos para aquela galeria juntos. Eu nunca perderia a sua primeira exposição, ou qualquer outra exposição, e saber que você seria capaz de ir sozinha foi uma coisa que me magoou muito, Ellery.

Observei seus olhos, e vi a mágoa neles. *Mas que diabos eu fui fazer?* Meus olhos se encheram de lágrimas, e passei os braços pelo seu pescoço.

— Me perdoe. Estava me sentindo extremamente culpada por ter que ir a essa exposição enquanto alguém que amo tanto é submetido a uma cirurgia cerebral. Estou me sentindo muito egoísta, Connor, e não queria que você tivesse que tomar uma decisão.

— Nunca houve uma decisão a ser tomada, querida. Eu pretendia ir com você desde o começo.

— Desculpe. — Comecei a chorar.

—Vamos subir para terminar de nos vestir, para podermos ir ao hospital — disse ele, dando um beijo na minha cabeça e me tirando da bancada.

Graças ao trânsito matinal de Nova York, chegamos ao hospital no momento em que a enfermeira já se preparava para empurrar a maca de Denny para o centro cirúrgico.

— Não pensei que veria vocês dois antes de meu cérebro entrar na faca — disse ele.

— O trânsito estava horrível — explicou Connor. — Vamos ficar aqui esperando até você sair, por isso, não demore. — Sorriu.

— Bem, vou tentar. — Denny retribuiu o sorriso.

Depois de dar um beijo no seu rosto, sussurrei:

—Você é forte e pode fazer isso. Lembre-se, estou aqui esperando por você, por isso acho bom voltar.

—Voltarei — disse ele, e a enfermeira empurrou sua maca pelo corredor.

Connor passou o braço pelos ombros de Dana e a levou para a sala de espera. A família de Dana chegou, e tentou mantê-la tão ocupada quanto possível. Connor e eu saímos da sala de espera e fomos à cantina para almoçar.

— Está nervosa por causa de hoje à noite? — perguntou ele.

— Estou! — Sorri.

— Não fique. Você é uma artista muito talentosa, e todo mundo vai adorar os seus quadros.

— Você só está dizendo isso porque é meu marido. — Sorri, esticando a língua para ele.

Connor riu, jogando a embalagem de um canudinho em mim, e então deu uma olhada no relógio.

— Já faz seis horas que Denny está sendo operado. Devíamos voltar para a sala de espera.

Pegou nossas bandejas e segurou minha mão, enquanto voltávamos. Pouco depois de chegarmos, o médico veio falar conosco.

— Conseguimos remover o tumor, mas houve uma hemorragia cerebral e um edema significativo no cérebro. Durante a cirurgia, ele entrou em coma.

Connor amparou Dana, que quase caiu no chão. Na mesma hora, senti um mal-estar enorme, e precisei me sentar. *Isso não pode estar acontecendo.* O Dr. Armstrong continuou, enquanto Connor abraçava Dana com força:

— Isso não é incomum, e vamos monitorá-lo com o máximo cuidado.

— Quanto tempo ele vai ficar em coma? — perguntou Connor.

O Dr. Armstrong suspirou, olhando para nós.

— Isso é impossível de se prever. Poderia ser por doze horas, ou por doze dias. Gostaria de ter uma resposta exata para o senhor, mas não tenho. A boa notícia é que o tumor foi removido, e não houve metástase do câncer para outros órgãos. Por ora, temos que esperar. Ele já voltou para o quarto, e vocês podem ir vê-lo.

— Obrigado, Dr. Armstrong — agradeceu Connor, afastando-se.

Olhou para mim, balançando a cabeça, enquanto Dana soluçava em seus braços.

— Venha, Dana, vamos lá vê-lo — disse ele, levando-a para o quarto de Denny.

Levantei da cadeira e os segui. Quando chegamos ao quarto e vi Denny deitado na cama, meus olhos se encheram de lágrimas. Os bipes baixos da máquina a que ele estava ligado e a bandagem branca que envolvia sua cabeça eram horríveis. Dana quase desmaiou antes de Connor sentá-la numa cadeira. Olhou para mim, e as lágrimas escorriam pelo meu rosto. Dana estendeu a mão para fazer um carinho no rosto de Denny, e Connor veio me abraçar.

— Ele vai ficar bem — disse, dando um beijo na minha cabeça.

Eu precisava ser forte, e não podia deixar que Dana me visse entrando em desespero. Interrompendo o abraço de Connor, dei um beijo nele e lhe disse que já voltaria. Quando encontrei o banheiro mais próximo, observei meus olhos cheios de lágrimas no espelho. A ideia de ir para Chicago me horrorizava. Tinha perdido toda a vontade de ir, por medo de que algo ruim acontecesse com Denny enquanto estivéssemos lá. Mas Denny me fizera prometer que eu iria, e não apenas por mim mesma, mas por ele. Quando voltei ao quarto, Connor veio até mim.

— Acho que ela já se acalmou. Está na hora de irmos embora.

— Connor, eu entenderia se você quisesse ficar com ela — falei baixinho.

— Nós já resolvemos isso, e eu vou com você. Agora, não quero ouvir mais uma palavra a respeito. Está me entendendo? — perguntou ele, em tom autoritário.

Assenti, e nos despedimos de Dana e de sua família. Connor pediu a ela para nos dar notícias, e disse que voltaríamos no dia seguinte. Quando saímos do hospital, de mãos dadas, percebi que ele não estava se sentindo bem, mas não queria deixar transparecer. Fiquei com medo de que, se ele não desabafasse seus sentimentos, iria ter um colapso nervoso.

Capítulo 29

CONNOR

Os quadros de Ellery ficaram lindos nas paredes novas em folha da galeria de arte. Vinnie fizera um excelente trabalho com a disposição de cada um deles. Ellery estava no auge de sua beleza em um vestido curto de renda bege. Achei que era curto e decotado demais. Tivéramos uma pequena discussão a respeito quando ela o pusera, mas, como sempre, ela me mandara aguentar calado. Estava deslumbrante, e eu não queria saber de outros homens olhando para ela. Mas esse é o preço que se paga quando se é casado com a mulher mais linda e sexy do mundo. Enquanto eu observava atentamente sua interação com outros artistas e convidados, Vinnie se aproximou e me entregou uma flûte de champanhe.

— Obrigado, Vinnie. Você fez um ótimo trabalho com a inauguração. A galeria está fantástica.

— Obrigado, Connor, mas nada disso teria sido possível sem a sua ajuda. — Ele sorriu. — Os quadros de Ellery não ficaram lindos pendurados nas paredes?

— Ficaram. Olha só para todas aquelas pessoas ali, admirando-os — comentei.

— Se me dá licença, estou vendo meu irmão — disse Vinnie, afastando-se.

A galeria estava lotada de pessoas influentes. O prefeito de Chicago e alguns fotógrafos famosos eram apenas algumas delas. Enquanto eu dava uma volta pelo local, admirando as outras obras, deparei com um conjunto de quadros retratando lindos nus femininos. Ellery se aproximou enquanto eu os observava.

—Vejo que encontrou algo para admirar — comentou, olhando para os quadros.

— São lindos, e tão delicados, não são? — perguntei.

Ellery olhou para mim, e de novo para os quadros.

— Se ficou tão apaixonado assim por eles, a modelo está bem ali. Por que não vai perguntar a ela se gostaria de dar uma trepada? — soltou, furiosa, afastando-se.

Mas o que é que tinha acontecido?! Não podia acreditar que Ellery tivesse dito aquilo. Eu me virei para procurá-la, mas ela não estava mais à vista. Tentei dar uma volta pela galeria atrás dela, mas toda hora alguém me parava. Quando finalmente consegui me desvencilhar, encontrei-a diante de seus quadros, conversando com um grupo de pessoas.

— Boa noite. Por favor, nos deem licença, preciso dar uma palavra com a minha esposa. — Sorri, tocando no braço de Ellery, e a levei até um canto sossegado.

— O que pensa que está fazendo? — disparou ela, irritada.

— *Eu?* O que diabos significou aquela cena? — rebati no mesmo tom.

— As pessoas estão olhando, Connor.

— Então sugiro que finja sorrir, Ellery.

Ela fez isso, mas logo começou a gritar comigo.

—Você se derramou ao falar daqueles quadros, e eu apenas comentei que a modelo está aqui, se quisesse trepar com ela, já que era tão linda e delicada, e você não conseguia parar de olhar para ela.

— Está falando sério? Está *mesmo* falando sério neste exato momento? Não posso acreditar que tenha ficado com ciúmes por causa de uma coisa dessas. Pelo amor de Deus, Ellery, eu fiquei observando os quadros e disse aquelas coisas sobre a habilidade do pintor, não sobre a modelo de carne e osso. Estava imaginando você naquela pintura, porque quero um quadro desses tendo você como modelo, nua.

Ela desviou os olhos, mordendo o lábio. Tive que fazer um esforço sobre-humano para não pôr as mãos no seu corpo.

— Desculpe se causei a impressão errada. Você sabe que eu nunca desejaria outra mulher. Eu te amo, Ellery. Não sei como posso deixar isso ainda mais claro para você do que já tenho deixado desde que ficamos juntos.

— Eu sei que você me ama, e peço desculpas. Estou nervosa por causa da inauguração, com saudades de Julia e deprimida pelo fato de Denny estar em coma num leito de hospital.

— Eu sei, amor — concordei, passando os braços por sua cintura e abraçando-a com força. — Já está quase acabando, e logo, logo vamos voltar para casa.

De repente, ouvimos uma voz às nossas costas.

— É mesmo? Não podem esperar até a inauguração acabar? — perguntou Peyton.

Os olhos de Ellery se iluminaram quando ela viu Peyton e Henry, e um largo sorriso se abriu em seu rosto ao avistar minha família sorrindo para ela do outro lado da galeria. Eu não lhe contara que eles viriam, pois queria que fosse uma surpresa. Ela os levou até a seção onde estavam seus quadros, e Henry ficou comigo.

— Eu soube de Denny. Sinto muito, cara — disse ele, dando um tapinha nas minhas costas.

— Obrigado, Henry, mas prefiro não falar sobre isso agora.

— Eu entendo. Se precisar de qualquer coisa, é só dizer.

Peyton parou diante dos nus femininos que haviam provocado a discussão entre mim e Ellery. Henry e eu nos aproximamos, ficando a seu lado. Não muito depois, Ellery veio nos fazer companhia.

— Quer me pintar nua, Ellery? — perguntou Peyton.

Olhei para Henry, que sorriu para mim.

— De repente... — respondeu ela.

— Posso assistir? — perguntei, sorrindo.

A noite correu bem, e Ellery vendeu todos os cinco quadros. Estava muito feliz, mas só queria voltar para casa. Nós dois queríamos. Estávamos com saudades de nossa filhinha, e queríamos voltar ao hospital para ficar com Denny.

Fora um dia longo e exaustivo. Ellery e eu estávamos deitados no sofá, no jatinho. Enquanto eu a abraçava, ela inclinou a cabeça para trás, me olhando.

— Andei pensando no que você disse aquela hora.

— Sobre o que, amor? — perguntei.

— Sobre querer um quadro em que apareço nua.

— É mesmo? E o que decidiu? — Sorri.

— Decidi que, quando voltarmos a Nova York, vou ligar para aquele artista e pedir a ele para fazer um. Afinal, tenho certeza de que você não se importaria que um estranho ficasse olhando para mim durante seis ou sete horas por dia enquanto eu estivesse posando totalmente nua para ele.

Prendi a respiração.

— Sabe de uma coisa? Vamos esquecer esse quadro. Eu tenho a modelo em carne e osso comigo, e é tudo de que preciso. — Sorri, me inclinando e dando um beijo nos seus lábios. Nem em um milhão de anos eu deixaria isso acontecer.

Capítulo 30

ELLERY

Eu andava de um lado para o outro, tentando acalmar Julia, que resolvera abrir um berreiro às três da madrugada. Tentei embalá-la, dei uma volta com ela pela cobertura, sentei, ninei-a na cadeira de balanço e nada a acalmou. Até lhe dei algumas gotas de Luftal, achando que estava com gases, mas não adiantou. Connor se aproximou por trás de mim e a tirou do meu colo.

— Qual é o problema, Julia? Papai está aqui.

Revirei os olhos, porque às vezes ele achava que era a solução para todos os problemas de Julia. Como ela não parou de chorar, ele olhou para mim.

— Você não tem nenhum livro ou manual que possa consultar? — perguntou, embalando-a, enquanto ela gritava ainda mais alto.

Corri para o andar de cima e peguei o livro de cuidados infantis na estante. Quando voltei para a sala, abri-o na seção correspondente à sua faixa etária.

— Aqui diz que os dentes dela podem estar começando a nascer. Passa o dedo pelas gengivas dela e vê se sente alguma coisa — instruí.

Ele pôs o dedo na boca de Julia.

— Sim, estou sentindo um caroço aqui — disse.

Quando me aproximei, ele pôs meu dedo nas gengivas de Julia.

— Ah, minha pobre filhinha. — Fiz uma expressão triste, dando um beijo na sua cabecinha.

— Vou pegar o Tylenol infantil. Deve ajudá-la a se sentir melhor.

Connor me seguiu até a cozinha, e peguei o Tylenol no armário. Dei a dosagem adequada a Julia e sentamos com ela no sofá.

— Posso ficar com ela, querido. Você tem que ir trabalhar daqui a duas horas.

— Não tem problema. Podemos fazer isso juntos. — Ele sorriu, me dando um beijo.

O Tylenol fez efeito e Julia finalmente pegou no sono. Connor se levantou devagar do sofá, levou-a para o quarto e a colocou no berço. Deitei debaixo dos meus lençóis quentinhos e fechei os olhos. Quando começava a pegar no sono, senti beijinhos nas minhas costas. Abri os olhos e me virei.

— O que está fazendo? — perguntei.

Connor se deitou em cima de mim, sussurrando:

— Vou fazer amor com você, e depois você pode dormir.

— É mesmo? E se eu não quiser que você faça amor comigo?

— Ellery Rose Black! Jamais quero ouvir essas palavras saindo da sua boca.

Não pude deixar de rir quando ele disse isso. Segurei seu rosto entre as mãos, enquanto ele se mantinha debruçado sobre mim.

— Faz amor comigo.

— Mudei de ideia — respondeu ele, saindo de cima de mim e se virando.

— O quê?! — exclamei, pegando o travesseiro e batendo nele.

— Ah, está a fim de uma guerra de travesseiros, não é? — Ele retaliou pegando seu travesseiro e me acertando com ele.

Fiquei de pé em cima da cama com o travesseiro na mão, e bati nele de novo. Ele pulou da cama e tentou me acertar com seu travesseiro, mas errou quando pulei para o outro lado. Saltei da cama, e ficamos nos entreolhando, em lados opostos, cada um esperando que o outro fizesse um movimento.

—Você não vai se safar fácil, amor — disse Connor.

— Pode vir quente que eu estou fervendo, Black. — Sorri.

Ele balançou a cabeça.

— Espera só até eu te pegar.

Eram quatro horas da manhã, e eu não podia acreditar que estivéssemos fazendo uma guerra de travesseiros. Connor finalmente avançou para o outro lado da cama, onde eu estava. Rindo, tentei dar uma carreira por cima da cama até o outro lado, mas ele segurou minha perna e eu gritei. Caí na cama, e ele se posicionou em cima de mim, sua mão cobrindo minha boca.

— Shhh! Você vai acordar Julia, e ainda não podemos deixar que ela acorde. — Ele sorriu.

Deitada sob ele, observei seus olhos, que estavam fixos nos meus. Com a mão ainda cobrindo minha boca, ele perguntou:

— Quer que eu faça amor com você?

Balancei a cabeça, e ele sorriu, colocando a outra mão entre as minhas pernas.

Quando o despertador tocou, ouvi Julia choramingando. Só tínhamos dormido duas horas. Ele se virou, olhando para mim, e eu me virei, enquanto ele dava um beijo na minha cabeça.

—Volta a dormir, querida. Eu cuido de Julia antes de ir para o escritório. Você precisa descansar depois das acrobacias da madrugada. — Sorriu.

Suspirei, me virando, e voltei a dormir. Não ia discutir com ele, porque estava morta de cansaço.

Duas horas depois, acordei e fui à cozinha para tomar café. Mason já estava alimentando Julia na cadeira.

— Bom dia, Elle. Ah, meu Deus, olha só pra essas bolsas debaixo dos olhos. Connor te manteve acordada a noite inteira?

Despejei café na minha xícara, dei um beijo na cabecinha de Julia e sentei diante de Mason.

— Manteve, durante uma hora, mas foi Julia que passou a noite inteira chorando. Os dentes dela estão nascendo.

— É, eu sei. Espero que tenha usado o gel analgésico que está na sacola de fraldas — disse ele.

— Eu não sabia que tem gel analgésico na sacola! Por que não me disse?

— Desculpe, esqueci. Achei que você olhava na sacola todos os dias, por isso devia ter visto.

Quando eu já ia responder, chegou ao celular uma mensagem de um número restrito.

Você é a mulher mais linda que já vi, e não consigo parar de pensar em você. Você não sai dos meus sonhos.

Sorrindo, mostrei a mensagem a Mason.

— Tenho o marido mais romântico do mundo.

— Que estranho. Por que ele mandou a mensagem de um número restrito? — perguntou Mason.

— Ele gosta de fazer esses jogos — respondi, sorrindo.

Eu precisava tomar um banho antes de ir ver Denny no hospital. Levantei e subi até o banheiro. Depois de me vestir, dei um beijo em Julia e tomei um táxi para o hospital. Dana era a única pessoa que estava no quarto, e sorriu ao me ver.

— Como ele está? — perguntei, indo até a cama e tocando sua mão.

— Ainda na mesma, mas o Dr. Armstrong disse que o edema no cérebro diminuiu, e que isso é um bom sinal.

Não importava quantas vezes eu o visitasse, nunca ficava mais fácil. Dana disse que ia fazer uma pausa e ir tomar um café com a irmã na cantina. Quando saiu do quarto, sentei na cadeira, segurei a mão de Denny e a apertei.

— Denny, sou eu, Ellery. Estamos todos com saudades de você, e queremos que acorde. É muito difícil ver você assim. Sei que você é forte e que vai sair dessa.

Enquanto eu falava com ele, meu celular deu um bipe, avisando que havia uma mensagem. Era daquele número restrito de novo.

Espero que não tenha achado minha última mensagem inconveniente. Só queria que soubesse que te acho maravilhosa e que não aguentaria passar mais um dia sem te dizer isso.

Quando tentei responder, a mensagem não foi enviada. Achei isso estranho, mas, como era de Connor, resolvi fazer seu jogo até a noite, quando ele voltasse para casa do escritório. Depois de sair do hospital, tive algumas coisas para fazer, e então fui almoçar com Peyton no nosso restaurante favorito. Fui até o reservado onde ela já estava sentada.

— Está atrasada — reclamou ela.

— Só cinco minutos, e você sempre se atrasa; pois se chegou atrasada até ao seu próprio casamento! — Ri.

Ela suspirou.

— Pois é. Nem me lembre.

— E aí, me conta tudo sobre a sua lua de mel maravilhosa — pedi, dando um gole na água.

— Foi fantástica! Eu não queria voltar para casa. — Fez beicinho.

Tirei o celular da bolsa ao ouvi-lo dar um bipe. Quando o peguei, vi que havia mais uma mensagem do mesmo número restrito. Connor devia estar entediado, ou algo assim, pensei.

Espero que esteja gostando das minhas mensagens. Uma mulher tão deslumbrante como você devia ouvir isso todos os dias, milhares de vezes. Para mim, você é uma rainha e devia ser tratada como tal.

Sorri e ri ao mesmo tempo, balançando a cabeça.

— O que é tão engraçado? — perguntou Peyton.

— Connor e seus jogos. Olha só as mensagens que ele está me mandando desde hoje de manhã — contei, entregando o celular a Peyton.

— Ele é tão romântico. Mas por que o número restrito?

— Não sei. Para manter o interesse, de repente.

Ela sorriu para mim, e continuou a me contar sobre sua lua de mel com Henry. Quando terminamos de almoçar, saímos do restaurante e nos separamos. Quando cheguei em casa, fui recebida no elevador por Mason e Julia.

— Menina, espera só até ver o que tem para você na cozinha. — Ele sorriu.

A curiosidade falou mais alto, por isso pus a bolsa na mesa e fui até a cozinha. Soltei uma exclamação ao ver três dúzias de rosas em vasos separados sobre a bancada.

— Parece que Connor se superou hoje — comentou Mason.

Fui até a bancada e tirei o cartão que estava preso a um dos vasos. Dizia:

À mulher mais linda do mundo.
Nenhuma beleza jamais chegará aos pés da sua.

Meu coração se derreteu quando li isso, e mal pude esperar que Connor voltasse para casa. Quando colocava o cartão na bancada, ouvi o celular dar um bipe. Havia outra mensagem do mesmo número.

Lindas flores para uma linda mulher. Quero que pense em mim toda vez que olhar para elas.

Passaram-se algumas horas, e Connor finalmente chegou. Quando saía do elevador, passei os braços pela sua cintura e o abracei com força antes que ele tivesse chance de colocar a pasta na mesa.

— Nossa, gostei da recepção. — Ele sorriu, me beijando. — Achei que ia levar uma bronca por não ter te ligado durante o dia. Você não acreditaria na merda que está rolando no escritório no momento. Tive uma reunião atrás da outra o dia inteiro.

Sorri para ele e voltei à cozinha para tirar o frango do forno. Connor me seguiu.

— De onde vieram essas flores? — perguntou.

— De alguém que acha que sou a mulher mais linda e deslumbrante do mundo. — Sorri, pondo o frango no forno.

— É claro que é, amor, mas quem as mandou?

Dei meia-volta, olhando para ele.

— Um cara bonito e sexy, junto com mensagens românticas o dia inteiro.

De repente, Connor se enfureceu.

— Ellery, vou perguntar pela última vez: quem foi que mandou essas porras dessas flores, e de que mensagens você está falando?! — gritou.

Eu não podia acreditar que ele estivesse tão transtornado. Ele mesmo inventara esse jogo, e ainda tinha a cara de pau de gritar comigo?

— Nossa, Connor, calma. Foi você quem as mandou. Por que está gritando comigo?

Seus olhos, ainda fixos em mim, ficaram sombrios.

— Eu não mandei essas flores, nem qualquer mensagem hoje. Eu disse a você que tive uma reunião atrás da outra, o dia inteiro! — tornou a gritar. — Me dá seu celular! — ordenou.

Ele estava me assustando, e não gostei nada disso. Com as mãos trêmulas, abri as mensagens no celular e o entreguei a ele. Connor as leu, sua expressão se tornando ameaçadora. Olhou para mim, e então para as flores. Pegou o cartão na bancada e o leu.

— Quando foi que essas flores chegaram? — perguntou.

— Não sei. Foram entregues quando eu estava almoçando com Peyton.

Connor tirou o celular do bolso e digitou um número.

— Mason, é Connor. Você estava aqui quando as flores de Ellery foram entregues? Sei. Obrigado — agradeceu, desligando. — Ele disse que, quando chegou do parque com Julia, elas já estavam diante da porta.

— Connor, eu pensei que tinham sido mandadas por você, e as mensagens também. Agora você está me assustando — falei, meu lábio inferior começando a tremer.

— Por que eu te mandaria mensagens de um número restrito?

— Achei que você estava brincando comigo.

Ele suspirou, andando pela cozinha, passando as mãos pelos cabelos.

— As mensagens não são minhas! — gritou.

Não aguentei mais ficar parada, ouvindo seus gritos. Não sabia o que estava acontecendo, por isso subi a escada correndo até o quarto. Depois de trancar a porta, me joguei na cama, tremendo, apavorada por saber que alguém que não era meu marido estava me dizendo aquelas coisas e me mandando minhas flores favoritas. Enquanto estava lá deitada, Connor bateu à porta.

— Ellery, abre a porta.

— Não! Fica longe de mim!

— Amor, por favor. Quero pedir desculpas. Não tive intenção de gritar com você daquele jeito. Precisamos conversar sobre isso. Por favor, abre a porta.

Parecia ter se acalmado, por isso levantei da cama e destranquei a porta. Girando a maçaneta, ele a abriu, enquanto eu me sentava na beira da cama. Connor entrou e veio sentar ao meu lado. Passou o braço pela minha cintura, me puxando para si, e encostei a cabeça no seu peito, começando a chorar.

— Desculpe. Por favor, me perdoe, Ellery. Você não faz ideia das coisas terríveis que estão passando pela minha cabeça neste momento.

—Você me deu um baita susto, Connor.

— Eu sei. Me desculpe. É que a ideia de alguém dizendo aquelas coisas para você é perturbadora, e eu descontei em você, mas não devia ter feito isso. Por favor, amor, olha para mim.

Levantei a cabeça, e Connor secou as lágrimas de meus olhos. Segurou meu rosto entre as mãos e beijou meus lábios.

— Precisamos descobrir quem está fazendo isso. Liguei para o detetive James, o investigador particular que trabalhou comigo no incêndio de Chicago. Ele vai dar um pulo aqui, e Paul também.

Balancei a cabeça, levantando da cama, e fui ao banheiro. Olhei para meu reflexo no espelho e tentei limpar as manchas de rímel de baixo dos olhos. Um dia que estava indo tão bem e me deixando tão feliz tinha se transformado num verdadeiro inferno. Connor parou diante da porta do banheiro, olhando para mim.

—Você está bem, Elle?

— Pareço estar, Connor? Um estranho está me assediando, me mandando mensagens e minhas flores favoritas, e meu marido acabou de gritar comigo. Então, respondendo à sua pergunta, não, não estou bem. Aceito suas desculpas, mas só quero que me deixe sozinha durante um tempo, para eu poder assimilar o que aconteceu.

De repente, ouvimos Julia chorar no seu berço.

— Vou atender Julia e te deixar em paz — disse Connor, com ar altivo.

Suspirei, fechando os olhos, e tentei entender o que estava acontecendo. Precisava falar com Peyton, mas meu celular estava na cozinha. Da última vez que vira Connor tão furioso assim fora naquele quarto de hotel em Michigan. O jeito como ele tinha gritado e o modo como olhara para mim fizeram aflorar todas as lembranças que eu jamais desejaria reviver. Quando terminei de limpar as manchas de rímel dos olhos, prendi o cabelo num rabo de cavalo, e então vesti uma legging e um suéter largo. Passei pela sala, onde Connor dava mamadeira a Julia. Entrei na cozinha, pegando o celular na bancada, e notei que as rosas tinham desaparecido.

—Você jogou as rosas fora? — perguntei a Connor, indo até o bar.

— É claro que sim — respondeu ele.

A garrafa de Jack Daniels já estava sobre a bancada, junto com um copo de uísque. Servi uma dose, olhando para meu marido.

— Foi você quem pôs isso aqui?

— Fui. Imaginei que você iria descer para tomar uma dose — respondeu ele, olhando para Julia.

— Obrigada — agradeci, bebendo o uísque e colocando o copo na bancada. — Estou com medo — confessei, servindo outra dose.

Capítulo 31

CONNOR

Olhei para Ellery e vi o medo em seus olhos. Queria ir até ela, mas estava alimentando Julia. Nunca devia ter gritado com ela daquele jeito, mas, quando lera as mensagens e vira as flores e o cartão, ficara apavorado por saber que alguém estava atrás de minha mulher. Ellery tomou mais duas doses de uísque, enquanto eu punha Julia para arrotar. Tinha terminado a garrafa, por isso coloquei nossa filha no chão, entre seus brinquedos. Ellery continuou atrás do bar, e fui até ela.

— Vem cá — chamei, abraçando-a. — Sei que tudo isso é assustador, mas prometo que nunca vou deixar que nada aconteça com você ou com Julia. Vamos descobrir quem está por trás disso e fazer o canalha pagar caro. Vou me incumbir pessoalmente disso.

— Quem faria uma coisa dessas, Connor? — perguntou ela.

— Não sei, amor. Algum sujeito doente, pervertido — respondi, abraçando-a com mais força.

O porteiro interfonou para avisar que o detetive James e Paul estavam na portaria. Disse a ele que os mandasse subir imediatamente.

— Sr. Black, é um prazer revê-lo — disse o detetive James, apertando minha mão.

— Eu gostaria que fosse em circunstâncias melhores — respondi, suspirando.

Paul foi até Ellery e lhe deu um abraço.

—Você está bem, Elle? — perguntou.

Acompanhei o detetive até a sala e lhe ofereci uma bebida. Paul se levantou, foi até o bar e serviu uma dose de bourbon.

— Detetive James, o senhor se lembra de minha esposa, Ellery.

— Lembro, sim. Prazer em revê-la.

Ellery esboçou um sorriso, balançando a cabeça. Sentei ao seu lado e segurei sua mão.

— Seu marido me contou o que está acontecendo. Posso ver as mensagens que recebeu hoje?

Ellery pegou o celular na mesa e o entregou a ele. Enquanto o detetive James lia as mensagens, levantei, fui até a cozinha e peguei o cartão que viera com as flores.

— Ele mandou três dúzias de rosas com este cartão — contei, entregando-o a ele.

— O senhor conheceu alguém recentemente? — perguntou.

— Conheço pessoas todos os dias, detetive.

— E aquelas que estavam na exposição na galeria? — perguntou Paul, olhando para Ellery.

— Eu conheci e conversei com muitas pessoas lá.

— Notou alguém que tenha lhe parecido estranho, ou sentiu que havia algo de errado com alguém? — perguntou o detetive James a Ellery.

— Não. Não que me lembre — respondeu ela.

—Vou fotografar essas mensagens. O número ainda não foi trocado, foi?

— Não — respondi. — Estava pretendendo fazer isso logo cedo pela manhã.

— Bem, não faça isso. Precisamos ver até onde essa pessoa irá. Ele pode mandar só algumas mensagens, e depois desistir. Infelizmente, não podemos fazer nada, a menos que ele a ameace de alguma forma.

Julia começou a ficar agitada, e Ellery a pegou no colo. Disse que ia levá-la ao quarto para trocar sua fralda. Assim que não pôde mais nos ouvir, olhei para o detetive James e disse, com toda a seriedade:

— Pretendo esgotar todos os meus recursos para descobrir quem está fazendo isso. Não vou ficar de braços cruzados, esperando que ele faça mal a Ellery ou a Julia. Estou me lixando para a lei, e vou logo avisando: se pegar esse canalha primeiro, vou acabar com a raça dele.

— Connor, vou fingir que não ouvi isso — disse o detetive James. — Meus homens e eu vamos trabalhar no caso. Afinal, você está nos pagando muito bem — acrescentou, levantando-se da poltrona. — Vou começar logo cedo pela manhã, e tentar descobrir de onde vieram essas flores.

— Obrigado, detetive James — agradeci, apertando sua mão.

— Não por isso, Connor. Vamos encontrar esse filho da puta. Procure não se preocupar.

Quando fechei a porta, Ellery entrou na sala com Julia.

— O detetive James já foi embora? — perguntou.

— Já, amor — respondi, indo lhe dar um beijo e pôr Julia no colo.

— O que quer que eu faça, Connor? — perguntou Paul.

— Que encontre seguranças para Ellery e Julia. Preciso de dois, um para sair com Ellery e outro com Mason. Quero que mande o pessoal do departamento de informática trabalhar nessas mensagens e descobrir de que número vieram, e também quero saber de onde vieram as flores. Não vou ao escritório amanhã, por isso venha aqui para me contar o que conseguiu.

—Vou cuidar disso agora mesmo — disse Paul. Foi até Elle e lhe deu um abraço. — Não se preocupe, vamos proteger você.

— Obrigada, Paul. Agradeço. — Ela sorriu.

Paul foi embora, e Ellery passou os braços pela minha cintura.

— Acha mesmo que é necessário contratar um segurança? — perguntou.

— Acho, sim. Não quero correr riscos, e não posso ficar com você vinte e quatro horas por dia, sete dias por semana.

— Gostaria que pudesse — disse ela, beijando meus lábios.

— Eu também, amor. Eu também.

Ellery passou a noite inteira se revirando na cama. Tentei aquietá-la abraçando-a, mas ela estava tão agitada que acabava conseguindo se livrar de meus braços. Quando saí do chuveiro, Ellery estava sentada na cama, com o celular na mão.

— Que foi? Recebeu outra mensagem? — perguntei.

Ela estendeu o celular para mim, e fui pegá-lo. Como já era de esperar, havia mais uma mensagem.

Não consegui parar de pensar em você a noite inteira. Espero que tenha pensado em mim.

Joguei o celular na cama, passando as mãos pelos cabelos. Ler aquelas palavras sendo dirigidas à minha mulher fez com que minha raiva aumentasse ainda mais. Respirei fundo, indo até a cômoda, e peguei uma calça jeans.

— Não vou deixar esse filho da mãe mandar na minha vida, Connor.

Eu me virei e olhei para ela.

— O que quer dizer com isso?

— Não posso e não vou viver com medo. Sou mais forte do que isso, e não vou deixar um merdinha obsessivo e pervertido desses controlar minha vida.

Fui até a cama, sentei e abracei-a.

— Ellery, me desculpe por isso estar acontecendo, mas você vai ficar protegida em todas as circunstâncias. Não permito que saia da cobertura ou do prédio sem segurança.

— Quer dizer que estava mesmo falando sério em relação a alguém me seguir?

— "Seguir" você não, querida, *proteger* você — corrigi-a, dando um beijo na sua testa. — Agora, vai se vestir. Temos que ir visitar Denny.

Quando ouvimos Mason no andar de baixo, Ellery se vestiu às pressas e fomos para a cozinha, onde ele estava dançando com Julia.

— Bom dia, mamãe. Bom dia, papai. — Sorriu.

— Bom dia, Mason. Precisamos conversar com você — avisei, pegando uma xícara de café e me sentando à mesa.

— Não parece ser boa coisa. Fiz algo errado?

Ellery tirou Julia do seu colo e lhe pediu que se sentasse.

— Não foi nada que você fez. Lembra aquelas mensagens que recebi do número restrito?

— Lembro, sim — disse ele, com ar confuso.

— Não eram minhas — me intrometi.

Mason se remexeu na cadeira, olhando fixamente para mim.

— Então, eram de quem?

— Não sabemos — disse Ellery, dando um beijo na cabecinha de Julia.

— Ah, meu Deus, as rosas. Também não foram mandadas por você?

Dando um gole no café, balancei a cabeça.

— Não, não foram. Parece que alguém resolveu se interessar pela minha esposa.

Mason olhou para Ellery, levantou-se e lhe deu um abraço.

— Sinto muito, Ellery. O que posso fazer?

— Já estou com um detetive trabalhando nisso, mas vou contratar um guarda-costas para você e Julia. Ellery vai ter o dela, até descobrirmos quem está por trás disso.

Meu celular tocou e, quando o tirei do bolso, vi que era Paul.

— Olá, Paul.

— Bom dia, Connor. Estou com dois seguranças escolhidos, se quiser entrevistá-los. Podemos estar na sua casa em uns quinze minutos.

— Ótimo. Vamos estar aqui — respondi, desligando. — Paul vem aí com dois seguranças para eu entrevistar. Quando acabar, podemos ir para o hospital.

Ellery assentiu, servindo uma xícara de café. Mason levou Julia ao quarto para trocar sua fralda, e fui para o home office. Estava lendo um relatório, quando Ellery entrou com Paul e dois homens fortes. Levantei da poltrona e fui até eles. Ambos tinham um aperto de mão forte.

— Sr. Black, é uma honra conhecê-lo — disseram.

— Obrigado por virem. Sentem-se, por favor. Tenho certeza de que Paul já os pôs a par sobre o que aconteceu.

— Sim, senhor, ele pôs. Queremos que saiba que temos longa experiência em lidar com indivíduos desse tipo, e que teríamos grande satisfação em proteger sua esposa e sua filha. Justin e eu somos ex-SEALs da Marinha, e servimos no Comando de Operações Especiais dos Estados Unidos por mais de vinte anos.

Ao ouvir o histórico dos dois, senti que seriam a escolha certa para Ellery e Julia.

— Ellery, o que acha? — perguntei.

— Acho que eles seriam uma boa escolha — respondeu ela, sorrindo para os dois.

— Muito bem, estão contratados — anunciei, me levantando, e apertei a mão de cada um. — Vocês começam amanhã.

— Obrigado, Sr. Black. Não se preocupe, Sra. Black, não vamos deixar que nada aconteça. A senhora estará totalmente segura conosco.

Ellery esboçou um sorriso e saiu do home office. Percebi que estava se sentindo desconfortável. Pedi a Paul que fechasse a porta enquanto eu conversava com Justin e Adam.

— Há uma coisa de que precisam saber. Minha esposa é uma mulher muito teimosa, que faz tudo o que quer. Ela não ouve ninguém em relação à sua segurança. É independente e dona de si, portanto, boa sorte. Não deixem que ela os engane.

Os dois homens riram, e acompanhei-os do escritório ao elevador.

— Até amanhã. — Sorri.

Visitamos Denny, mas nada havia mudado. Ele ainda estava em coma, e os médicos não tinham respostas para nós. Dana perguntou se gostaríamos de tomar um café com ela na cantina. Disse a Ellery que fosse, mas que não deixasse Dana sozinha em nenhum momento. Sentei na cadeira, olhando para Denny, e coloquei a mão sobre a sua.

— Gostaria que acordasse. Preciso conversar com você sobre mil coisas que estão acontecendo. Ellery está sendo assediada. O cara não para de enviar mensagens para ela, e ainda ontem mandou entregar três dúzias de rosas na cobertura. Nunca houve uma ocasião em que eu precisasse tanto de sua lucidez e de seus conselhos como agora. Estou com tanto medo, Denny. Se alguma coisa acontecesse com ela, nem sei o que faria.

— É melhor encontrar o filho da mãe logo — sussurrou ele.

Dei um salto da cadeira quando Denny abriu lentamente os olhos e me observou. Um sorriso se abriu em meu rosto, e apertei sua mão. Pressionei o botão para chamar a enfermeira, e Ellery e Dana entraram.

— Olhem só quem acordou. — Sorri.

Dana rompeu em lágrimas, correndo para a cama. Ellery se aproximou, tocando a outra mão de Denny.

— Seja bem-vindo. — Sorriu.

A enfermeira e o médico entraram no quarto e examinaram Denny. Ele parecia estar bem, mas se queixava de uma dor de cabeça horrível. O médico disse que isso era normal, e que lhe dariam um analgésico. Ele e Dana olharam um para o outro, enquanto ela chorava e dizia o quanto o amava. Eu queria lhes dar um pouco de privacidade, por isso avisei que voltaríamos mais tarde. Assim que Ellery e eu fomos para o corredor, dei um abraço carinhoso nela.

— Graças a Deus que ele acordou — sussurrei.

Capítulo 32

ELLERY

Quando estávamos indo para casa, ouvi meu celular dar um bipe. O número restrito apareceu na tela. Connor olhou para mim e percebeu pela minha expressão que havia algo errado.

— O que diz? — perguntou.

Quando li a mensagem, senti uma náusea violenta.

Eu me masturbo olhando para a sua foto, e você me faz gozar muito depressa. Espero que isso te excite. Sonho que vejo seu corpo nu pressionado contra o meu. Sonho que estou dentro de você.

Como não respondi, Connor tirou o celular da minha mão no momento em que entrávamos na garagem do nosso prédio. O ódio que se estampou no seu rosto foi apavorante. Vi quando ele prendeu a respiração e fechou as mãos em punhos.

— Connor, acalme-se — ordenei.

— Como você espera que eu me acalme quando um sujeito diz que se masturba olhando para a foto da minha mulher e sonha que está dentro dela? — gritou ele, batendo com os punhos no volante. — Não posso ficar de braços cruzados vendo isso acontecer.

Eu não aguentava vê-lo com tanto ódio. Quando saímos do Range Rover, fiz com que parasse antes de chegar ao elevador e o abracei.

— Por favor, Connor. O detetive James vai encontrar esse filho da puta. Por favor, não fique com tanto ódio. Sei que você está com medo e eu também estou, mas não quero que perca a cabeça comigo.

Ele me abraçou com tanta força que mal pude respirar.

— Desculpe, Ellery.

Desfizemos nosso abraço e fomos para a cobertura.

— Espero que não tenham almoçado. Fiz uma salada simplesmente divina para vocês — anunciou Mason, saindo da cozinha.

Sorri quando nos sentamos à mesa e ele nos serviu.

— Julia está tirando um soninho? — perguntou Connor.

— Está. A princesa está tirando seu soninho — respondeu ele, sentando-se ao meu lado.

Meu celular deu um bipe, me alertando para uma nova mensagem. Connor cravou um olhar feroz em mim enquanto eu a lia.

— Calma, é de Peyton. Ela quer dar um pulo aqui.

Connor soltou um suspiro de alívio e eu também, secretamente. Tudo que queria era trocar meu número. De repente, o celular de Connor começou a tocar no seu bolso. Ele o tirou e disse que era o detetive James. Depois de uma breve conversa, desligou e olhou para mim.

— Eles conseguiram rastrear as mensagens, e vieram de um celular de Chicago.

— Ele devia estar na galeria aquela noite — falei.

Enquanto conversávamos, Peyton entrou na cozinha. Paramos de comer, olhando para ela.

— Oi. O que está havendo? — perguntou ela.

Connor e Mason a cumprimentaram, e pedi a ela que se sentasse. Mason se levantou, tirou um prato do armário e serviu um pouco de salada para Peyton.

— Aquelas mensagens não eram de Connor. Alguém está me assediando — contei.

— Pode parar. Não tem a menor graça.

— Ela não está brincando, Peyton. Isso é sério — disse Connor.

Peyton olhou para mim, e então me deu um abraço.

— Não posso acreditar. Vocês sabem quem é?

— Ainda não. Mas acabamos de descobrir que as mensagens estavam vindo de um celular de Chicago.

— Poderia ser alguém que estava na inauguração da galeria? Espera aí! — exclamou Peyton, pegando seu celular. — Eu me lembro de um cara muito estranho lá. Eu estava voltando do banheiro e o vi parado num canto — contou, mostrando seu celular para Connor e para mim. — Ele estava tirando fotos com o celular. Chamou minha atenção, porque estava com uma das mãos bem em cima dos troços, como se estivesse se masturbando. Achei isso engraçado, por isso tirei a foto. Eu ia mostrar a vocês, mas Henry me distraiu e eu esqueci.

— De quem ou de que ele estava tirando fotos? — perguntou Connor.

— Não sei, mas lembro que olhei para onde ele apontava o celular, e Ellery estava lá.

Connor se levantou, foi até Peyton e deu um abraço apertado nela, beijando seu rosto.

— Sabe o quanto eu te amo?

— Hum... claro — disse ela, olhando para mim.

— Manda essa foto para o meu celular, por favor.

— Vou mandar, assim que você parar de me sufocar — disse Peyton.

— Desculpe, Peyton. — Connor sorriu, olhando para mim. — Vou ligar para o detetive James e em seguida vou para Chicago. Quero ver as fitas de vídeo daquela noite. Vou ligar para meu piloto agora e mandar que prepare o jatinho.

— Vou com você! — exclamei.

— Tudo bem. Mason, pode passar a noite aqui e cuidar de Julia?

— É claro que posso. Vão sossegados e não se preocupem com nada. — Ele sorriu.

Connor e eu fizemos uma mala pequena e demos um pulo no hospital para ver Denny antes de irmos ao aeroporto. Contamos a ele o que estava acontecendo e aonde estávamos indo. Ele sorriu para nós e pediu para tomarmos cuidado. Vê-lo acordado e parecendo bem tirou um grande peso das minhas costas.

Entramos no jatinho e me sentei, enquanto Connor servia um copo de vinho para mim e um de uísque para si. Quando finalmente decolamos, abrimos nossos cintos de segurança e sentamos no sofá. Bebi um pouco de vinho, entreguei meu copo a Connor e encostei a cabeça no seu colo. Olhei para ele, que começou a brincar com meus cabelos.

—Você passou a noite inteira se remexendo — disse ele.

— Eu sei, e me desculpe se não te deixei dormir.

Ele se curvou e me deu um beijo carinhoso nos lábios.

— Não vou desistir até esse babaca ser encontrado. Ninguém além de mim tem o direito de sonhar com você.

Levei a mão ao seu rosto, fazendo um carinho nele.

— Te amo.

— Eu te amo mais, Sra. Black. — Connor sorriu para mim. Deu uma olhada no relógio, e voltou a me observar. — Ainda temos uma hora antes de chegarmos a Chicago. Estou pensando em te levar para o quarto e fazer amor com você.

— É mesmo?

— Hum-hum — disse Connor, passando o dedo pelos meus lábios.

— Então, o que está esperando? Me possui. Sou toda sua.

—Você é minha. Minha para sempre, e ninguém jamais vai te tirar de mim.

— Jamais — sussurrei, beijando-o nos lábios.

Enquanto eu dava uma volta pela galeria, Connor conversava com Vinnie. Ele disse que o cara na foto era o responsável pela iluminação, e estava tirando fotos da distribuição dos spots, para poder mostrar a clientes em potencial.

— Posso ligar para ele, se quiser falar com ele — disse Vinnie.

— Isso não explica por que o cara está com a mão nos troços desse jeito. Quem faz uma coisa dessas num lugar público? — perguntou Connor.

— Ele tem câncer testicular, e sei que sofre de dores frequentes. Provavelmente essa é a razão por que estava fazendo aquilo. Mas afinal, por que está fazendo perguntas sobre ele?

— Alguém tem mandado mensagens e flores para minha mulher. O teor dos textos é sexual, e, quando vi essa foto, presumi automaticamente que fosse ele.

— Não poderia ser — garantiu Vinnie. — Eu mencionei que ele é gay?

Connor olhou para mim com uma expressão desapontada. Eu estava convicta de que era o cara da iluminação, e que o pesadelo finalmente acabaria. Um bipe soou na minha bolsa, alertando para mais uma mensagem. Procurei o celular, tirei-o e havia mais uma mensagem dele.

Fico olhando para sua foto e imaginando como seria te foder e te ouvir gemer. Penso em você o dia inteiro, não consigo parar. Seu sorriso me deixa louco e sua boca em volta do meu pau é o que mais quero sentir.

Minha expressão de pânico entregou que a mensagem era dele. Connor pegou o celular e leu a mensagem, o ódio se estampando em sua expressão e em seu olhar. Passou o braço pela minha cintura, me abraçando.

— Quando eu descobrir quem está fazendo isso, vou matar o desgraçado.

Agradecemos a Vinnie e saímos da galeria. Já na rua, Connor ligou para o detetive James e contou a ele sobre a última mensagem, explicando que o cara da galeria não era quem procurávamos. As mensagens estavam se tornando cada vez mais gráficas, e me deixando ainda mais apavorada do que antes. Assim que Connor desligou, ele me puxou para si.

—Vamos jantar, e depois voltamos para Nova York.

Concordei, e fomos andando pela rua até um restaurante mexicano. Eu não estava com muita fome, por isso pedi apenas uma porção de tacos. Enquanto jantávamos, notei que duas mulheres sentadas a uma mesa próxima encaravam Connor. Eu já estava meio acostumada com o fato de meu marido ser o homem mais sexy do mundo e de as mulheres apreciarem sua beleza, mas ficar encarando-o sem parar, enquanto eu estava sentada diante dele, já era passar dos limites.

— Aquelas duas mulheres não param de olhar para você — sussurrei.

— Eu sei. Já notei. — Ele sorriu.

— É irritante, e eu vou dizer alguma coisa se elas não pararem.

— Não, não vai. Nada de vexames hoje. Agora, come os seus tacos!

Fuzilei-o com os olhos do outro lado da mesa, dando uma mordida em um taco. Ele retribuiu meu olhar, bebendo sua cerveja. O garçom se aproximou e perguntou se queríamos sobremesa. Tomei a liberdade de pedir duas.

— Não, Ellery, não quero sobremesa, estou satisfeito — disse Connor.

— Ninguém pode recusar uma sobremesa, mesmo estando satisfeito. — Sorri.

Depois de alguns momentos, o garçom colocou as sobremesas à nossa frente. Connor olhou para mim, suspirando.

— Desculpe, amor, mas não estou mesmo a fim — disse.

— Ótimo — respondi, pegando as duas sobremesas e levando-as até as mulheres na mesa ao lado. — Gostaria que aceitassem essas sobremesas em meu nome e de meu marido. Não pude deixar de notar que não paravam de encará-lo enquanto tentávamos jantar em paz. Parabéns pelo grande desempenho no papel de duas babacas!

As mulheres abaixaram os olhos e pisquei para elas, peguei minha bolsa e disse a Connor que fôssemos embora. Ouvi quando ele pediu desculpas ao passar pela mesa delas. Saí do restaurante e Connor me alcançou. Levantei a mão, caminhando pela rua.

— Não. Diga. Uma. Palavra. Black. Elas mereceram. Não gosto de gente que tem o hábito de ficar encarando os outros, principalmente quando é meu marido.

— Para onde está indo? — perguntou Connor.

Parei, olhando para ele.

— Não sei — respondi, levantando as mãos, aos risos.

Ele me abraçou com força.

— O que vou fazer com você?

— O mesmo que sempre fez. Me amar para sempre, não importa o quanto eu te envergonhe. — Sorri.

— Minha querida e doce esposa, eu vou te amar, não importa o quanto você me envergonhe, até o dia em que morrer.

Capítulo 33

ELLERY

Nada mudou nos dias que se passaram. As mensagens estavam se tornando cada vez mais frequentes e gráficas. Denny estava melhor, e devia receber alta em poucos dias. Connor estava metendo a cara no trabalho, não apenas para tentar manter a Black Enterprises nos eixos, mas também porque estava extremamente estressado, tentando descobrir quem me mandava as mensagens. Meu segurança, Justin, me seguia aonde eu fosse, e o detetive James não estava mais perto de descobrir quem estava me assediando.

Connor e eu levamos Julia à loja de brinquedos uma noite. Enquanto dávamos uma volta e Connor mostrava a ela todos os brinquedos sonoros, meu celular deu um bipe, avisando que havia uma mensagem. Olhei para a tela e li a mensagem que estava lá.

Minha fome por você está aumentando. Meu amor por você se torna cada vez mais forte, e estou enlouquecendo por não poder te tocar.

Connor estava ocupado mostrando a Julia um brinquedo que cantava, por isso não ouviu o bipe de meu celular. Estávamos tendo uma noite agradável, e eu não quis lhe mostrar a mensagem, para não deixá-lo ainda mais preocupado do que já estava. Julia riu do ursinho cantor que Connor exibia à sua frente. Quando ele foi recolocá-lo na prateleira, ela gritou.

— Olha só o que você fez. Agora vai ter que comprá-lo para ela — falei.

— Julia não pode ganhar um brinquedo novo toda vez que grita. Ela tem que aprender o significado da palavra "não" — decretou ele, empurrando o carrinho para longe do ursinho cantor.

Julia não quis nem saber, e eu tive certeza de que ele acabaria cedendo e comprando-o para ela. Quando fomos para outro corredor, ela abriu um senhor berreiro. Eu caminhava atrás de Connor, sussurrando no seu ouvido:

— Eu quero aquele urso, papai. Por favor, compra aquele urso para mim.

— Para com isso, Ellery. Não é certo. Ela precisa aprender que não pode ter tudo que quer.

— Por que não? Você tem tudo que quer.

— É diferente. Sou um adulto.

— Tem certeza? — Sorri, dando um tapa no seu traseiro e passando à frente dos dois.

Dava para ouvir Julia do outro corredor. Enquanto eu olhava as bonecas, de repente ficou o maior silêncio. Os sons de um bebê chorando desapareceram. Revirei os olhos, voltando até onde Connor e Julia estavam, e vi o urso cantor ao lado dela.

— É isso aí, papai. Eu sabia que você ia voltar atrás.

— Ela não parava de chorar. Da próxima vez, "não" vai ser "não" — afirmou ele.

— Ah, com certeza! — Sorri.

Jantar fora com Julia estava fora de questão. Ela parecia muito cansada, e começava a ficar agitada. Sabíamos que, se a levássemos a um restaurante, não ficaríamos lá por muito tempo, por isso fomos para casa e decidimos pedir uma pizza. Enquanto eu dava o jantar a Julia na cadeira,

Connor pediu uma pizza pelo telefone, e decidi contar a ele sobre a mensagem que recebera quando estava na loja. Depois de fazê-lo prometer que não se zangaria e perderia a cabeça, li a mensagem para ele. Connor bateu com os punhos na bancada com tanta força, que eu e Julia levamos um susto. Julia começou a chorar e olhei para ele, balançando a cabeça.

— Desculpe, filhinha. Papai não quis te assustar — disse ele, indo até ela e dando um beijo na sua cabeça.

— Connor, eu te avisei. Pedi para você não se zangar assim — falei, batendo com a colher na mesa, e me levantei.

— Por favor, Ellery! Como pode esperar que eu não me zangue quando alguém fala com você desse jeito? Droga. E se fosse uma mulher desconhecida que estivesse fazendo isso comigo? Como você se sentiria? Hein? Responde — gritou ele. — Estamos sempre tendo essa discussão. Você me diz para não me zangar, eu me zango e aí você se irrita, e eu acabo gritando com você.

A raiva tomou conta de mim, e fui até ele.

— Quero deixar uma coisa muito clara para você. Nunca vamos gritar ou discutir na frente de Julia. Está me entendendo? — perguntei entre os dentes, empurrando o dedo no seu peito.

Ele ficou olhando para mim, e vi que começava pouco a pouco a se acalmar.

— Tem razão, e peço desculpas a você e a Julia — disse, dando um beijo na minha testa e outro na dela. — Vou levá-la para o quarto, limpá-la e prepará-la para dormir. A pizza deve chegar daqui a pouco.

A campainha tocou e, quando abri a porta, fiquei chocada de ver Phil parado na soleira, segurando nossas pizzas.

— Oi, Phil — falei, olhando para ele, sem compreender. — O que está fazendo aqui, e por que está segurando nossas pizzas?

— Oi, Ellery. Eu estava na portaria e ouvi o entregador dizer que as pizzas eram para os Black, por isso poupei sua viagem, já que vinha mesmo ver Connor.

— Obrigada, Phil. — Sorri, recebendo as pizzas de suas mãos. — Connor vai descer em um minuto. Ele está trocando a roupa de Julia. O quanto te devo? — perguntei, fazendo menção de pegar a carteira.

— Ah, por favor, não se preocupe com isso. É por minha conta.

Connor desceu a escada e ficou surpreso ao ver Phil na nossa cozinha.

— Phil, o que o traz aqui, meu amigo?

— Trouxe uns papéis para você assinar — respondeu ele.

— Não podia esperar até amanhã? — perguntou Connor.

— Não, preciso mandá-los por fax para o Japão agora à noite, e quando fui ao seu escritório horas atrás para que os assinasse, você já tinha ido embora.

— Por que não se senta e come uma pizza com a gente? — perguntou Connor.

— Não, não quero interferir no seu jantar.

— Não está interferindo, Paul. Senta aí, vou pegar uma bebida para você — insistiu Connor.

Levei os pratos de papel e os guardanapos para a sala. Phil veio atrás de mim. Connor serviu um uísque para si e preparou um martíni para Phil. Sentei no chão, diante da mesa de centro. Connor perguntou o que eu queria beber. Quando respondi que tomaria uma Coca, Phil se levantou depressa e disse que pegaria uma. Sentamos em volta da mesa de centro e conversamos enquanto jantávamos.

— Connor, estou surpreso por te ver sentado no chão, comendo pizza — disse Phil.

— Ellery gosta de fazer as coisas com muita informalidade — respondeu Connor.

— Pois é, detesto frescuras. — Ri.

— Bem, Connor mudou bastante desde que se casou com você — comentou Phil.

Olhei para Connor, sorrindo.

— Com certeza.

— Ele é um homem de muita sorte por ter uma esposa tão linda. — Phil sorriu.

Quando ele disse isso, corei.

— Para, Phil.

— Não, estou falando sério, Ellery. Você é simplesmente linda, e qualquer homem teria sorte de se casar com você.

— Bem, obrigada. Mas eu é que sou uma mulher de sorte. — Sorri.

Connor se levantou e foi até o bar preparar outra bebida para Phil, enquanto Phil me ajudava a levar os pratos e as pizzas para a cozinha.

— Obrigado por me convidar para ficar. Significou muito para mim, Ellery — disse, me dando um abraço apertado.

Fiquei perplexa, e bati de leve nas suas costas, respondendo que ele não tinha por que agradecer. Connor entrou e entregou a bebida a Phil.

— O que está acontecendo aqui? — Sorriu.

— Eu estava agradecendo à sua linda esposa por me convidar.

— O prazer foi nosso, Phil. Você sabe que é sempre bem-vindo.

Ele bebeu um pouco do martíni, colocou-o na mesa e anunciou que precisava ir. Connor o acompanhou até a porta e lhe deu o dinheiro da pizza.

— Até amanhã — disse Connor, fechando a porta.

Virou-se e olhou para mim, que fui até ele, despencando nos seus braços.

— Estou cansada. Acho que vou tomar um banho quente — disse.

— Tudo bem, amor. Vou subir daqui a pouco. Preciso dar uma olhada em alguns papéis, e depois vou ligar para o detetive James.

Quando cheguei ao alto da escada, parei no quarto de Julia para dar uma olhada nela. Julia já estava dormindo profundamente. Abri a torneira, despejei uma dose de sais de banho na água e entrei na banheira. Deitada para trás, fechei os olhos lentamente e respirei fundo para relaxar. Tudo que eu queria era fugir para um mundo onde só existíssemos nós três. Enquanto sonhava com meu mundo alternativo, Connor entrou no banheiro e sentou na beira da banheira.

— Está curtindo seu banho? — perguntou.

— Estou. Estava sonhando com nosso mundo alternativo.

Connor olhou para mim, sem entender.

— Do que está falando?

— Inventei um mundo onde só existimos eu, você e Julia. Só nós três, vivendo felizes para sempre. — Sorri.

— Adoro sua imaginação — disse ele, seu dedo subindo e descendo pelo meu braço. — E está imaginando as coisas que vou fazer com você no seu mundo alternativo? Está me imaginando fazendo amor apaixonadamente com você a noite inteira, porque não me canso de você? Está me imaginando sussurrando "Eu te amo" no seu ouvido, enquanto me movo lentamente dentro de você?

Sempre que Connor falava assim, nesse tom, ele me fazia entrar em transe. Era como se eu ficasse paralisada por suas palavras, incapaz de me mover. Enquanto ele falava, acariciava meu seio. Quando seus olhos se fixaram nos meus, passou o polegar pelo mamilo rígido e se curvou para me beijar nos lábios.

— Você precisa sair desse banho agora — sussurrou.

— E se eu ainda não tiver acabado? — sussurrei também.

— Acabou, sim, Sra. Black, porque vou levá-la para o seu mundo alternativo e fazer coisas com a senhora que nunca fiz antes. Vou fazer tudo para que não queira voltar.

Soltei uma exclamação, e ele segurou minha mão, me puxando de pé. Pegou a toalha que eu deixara perto da banheira, me enrolou nela e me ajudou a me secar. Enxugou cada parte do meu corpo de um jeito sedutor, e tirou a piranha que prendia meus cabelos no alto, deixando que caíssem sobre os ombros. Ele prendeu a respiração ao pôr a mão no meu rosto.

— Te amo muito, e preciso de você. Preciso de você todos os dias. Você é minha força, minha luz, e sem você eu não sou nada.

Sorri para ele, que me pegou no colo e me levou para nossa cama. Então me pôs com delicadeza sobre o colchão, seus dedos retiraram habilmente a toalha, e ele me levou ao meu mundo alternativo. Tinha razão; eu não quis mais voltar.

Capítulo 34

CONNOR

— Você tinha razão, Connor — disse Paul, entrando no meu escritório e jogando uma pasta na minha mesa.

Balancei a cabeça, lendo o que estava escrito nela.

— Merda! — gritei, batendo com a pasta na mesa.

— Também não consigo acreditar. O que vai fazer?

— Ainda não sei — respondi, andando de um lado para o outro.

Desde que eu ocupara o lugar de meu pai como CEO da Black Enterprises, nunca precisara pedir seus conselhos, até agora. Tirei o celular do bolso e liguei para ele.

— Pai, preciso que venha ao escritório. Preciso conversar com você sobre uma coisa que está acontecendo.

— Tudo bem, Connor. Vou estar aí assim que puder.

Desligando o celular, fui até onde Valerie ficava.

— Meu pai vai chegar daqui a pouco. Desmarque a reunião de hoje à tarde e, por favor, peça alguns sanduíches na confeitaria aqui da rua. Ninguém, e quero dizer absolutamente ninguém, deve nos perturbar, nem mesmo Phil, está entendendo?

— E a Sra. Black?

— Bem, Ellery pode, claro, mas geralmente ela liga para o meu celular.

— Muito bem, Connor. Vou pedir os sanduíches agora mesmo. — Valerie sorriu.

Voltei para o escritório e me sentei diante da mesa.

— Quero você nessa reunião com meu pai, Paul.

— Eu já imaginava. Quer que ligue para mais alguém?

— Não, isso deve ficar entre nós três.

Por volta de uma hora depois, meu pai entrou no escritório, despreocupado, e Valerie veio me trazer os sanduíches. Sentamos à mesa de reuniões, e meu pai olhou para mim.

— O que está acontecendo, Connor?

— Dá uma olhada nisso — disse, deslizando a pasta sobre a mesa. — Lembra-se da conversa que tivemos duas semanas atrás?

Meu pai abriu a pasta, deu uma lida e olhou para mim com uma expressão chocada.

— Você está brincando?!

— Quem me dera — respondi.

— Estou sem palavras, filho. Nem sei o que pensar a respeito.

Levantei da cadeira, fui até o bar e servi um uísque.

— Connor, posso ver o ódio nos seus olhos, e a primeira coisa que você precisa fazer é se acalmar. Não fará bem a ninguém se começar a agir de maneira irracional e descontrolada. Pense na situação e na repercussão que haverá, se você perder a cabeça.

Ele tinha razão. Eu precisava me acalmar e refletir sobre o assunto com muito cuidado. Voltei a me sentar, e nós três continuamos a discutir o assunto, tentando formular um plano de ação. Quando me dei por satisfeito com o que arquitetamos, meu pai e Paul saíram do escritório, e dei dois telefonemas. Um foi para Denny, para saber se estava disposto a receber uma visita; eu não o via desde o dia em que ele recebera alta do hospital.

— Você parece melhor a cada dia — disse a ele, entregando-lhe uma garrafa do seu bourbon favorito.

— Obrigado, Connor. — Ele sorriu. — Como vão Ellery e Julia?

— Vão bem. Preciso conversar com você sobre uma coisa que está acontecendo na Black Enterprises. — Suspirei, sentando na poltrona à sua frente.

Denny sempre fora como um pai para mim. Ele fizera coisas por mim quando eu era mais jovem que, se meu pai soubesse, teria me matado. Ele sempre limpara minha barra e me dera seu apoio quando eu precisara dele; um homem de personalidade forte, que daria a roupa do corpo a quem lhe pedisse. Ninguém no mundo, com exceção de Ellery, sabia o quanto Denny era importante para mim, e isso porque ele se tornara uma figura de pai para ela também. Conversamos por mais de uma hora, e, quando lhe expliquei a situação, ele ficou tão chocado como Paul, meu pai e eu já estávamos.

—Você sabe o que tem que fazer, Connor. É melhor tomar cuidado, e, se eu estivesse forte o bastante, ajudaria você.

—Você não vai fazer nada. Posso cuidar disso. Preciso que você fique bom, porque dirigir nesse trânsito de Nova York está me matando.

— Por que não contrata outro motorista até eu poder voltar? — perguntou ele.

— Não quero outro motorista, Denny. — Sorri. — Preciso ir para casa agora, para ver minha mulher e minha filha. Aproveite o bourbon, e nos vemos em breve — disse, saindo de sua casa.

O percurso para casa foi horrível. Quando saí do elevador e entrei na cobertura, ouvi a voz doce de Ellery cantando para Julia. Ao entrar na sala, fiquei parado diante da porta em arco, observando Ellery dançar pelo aposento com nossa filha. Quando me encostei à parede, ela me viu e sorriu.

— Olha, Julia, papai está em casa — disse, virando-se para que Julia pudesse me ver.

Julia gritou tão alto que teria sido capaz de furar os tímpanos de qualquer um. Ellery veio dançando até mim, e tirei Julia do seu colo.

—Você grita demais, garotinha. — Sorri, levantando-a bem alto. Ela continuou a gritar, deixando escorrer baba no meu rosto.

Ellery riu, me entregando uma fralda de pano.

— Você sabe que os bebês babam muito quando os dentes estão nascendo.

Eu não queria estragar o momento, mas tinha que perguntar isso.

— Recebeu mais mensagens hoje?

Ellery fez que sim com a cabeça, indo até a mesa e pegando o celular. Tirei-o de sua mão e devolvi Julia a ela. Fiquei indignado ao ler as mensagens.

Querida Ellery, quero você de joelhos, na minha frente, me chupando até eu explodir na sua boca.

Você não faz a mínima ideia do símbolo sexual que é para mim, Ellery. Não sabe como é desejar uma coisa e não poder tê-la.

Quero te amarrar e te chicotear até você sangrar. Depois vou cicatrizar suas feridas com a minha língua, enquanto você goza com o prazer que vai sentir.

Minha pele ficou quente e meu pulso disparou, mas continuei calmo, por causa de Ellery. Ela olhou para mim com lágrimas nos olhos, e devolvi seu celular. Tirei Julia de seu colo e a coloquei no chão, entre seus brinquedos. Quando me virei, abracei Ellery com força.

—Você é uma rocha. Está sendo mais forte em relação a isso do que eu, e tenho muito orgulho de você, amor.

— Você e Julia me dão força — sussurrou ela.

Quando desfiz nosso abraço, disse a Ellery que precisava conversar com ela, e fomos nos sentar no sofá.

— Preciso fazer uma viagem de negócios, e tem que ser amanhã. É uma coisa urgente que surgiu no escritório de Chicago, e preciso ir lá para resolvê-la.

—Vou com você.

— Por mais que eu queira sua companhia, você vai estar mais segura aqui. Vou ficar preso em mil reuniões, e não vou poder ficar de olho em você. Não vou demorar, são só dois dias.

— Mas eu vou sentir saudades — disse ela.

— Eu também, amor, mas é só por uma noite. — Detestava ter que deixá-la, mas não tinha escolha.

Capítulo 35

ELLERY

Enquanto eu arrumava a sacola de Julia, Connor entrou no quarto com ela no colo.

— Não posso acreditar que você e minha filha não vão passar a noite aqui — falei, fazendo beicinho.

— Pense no quanto você e Peyton vão se divertir. Podem assistir a filmes de terror, fazer pipoca, ou seja lá o que as mulheres fazem — disse Connor.

— Acho que sim. — Suspirei, dando-lhe a sacola de fraldas.

Mason estava na sala, esperando ansiosamente que Connor lhe entregasse Julia.

—Vem cá, princesa.Vamos nos divertir tanto! Ellery, não se preocupe com ela. Quero que você e Peyton tenham uma noite maravilhosa — disse ele, pegando a sacola, me dando um beijo no rosto e entrando no elevador com Julia.

Dei um beijo nela e, assim que eles se foram, me despedi de Connor.

— Faça uma boa viagem, querido.

— Vou fazer. Comporte-se enquanto eu estiver fora e não se esqueça de que Justin vai ficar do outro lado da porta.

— Vou tentar. — Pisquei.

Quando o elevador voltou, Connor entrou e apertou o botão. Quando as portas estavam prestes a se fechar, ele as impediu.

— Esqueci de dizer que Phil vai dar um pulo aqui à noite para deixar uns papéis.

— Tudo bem. Eu os deixo no seu home office.

Quando Connor soltou as portas e elas começaram a se fechar, ele enfiou a mão entre elas mais uma vez para impedir que se fechassem, saiu e me abraçou.

— Não quero ir, Ellery.

— Querido, é só por uma noite. Você mesmo disse para eu não me preocupar. O que está acontecendo?

— Nada. Só não gosto de ficar longe de você — disse ele, dando um beijo na minha cabeça.

— Eu também não, mas você tem que ir. Agora, comporte-se como um menino crescido e vá. Você está tornando as coisas mais difíceis — falei, desfazendo nosso abraço e dando um tapinha no seu peito.

— Não, Elle, é você quem está tornando as coisas mais... *duras*. — Ele piscou, olhando para o volume na sua calça.

— Cai fora, Black. — Ri, e ele entrou no elevador.

Duas horas tinham se passado, e tirei um cochilo. Fazia séculos que não cochilava sem ter que me preocupar com a possibilidade de Julia acordar. Desci até a cozinha e abri a geladeira para beber água. Depois de dar uma olhada no celular para ver se recebera alguma mensagem, entrei na sala, liguei a lareira e sentei no sofá com uma revista. Ficar ali sozinha, sem saber o que fazer, estava começando a me deixar nervosa, por isso peguei as chaves e fui para o ateliê. Quando saí, avisei a Justin aonde estava indo. Ele assentiu e me seguiu.

Coloquei uma tela em branco no cavalete, peguei as tintas e o pincel, e comecei a pintar como imaginava meu mundo alternativo. Cada pincelada me ajudava a escapar da realidade sombria do que estava acontecendo em minha vida. Olhei para o relógio e vi que já estava pintando fazia duas horas. De repente, lembrei que Phil viria entregar os papéis. Pousei o pincel e saí do ateliê. Justin não estava diante da porta, e nem eu tinha tempo para procurá-lo. Tomei o elevador até a cobertura e, quando destranquei a porta, Phil se aproximou, me dando um susto.

— Desculpe, Ellery. Te assustei? — perguntou ele.

— Só um pouco. — Ri. — Vamos entrar. Só vou dar um pulo na cozinha para lavar as mãos. Eu estava pintando.

— Ah, tudo bem. Por favor, fique à vontade.

Fui até a cozinha e, enquanto lavava as mãos, Phil entrou.

— E aí, vai ficar com a cobertura toda para você hoje à noite? — perguntou.

— Vou. Connor foi fazer aquela viagem de negócios, e Julia vai passar a noite na casa de Mason. Minha amiga Peyton vai vir para cá, e vamos fazer uma farrinha de amigas — expliquei, secando as mãos.

— Parece que vocês vão ter uma ótima noite. Quando Peyton vai vir?

Fiz uma expressão de estranheza, pois não podia imaginar por que ele perguntaria tal coisa, ou mesmo se importaria com isso.

— Daqui a pouco. Trouxe os papéis para Connor? — perguntei.

— Ah, eu deixei... hum... estão na sala — respondeu ele, nervoso.

— Certo. Bem, obrigada por trazê-los, Phil. Peyton vai chegar daqui a pouco, por isso é melhor eu me vestir — falei, desconfortável.

Minha intuição dizia que havia algo errado. Phil estava agindo de uma maneira muito estranha. Eu sempre o achara estranho, mas Connor o defendia, dizendo que ele tivera uma infância difícil.

— Não por isso, Ellery. É sempre um prazer ver você — disse. — Estou te deixando desconfortável?

Parei, dei meia-volta e olhei para ele, que avançava a passos lentos em minha direção.

— Não, claro que não. Por que você me deixaria desconfortável? Nós nos conhecemos há muito tempo.

— Sim, nos conhecemos, mas foi só recentemente que comecei a gostar de você — disse ele, pegando uma mecha de meus cabelos entre os dedos.

Alguma coisa estava errada, mas não era hora de entrar em pânico. Eu precisava continuar calma e pensar com clareza. Meu coração disparou, e comecei a suar frio.

— Peyton está vindo aí. Você precisa ir embora.

— Não quero ir, Ellery. Eu estava esperando que, com Connor viajando, nós pudéssemos ter uma chance de nos conhecermos melhor.

—Acho que já te conheço bastante bem, e está na hora de ir embora — respondi, nervosa, tentando passar por ele.

Phil segurou meu braço com força, seus dedos afundando na minha pele.

— Gostou das minhas mensagens e das rosas? Eu queria mandar mais, mas não podia correr o risco de que Connor descobrisse que era eu quem queria a mulher dele.

—Você... foi você quem me mandou todas aquelas mensagens? — perguntei, entre incrédula e chocada.

— Fui, Ellery.

— Mas por quê?

Senti uma náusea violenta e precisei me sentar, porque tinha a sensação de que iria desmaiar.

— Preciso me sentar — avisei.

— É claro. Tenho certeza de que isso é impactante para você. Bem, você me perguntou por quê. A resposta é simples: porque você é linda, sensível, meiga e generosa. Sabe o quanto é difícil encontrar alguém assim neste mundo insano em que vivemos? Sabe o quanto procurei por uma mulher especial a vida inteira? E pensar em todas as piranhas com quem transei, tentando descobrir se havia alguma coisa especial nelas. E então, de repente, lá estava você. Quanto mais eu te via interagir com Connor, mais profundos se tornavam meus sentimentos.

Comecei a tremer quando ele se aproximou e sentou ao meu lado.

— Nossa, você está tremendo — falou, tentando me puxar para si.

— Não toca em mim! — gritei, fugindo do sofá.

— Eu preciso tocar em você. Eu quero tocar em você. Quero saber como é estar dentro de você. Quero sentir você gozando em volta do meu pau e quero te ouvir gritando quando eu te foder.

—Você é louco! — gritei, tentando correr para a porta.

Ele me seguiu e me segurou por trás, tapando minha boca com a mão.

— Agora, seja uma boa menina e faça o que digo. Connor nunca vai ficar sabendo, porque, se você contar para ele ou para a polícia, nunca mais vai ver a sua preciosa filhinha.

Meus olhos se arregalaram quando ele disse isso, e lutei para me soltar de seus braços.

— É isso aí, Ellery. Sei que ela significa tudo para você, e seu amor por ela é mais forte do que qualquer outro no mundo. Promete não gritar?

Fiz que sim com a cabeça, tentando formular um plano. Ele tirou a mão lentamente da minha boca e a passou pelo meu rosto. De repente, perdi a cabeça.

— Seu filho da puta! Se há uma coisa no mundo que não se deve fazer é ameaçar uma mãe com a sua filha! — urrei, dando uma joelhada violenta nos seus troços. Ele se dobrou de dor, e corri para a porta. Tentei abri-la, mas ele a fechou.

— Por favor, Ellery, não torne as coisas mais difíceis.

— Você é louco. — Comecei a chorar, recuando lentamente dele.

— Louco não, apenas apaixonado. Você sabe que é um fato comprovado que o amor pode enlouquecer uma pessoa. Olhe só para o que fez com Ashlyn. Essa sim, é doida de pedra. Mas não a culpei depois de tudo que Connor fez com ela. O jeito como ele a incentivava, saía com a infeliz e fazia misérias com ela na cama sempre que tinha chance. Não admira que a garota tenha ficado perturbada.

Eu mal podia engolir. Era como se minha garganta estivesse se fechando. Precisava pegar o celular, que estava na cozinha. Quando me virei e tentei correr, ele me pegou por trás e me atirou no chão.

— Por favor, pare de lutar e curta o que vou fazer com você. Prometo que você vai adorar, e ver que toda essa luta foi perda de tempo.

Fiquei deitada, chutando e tentando atingi-lo antes de ele prender meus pulsos acima da cabeça com uma das mãos, enquanto tentava abrir o botão do meu jeans. Com lágrimas escorrendo pelo rosto, dei uma olhada na sala. Enquanto lutava, não conseguia parar de pensar em Connor e Julia. De repente, a porta se escancarou e Connor arrancou Phil de cima de mim e lhe deu um soco violento. Phil despencou, e Connor montou em cima dele, segurando sua camisa, enquanto enfiava um soco atrás do outro na sua cara, aos gritos:

— Seu filho da puta! Como se atreve a tocar na minha esposa? — gritava a cada soco.

O detetive James entrou correndo e tirou Connor de cima dele. Justin veio logo atrás e algemou Phil.

—Você não passa de um merda, e vou tomar todas as providências para que apodreça na cadeia pelo resto da sua vida pelo que fez! — gritou Connor.

Ele se virou, olhando para mim, e no mesmo instante estava do meu lado, me abraçando com força.

— Você está bem, amor? Desculpe por não termos chegado antes. Ele te machucou? — perguntou, me observando toda.

Continuei tremendo, sem conseguir assimilar o que havia acontecido, enquanto olhava para Connor, aturdida. As únicas palavras que consegui pronunciar foram:

— O que está fazendo aqui? Pensei que estivesse em Chicago.

Ele olhou para mim e me abraçou, segurando minha cabeça contra o peito, enquanto Justin levava Phil para fora da cobertura. O detetive James se aproximou e perguntou se eu estava bem. Fiz que sim com a cabeça, olhando para ele.

— Pode relaxar agora, Sra. Black. Ele não vai mais incomodá-la.

Connor me levou até o sofá e continuou me abraçando.

— Amor, eu lamento tanto por ele ter feito isso com você — não parava de dizer, beijando minha cabeça. — Por que não disse a Justin que ia sair do ateliê?

— Eu ia dizer, mas ele não estava lá — respondi, ainda tremendo.

Levantei a cabeça do seu peito e olhei para ele, começando a me acalmar.

— Como você soube que eu estava no ateliê? — perguntei.

Connor me olhou fixamente e começou a falar em tom apreensivo.

— Eu não viajei a negócios.

— Como assim? — perguntei, confusa. — Preciso de uma bebida.

Connor se levantou do sofá e foi até o bar. Pegou um copo e despejou um pouco de uísque nele. Tive a sensação de que demorou séculos, e, quando se aproximou, tirei o copo da sua mão e o bebi de um gole só, deixando que sua ardência tranquilizante se espalhasse pelo meu corpo.

— Descobri que era Phil quem estava mandando as mensagens. Na noite em que ele veio aqui para me fazer assinar aqueles papéis, estava agindo de um jeito estranho, e eu percebi, pelo modo como olhava para você, que alguma coisa estava errada. Na manhã seguinte, mandei Paul investigar e ele descobriu o celular que Phil usou para mandar as mensagens. Pelo que apurou, ele o comprou e mandou ativar em Chicago, por isso não podia ser rastreado aqui em Nova York. Liguei para o detetive James e lhe mostrei as evidências. Ele disse que não era o bastante para prendê-lo por muito tempo, mas, que se ele tentasse fazer mal a você fisicamente, aí sim, seria preso por muitos anos. Por isso, bolamos esse plano de deixá-lo aqui a sós com você, sabendo que ele tentaria alguma coisa. Mas não era para ir tão longe assim, Ellery, e eu lamento muito.

Enquanto ouvia como Connor e o detetive James tinham tramado tudo isso, lágrimas começaram a me escorrer dos olhos.

— Por que não me contou? — perguntei.

— Amor, por favor, não chora — pediu ele, sentando-se e segurando minha mão.

Eu me afastei, me levantando do sofá.

— Não encosta em mim.

— Eu não podia te contar, porque, se você soubesse, teria agido de modo diferente, e nós não podíamos correr o risco de ele desconfiar. Já foi um problema quando ele desconfiou da minha viagem de emergência a Chicago, porque eu disse que ele não iria.

—Você ia simplesmente deixá-lo me estuprar? — gritei.

Connor se levantou, começando a andar em minha direção.

— NÃO! Não ia. Como pode dizer uma coisa dessas?

— Porque ele chegou muito perto de fazer isso! Qual é, Connor?! Você não achou que eu merecia saber o que você e seu grupo estavam planejando? Essa é a minha vida, *a porra da minha vida*, e você devia ter me incluído! — gritei, finalmente me descontrolando e caindo de joelhos.

— Ellery, por favor, tente entender... — pediu ele, ajoelhando-se à minha frente.

— Entender o quê?! — gritei. — Preciso passar um tempo longe de você para poder pensar.

— Não diga isso, Ellery. Por favor, não diga isso — implorou ele, uma lágrima escorrendo de seu olho.

Levantei do chão e sequei os olhos.

— Você esconde as coisas de mim, mesmo depois de prometer não fazer isso. Preciso passar um tempo longe de você, porque, se não for, vou quebrar a sua cara.

— Amor, por favor! — gritou ele, enquanto eu subia a escada correndo.

Bati a porta do quarto e a tranquei. Tirei uma mala do armário e comecei a jogar roupas nela. Quando terminei, chamei um radiotáxi e desci com a mala. Connor estava sentado no sofá, com o rosto escondido nas mãos. Quando me ouviu, levantou a cabeça.

— Vou para a casa da praia, e vou levar Julia comigo. Não tente, repito, *não tente* ir lá. Nosso casamento está por um fio e, se você for lá, juro por Deus que vai estar tudo acabado. Preciso de tempo.

— Quanto tempo você quer? — perguntou ele.

— Não sei. Simplesmente não sei — respondi, sem conseguir conter as lágrimas, e saí da cobertura.

Capítulo 36

CONNOR

A *porta se fechou* e, de repente, ela tinha ido embora. Fui até o bar para beber alguma coisa. Peguei o copo, atirei-o na parede e carreguei a garrafa de bourbon para o quarto. Não era a minha bebida favorita, mas estava bem na minha frente. Cheguei ao fim da escada e entrei no quarto de Julia. Olhei ao redor, as lágrimas começando a escorrer ao pensar que não a veria por algum tempo. Em um instante, minha vida desmoronara diante de meus olhos por causa de minha estupidez. Às vezes eu me perguntava como podia ser o CEO de uma empresa de um bilhão de dólares. Eu não planejara as coisas para saírem desse jeito. Ellery ainda nem sabia que eu ligara para Peyton e lhe dissera para não vir. Mas descobriria logo, assim que ligasse para a amiga.

Deitei na cama e fiquei recordando a noite uma vez atrás da outra, bebendo direto do gargalo. Não pretendia deixar que Phil fizesse qualquer mal a Ellery, mas Justin dera uma tremenda mancada ao deixá-la sair da cobertura. Peguei o celular e dei uma olhada nele, na esperança de que ela tivesse me deixado alguma mensagem. Mas não tinha. Só queria saber de quanto tempo ela precisaria, porque tempo era justamente o que eu não podia lhe dar. Ela era minha esposa e mãe da minha filha, e eu queria as duas em casa. Tendo bebido a última gota de bourbon, joguei a garrafa do outro lado do quarto e vi-a se estilhaçar contra a cômoda. Com os efeitos da bebida entorpecendo minha consciência, eu me senti voltar a um tempo de que preferia jamais me lembrar.

O pesadelo do que acontecera me despertou bruscamente. Dei uma olhada no relógio, e eram cinco da manhã. Minha cabeça latejava, e minha pele estava coberta de suor. Peguei o celular na mesa de cabeceira e torci para que Ellery tivesse ligado ou me mandado uma mensagem. Não tinha. A dor em meu coração voltou, ainda mais forte, latejando de um jeito insuportável. Virei de lado e voltei a dormir.

— Que diabos está acontecendo? — A voz estridente de Peyton me despertou do sono induzido pelo álcool.

— Pelo amor de Deus, Peyton, este é o meu quarto. Cai fora!

— Não vou a parte alguma, amigo. Está de ressaca? Sua cara está horrível!

A última coisa de que eu precisava no momento era Peyton. Levantei da cama, aos tropeços, e fui para o banheiro.

— Se não se importa, preciso tomar um banho.

— Pode ir, mas vou estar na cozinha preparando uma jarra de café para você, e depois vamos ter uma conversinha.

Entrei no chuveiro e deixei que a água quente surrasse meu corpo. Pousei as mãos na parede do boxe, fechando os olhos, e as lembranças de Ellery e Julia me consumiram. Saí, me vesti e fui à cozinha para tomar um café, de que precisava muito. Peyton já tinha deixado uma xícara cheia em cima da mesa, diante dela.

— Senta aí! — ordenou.

— Posso tomar duas aspirinas primeiro? — pedi, olhando de soslaio para ela. — Você falou com Ellery?

— É claro que falei, e estive com ela na noite passada. Ela estava se desidratando de tanto chorar na casa de Mason. De onde você tirou a ideia louca de fazer o que fez?

— Era o único jeito de pegar o cara e acabar com esse pesadelo. Eu estava com medo de que, se Ellery soubesse, deixaria transparecer alguma coisa, e ele ficaria desconfiado. Esse era um risco que eu não podia correr.

— Então, para acabar com o pesadelo, você criou outro, mais real, para Ellery. Estou certa?

Tirei duas aspirinas do vidro e as tomei com um gole d'água direto da garrafa. Sentei à mesa e olhei para Peyton, irritado.

— Não, não está certa. Para acabar com um pesadelo, eu criei mais dois, um para mim e outro para Ellery. E não faço a menor ideia de como me livrar deles.

— Deixar Ellery em paz é a única maneira de se livrar deles. Ela vai te procurar quando tiver tido tempo para pensar no que aconteceu. Sei que você vai ficar desesperado, por isso vou te mandar mensagens para dizer como ela está passando, embora você não mereça saber.

— Obrigado, Peyton. Fico te devendo esse favorzão.

— É isso aí, fica me devendo mesmo. Na verdade, acho até que já fiz isso por você várias vezes. Você me deve, Connor Black. — Ela sorriu.

Peyton se levantou, veio até mim e deu um beijo no meu rosto.

— Você precisa seriamente sentar e pensar em nunca mais esconder nada de Ellery. Porque, da próxima vez, você pode não dar tanta sorte, e ela vai deixar você e a sua burrice para sempre.

Continuei sentado, terminando de tomar meu café, e olhei pela janela. O céu começava a ficar nublado, e uma tempestade parecia estar se formando, num reflexo da outra que devastara minha vida na noite anterior. Eu precisava ir para o escritório e tentar não pensar em Ellery, mas estava morto de saudades dela e de Julia. Peguei o celular e mandei uma mensagem para Ellery.

Sei que você disse para eu não te procurar, mas Julia também é minha filha, e eu quero vê-la. Não é justo que a tenha levado e não me deixe vê-la.

Uns vinte minutos depois, ela respondeu:

Tem razão. Vou mandar Julia para a cobertura com Mason amanhã, e você pode mandá-la de volta no dia seguinte.

Não respondi, porque teria dito a ela que nossa filha não era uma bola de pingue-pongue e não merecia ficar sendo jogada de um lado para o outro. Pelo menos, ela me deixaria ver Julia, o que já era mais do que eu pensara que faria. Eu lhe daria o espaço que queria, mesmo que isso acabasse por me matar.

Os dias eram longos, e as noites ainda mais longas. Fazia mais de uma semana que eu não falava com Ellery, e a cada dia mais um pedaço de minha alma morria. Mason deixou Julia comigo duas vezes, e Peyton me dava notícias de Ellery. Tive que abafar os rumores sobre Phil dizendo a todos que ele decidira se demitir da Black Enterprises por motivos pessoais. Paguei uma boa quantia ao detetive James para ser discreto em relação ao caso, e doei uma fortuna ao Departamento de Polícia de Nova York. Depois de trabalhar o dia inteiro até tarde da noite, eu ia para casa e bebia até dormir. Peyton me disse que Ellery estava bem, mas que se sentia triste o tempo todo. Fiquei arrasado ao ouvir isso, porque eu era a causa de sua tristeza e sofrimento, e não achava que algum dia fosse conseguir me perdoar pelo que fizera com ela.

Terminei tudo que precisava ser feito no escritório, e então entrei no Range Rover e comecei a dirigir. Quando estava parado num sinal, olhei para a direita e vi uma boate em que não pensava havia muito tempo, o Club S. Não queria ir para casa, por isso decidi dar um pulo lá para beber alguma coisa. A boate estava bombando, com uma música ensurdecedora, e tinha gente saindo pelo ladrão. Fui até o bar e vi que havia uma mesa vaga. Sentei e fui imediatamente atendido por uma garçonete.

— O que posso trazer para você? — perguntou ela.

— Três uísques duplos.

— É pra já, benzinho. — Ela sorriu, se afastando.

Fiquei olhando para a área ao redor, que tantas vezes tinha visitado antes de conhecer Ellery. A garçonete voltou e colocou três copos na minha frente. Esvaziei todos e quis mais, por isso fiz um sinal para que trouxesse mais três. Quando bebia o quinto copo de uísque, ouvi uma voz familiar.

— Ora, ora, se não é Connor Black.

Olhei para o lado, e ela se sentou perto de mim.

— Olá, Sarah.

— O que está fazendo aqui? Onde está Ellery?

— Ela me deixou, e levou Julia com ela — respondi, me recostando na cadeira.

— O quê? Que loucura. O que você fez para ela ir embora?

— Ela acha que pus a vida dela em perigo por não lhe contar uma coisa. Merda, talvez tenha posto mesmo — admiti, virando o último copo de uísque. — Achei que estava fazendo a coisa certa. Talvez estivesse, talvez não. Mas a única coisa que importa é que Ellery pensou de outro modo, e me deixou por causa disso.

Sarah pousou a mão sobre a minha, e olhei para ela.

— Tivemos bons momentos, você e eu. Houve mesmo uma ocasião em que achei que talvez pudéssemos nos tornar alguma coisa, embora isso fosse infringir suas regras. Então Ellery entrou na sua vida, e você mudou da noite para o dia. Eu nunca tinha visto alguém mudar tão depressa como você. Durante todos esses anos, você nunca foi a pessoa que estava destinado a ser, até conhecê-la. Você é um bom homem, Connor, e o que está acontecendo é apenas temporário. Não conheço Ellery muito bem, mas, pelo que sei e pelo que vi, ela é uma pessoa compreensiva e vai voltar atrás. Você só precisa dar um tempo a ela — disse, levantando-se e me abraçando. — Estou com uma pessoa aqui, por isso preciso voltar para junto dele.

Torci para que Sarah tivesse razão e Ellery voltasse logo, mas, enquanto esse dia não chegava, continuei bebendo para afogar as mágoas. Levantei a mão quando vi a garçonete passar.

— Me traz mais três duplos — gritando mais alto do que a música.

Capítulo 37

ELLERY

A *casa parecia vazia* sem Connor. Ouvi Julia chorar, por isso subi para tirá-la do berço. Fazia mais de uma semana que eu não via nem falava com Connor. Cada segundo, cada minuto de cada dia me matava lentamente. Quando tirei Julia do berço, ela olhou para mim, sorrindo. Agasalhei-a com um casaco e a levei para ver o mar, no momento em que o sol começava a se pôr.

— Preste atenção, Julia, e vai ouvir os sussurros do mar.

O som relaxante das ondas quebrando na orla me fez lembrar os momentos especiais que eu passara com Connor na praia. Minha mente voltou à tarde em que ele me pedira em casamento na Califórnia; à noite em que eu lhe contara sobre meu passado, depois do evento beneficente em prol do autismo; à madrugada em que eu fugira para a praia, antes de receber os resultados finais da última série de injeções. Mas a lembrança mais especial era mesmo a de Connor me pedindo em casamento.

Eu tinha muitas lembranças associadas ao mar, não apenas de Connor, mas também de minha mãe. O sol começava a se pôr, e, apontando, disse a Julia para olhar.

— O sol se pondo no mar é uma das coisas mais lindas que você vai ver na vida. Seu pai me pediu em casamento na praia, quando o sol estava se pondo. Ele fez questão de que tudo fosse perfeito. — Sorri.

Julia deu um gritinho, olhando para mim, e pôs a mão no meu rosto. Sabia que eu estava triste, e dava para ver o quanto ela sentia falta de Connor. Fiquei sentada com ela, deixando que passasse as mãos pela areia. A praia, o mar e o pôr do sol se tornariam tão especiais para ela como eram para mim.

— Ele está morto de saudades de você, e não tem passado nada bem — ouvi uma voz dizer atrás de mim.

Virei a cabeça e vi Denny parado a alguns passos de nós. Sorri, estendendo a mão para que ele sentasse ao meu lado.

— O que está fazendo aqui? Aliás, você deveria estar aqui? — perguntei, dando um beijo no seu rosto.

— Estou bem. Dana veio dirigindo. Ela está na casa, conversando com Mason. Não quero falar de mim. Como tem passado?

— Estou bem — respondi, olhando para a água do mar.

— Não, não está. Eu te conheço, Ellery, você está com tantas saudades dele quanto ele de você.

— Estou furiosa com ele, Denny. Como pôde fazer aquilo comigo? Quantas vezes vou ter que dizer a ele para não esconder as coisas de mim, até que isso entre naquela cabeça dura?

Denny sorriu para mim, e então olhou para Julia.

— Nem sempre tomamos as decisões certas quando estamos sob pressão e estressados. Preciso lembrar a você das vezes em que não tomou as decisões certas em relação a Connor?

Ri, balançando a cabeça.

— Foi diferente, e nós não éramos casados.

— Vocês podiam não ser casados, mas eram um casal e você o amava. Preste atenção. Connor é assim, e sempre vai ser. Ele nasceu desse jeito. O amor dele por você é tão forte que às vezes o deixa totalmente irracional. A única coisa em que ele pensou ao tomar a decisão de não te contar nada sobre Phil foi a sua segurança.

—Você sempre o defende — reclamei, olhando para ele.

— Nem sempre. Tive uma conversa com ele também. Me acredite, gritei com ele e o chamei de mil nomes. Acho que ele pegou o espírito da coisa. Vocês dois não conseguem ficar separados nem por uma noite, que dirá uma semana inteira. Todo mundo comete erros, Ellery.

Olhei para ele com as sobrancelhas franzidas.

— Tudo bem, alguns mais do que outros — concedeu ele, sorrindo. — Devo relembrar a você que também mentiu para Connor e foi ver Ashlyn?

— Mais uma coisa que ele não me contou — falei, revirando os olhos.

— E por um bom motivo. Você podia ter sido morta. Você sabe que aquela mulher é louca — disse ele.

Estava esfriando, e o vento começava a soprar mais forte.

— Vamos entrar. — Sorri, pegando Julia no colo, e dei o braço a Denny.

Assim que entramos, Dana se aproximou e pegou Julia.

— Por que vocês dois não passam a noite aqui, e voltamos todos juntos amanhã? — sugeri.

—Você vai voltar para casa? — perguntou Denny.

—Vou, acho que está na hora, e Connor e eu precisamos nos sentar e ter uma conversa séria.

Depois de pôr Julia para dormir, nós quatro nos sentamos à mesa e ficamos conversando. Eram onze da noite quando meu celular tocou. Dei uma olhada e vi que era Connor. Ainda não estava pronta para falar com ele, por isso rejeitei a chamada. Um minuto depois, o celular voltou a tocar, e era ele novamente.

— Connor, o que você quer?

— Oi, Ellery, aqui é a Sarah.

Fiquei gelada, segurando o celular no ouvido, e meu coração disparou quando pensei que ele estava com ela.

— Sei o que você deve estar pensando, mas não é o que parece. Peguei o celular de Connor para te ligar porque ele está aqui no Club S, totalmente bêbado, e você precisa vir buscá-lo.

— Mas o que é que ele está fazendo aí? — perguntei.

— Imagino que tenha vindo afogar os problemas na bebida. Olha só, vou esperar com ele até você chegar.

— Obrigada, Sarah. Estou indo para aí — disse, desligando.

Denny olhou para mim quando me levantei da cadeira.

— O que foi agora?

— Connor está bêbado no Club S, e Sarah me disse que preciso ir buscá-lo.

— Quer que eu vá lá e traga o beberrão para casa? — perguntou Denny.

— Não, eu vou. — Peguei o celular e chamei um radiotáxi. — Mason, será que podia guardar as coisas de Julia e levá-la para casa amanhã? Não quero acordá-la.

— Claro que posso — disse ele, vindo até mim. — Vai buscar o seu marido, e passa um tempinho a sós com ele. Vamos ficar bem.

Saí do táxi e parei diante do Club S, enquanto a fila de gente esperava impacientemente para entrar na boate que se tornara famosa. Fui até a frente e fiquei atrás do cordão, chamando o nome de Frankie.

— Ellery Black! Como é que vai, menina?

— Vou bem, Frankie. É bom ver você.

— O que está fazendo aqui?

— Connor está lá dentro, e uma pessoa me ligou para vir buscá-lo.

Frankie levantou o cordão.

— Pode entrar, Elle. Foi bom te ver. Se precisar de minha ajuda, é só dizer.

— Obrigada, Frankie. O prazer foi meu. — Sorri.

A música era alta, e havia gente por toda parte. Abri caminho aos empurrões pela multidão, indo até o bar. Enquanto olhava ao redor, senti alguém bater no meu ombro. Dei meia-volta e vi Sarah.

— Onde ele está? — perguntei.

— Ali — respondeu ela, apontando para uma mesa no canto.

Na mesma hora fui assaltada por lembranças da noite em que o vira pela primeira vez. Respirei fundo e fiz menção de me dirigir a ele, mas Sarah segurou meu braço.

— Não seja dura demais com ele. Está morto de arrependimento, e lamenta demais o que aconteceu.

— Ele te contou o que aconteceu?

— Não tudo, mas sei que ele fez alguma besteira. Nunca vi um amor como o que vejo quando vocês dois estão juntos. É romântico, e invejo o que vocês têm. Não achava que um amor assim existisse.

— Obrigada por tomar conta dele. Agradeço. — Sorri.

— Não por isso, Ellery — respondeu ela, afastando-se.

Fiquei olhando para Connor, a alguns metros de distância. Ele mal conseguia se sentar. Depois de uma semana separados, não era desse jeito que eu queria vê-lo. Respirei fundo mais uma vez, indo até ele, sentei e tirei o copo da sua mão.

— Ellery — disse ele, com a voz arrastada.

—Vamos, Connor. Está na hora de ir para casa — falei, ajudando-o a se levantar.

—Você vem também — disse ele, com sua dicção bêbada.

—Vou, eu vou para casa. Agora, vamos sair daqui.

Ele passou o braço pelo meu ombro e eu o apoiei, ajudando-o a chegar até a porta. Ele mal conseguia caminhar, cambaleando tanto que quase me derrubou. Chegamos à porta e saímos. O táxi estava parado no meio-fio. Abri a porta e tentei ajudá-lo a entrar.

— Entra no táxi, Connor.

Ele não quis chegar para o lado no banco, por isso fechei a porta, fui até o outro lado e dei nosso endereço ao motorista. Connor olhou para mim. Tudo que pude ver em seus olhos foi tristeza. Eu estava furiosa por ele ter ido à boate, mas esse era um assunto que discutiríamos depois.

—Você é tão linda — disse ele, passando a mão pelo meu rosto.

— E você está tão bêbado — respondi.

Ele encostou a cabeça no meu ombro, mas não parava de cair para frente. Fiz com que pusesse a cabeça no meu colo, fiquei fazendo cafuné nos seus cabelos e ele fechou os olhos. Pouco depois, paramos diante da garagem de nosso prédio.

— Precisa de ajuda para tirá-lo daí, senhora? — perguntou o motorista.

— Acho que posso fazer isso sozinha — respondi, dando-lhe uma boa gorjeta.

— Muito obrigado, senhora! — agradeceu o motorista, eufórico.

— Obrigada por sua paciência. — Sorri.

Fiz com que Connor se endireitasse no banco e lhe disse para não se mexer, enquanto eu dava a volta até o outro lado. Abri a porta, segurei seu braço e o ajudei a descer. Ele tropeçou, e tive que recorrer a todas as minhas forças para mantê-lo reto e impedir que caísse.

— Não é uma cena familiar? — perguntei a ele, levando-o para o elevador.

Encostei-o à parede, enquanto esperávamos que as portas se abrissem. Ele não tirava os olhos dos meus por um segundo.

— Estou louco para te dar uma trepada — disse.

— Hoje não, amor — respondi. As portas do elevador se abriram e ajudei-o a entrar.

Quando chegamos à cobertura, ajudei-o a sair do elevador e tentei fazer com que subisse a escada. Ele não parava de tropeçar nos degraus e cair.

— Connor, você tem que me dar uma mãozinha.

Ajudei-o a subir a escada engatinhando, já que estava bêbado demais para subir com as próprias pernas. Assim que ele chegou ao último degrau, fiz com que se levantasse e o ajudei a chegar ao nosso quarto.

— Está com vontade de vomitar? — perguntei.

— Estou — disse ele, balançando a cabeça.

— Vai depressa para o banheiro! — exclamei, empurrando-o.

Ele chegou ao banheiro bem a tempo de começar a vomitar na privada. Deixei-o lá, fui para o quarto e puxei as cobertas da cama. Quando voltei para o banheiro, ele estava deitado no chão. Balancei a cabeça, suspirando, umedeci uma toalha com água quente e a coloquei na sua testa.

— Vem, você precisa se deitar na cama — disse, fazendo com que se sentasse.

— Me perdoe por tudo, Ellery. Eu não te culparia se me deixasse e nunca mais quisesses me ver.

— Não vou te deixar, Connor. Por favor, me dá uma ajuda aqui, para poder ir para a cama. Você precisa dormir, para os efeitos da bebida passarem.

Enquanto ele estava sentado no chão do banheiro, tirei sua camisa pela cabeça, e então o ajudei a se levantar. Com minha ajuda, ele conseguiu chegar à cama, despencando de costas no colchão. Enquanto eu desabotoava sua calça e começava a puxá-la pelas pernas, ele segurou minhas mãos.

— Eu te amo tanto — disse, com sua voz arrastada.

— Eu sei, e também te amo. Agora, levanta daí e me ajuda a tirar sua calça.

Quando ele finalmente ficou só de cueca, mandei que se deitasse de lado, com a cabeça no travesseiro.

— Não se esqueça de ficar nessa posição — instruí, cobrindo-o com o lençol e secando sua testa com a toalha uma última vez antes de ele fechar os olhos.

Suspirando, levantei da cama e vesti meu pijama. Lavei o rosto, prendi o cabelo num rabo de cavalo e me deitei ao seu lado, vigiando-o para que continuasse na mesma posição.

Abri os olhos e me virei para o relógio. Já eram nove da manhã, e eu não podia acreditar que tivesse dormido até tão tarde. Virei de lado, e vi que Connor ainda dormia profundamente. Levantei, lavei o rosto, escovei os dentes e fui à cozinha para preparar uma jarra de café. Por mais que Connor detestasse o meu coquetel para a ressaca, ia precisar dele desesperadamente quando acordasse. Reuni os ingredientes e os coloquei no liquidificador. Estava enchendo uma xícara de café, quando ouvi alguém pigarrear atrás de mim. Eu me virei lentamente e olhei para Connor, que estava recostado à parede, com os braços cruzados.

— Eu não deixei as minhas regras muito claras ontem à noite? — perguntou.

Não pude deixar de sorrir, mordendo o lábio.

—Vem cá, amor — disse ele, estendendo os braços.

Fui até ele, e o abracei com todas as minhas forças.

— Me perdoe. Por favor, diga que me perdoa — implorou ele, escondendo o rosto no meu pescoço.

— Eu te perdoo, mas precisamos conversar.

— Eu sei, e vou fazer tudo para te compensar pelo que fiz. Eu te amo, e senti tantas saudades.

Desfiz nosso abraço, pondo as mãos no seu rosto.

— Eu também senti saudades — falei, beijando-o. — Vem sentar, toma um café e o coquetel para a ressaca que acabei de preparar.

—Você sabe que eu detesto esse troço, Elle.

— Sei, mas funciona, e você deve estar se sentindo péssimo.

— Estou — admitiu ele, esfregando a cabeça.

Peguei o copo com o coquetel e sentei no seu colo. Ele passou os braços por mim, e levei o copo aos seus lábios.

— Bebe. — Sorri.

Ele olhou para mim, fez uma careta e deu um gole, enquanto eu inclinava o copo. Tirou-o da minha mão e bebeu tudo o mais depressa possível, colocando o copo na bancada.

— Onde está Julia? — perguntou.

— Na casa de Mason. Ele vai guardar as coisas dela e trazê-la para cá mais tarde.

—Vamos sentar no sofá — sugeriu ele.

Sentamos no sofá, e eu me aconcheguei a ele, que me abraçou.

—Você se lembra de alguma coisa da noite passada? — perguntei.

— Não, nada. Como você soube que eu estava na boate?

— Sarah usou seu celular para me ligar.

— Ah — disse ele, desviando os olhos.

— Tudo bem, Connor. Ela ficou de olho em você até eu chegar. Sarah é uma boa pessoa. Eu a julguei mal.

— Ela é uma boa pessoa, mas não vá se tornar amiga dela.

Sorri, fazendo um carinho no seu rosto.

— Eu não faria isso.

Quando levantei a cabeça e o olhei, ele levou a boca à minha. Seu beijo foi suave e meigo. Eu sentira saudades de sua boca, de seus beijos, de tudo, e meu corpo implorava por ele. Sentei no seu colo com as pernas abertas. Seu pequeno sorriso aumentou, e ele alisou meus cabelos. Levei os lábios aos seus e o beijei com tanta paixão que meus dedos dos pés chegaram a se curvar. Depois de fazermos amor pela segunda vez,

Connor ligou para Mason e disse a ele que não trouxesse Julia para a cobertura, pois iríamos passar uma temporada na casa da praia.

— Vamos ficar na praia? Por quanto tempo? — perguntei.

— Não sei. Podemos ficar pelo tempo que você quiser.

— Mas e a Black Enterprises? Você não tem mais um vice-presidente para te ajudar.

— Meu pai vai voltar à ativa, enquanto passo algum tempo com a minha mulher e a minha filha. — Ele sorriu.

Sorri para ele, beijando-o. Não queria mais nada além de tê-lo todo para mim por um tempo.

— Obrigada.

A mão de Connor acariciou meu rosto.

— Você é a luz da minha vida e, quando está longe de mim, meu mundo é sombrio. Nunca mais vou fazer nada que ponha nosso relacionamento em risco. Eu te prometo, Ellery Black, que, de hoje em diante, nunca mais vou esconder nada de você. Dou minha palavra, amor. Prometo, vamos ser nós para sempre.

Capítulo 38

CONNOR

Era o primeiro aniversário de Julia e iríamos dar uma festa. Tínhamos passado os últimos dois meses na casa da praia. Eu trabalhava em casa, e só de vez em quando ia ao escritório. Meu pai tivera um excelente desempenho à frente da vice-presidência, mas me avisara para encontrar um substituto logo, pois não pretendia mais trabalhar. O dia inteiro foi um entra e sai de funcionários do bufê que preparavam a festa de Julia. Fazia pouco tempo que ela aprendera a andar, e dera seus primeiros passos comigo. Sua primeira palavra fora "papá", e Ellery não ficara nada satisfeita.

Dei uma olhada na casa, e havia balões pendurados por toda parte. Fui até o quarto de Julia, onde Ellery a vestia para a festa. No instante em que ela me viu, disse "papá" e sorriu. Assim que Ellery pôs seu vestido de princesa, Julia veio até mim e abraçou minhas pernas.

— Pode ficar de olho nela enquanto vou me vestir? — perguntou Ellery.

— Claro que posso — respondi, pegando Julia no colo.

Saí do quarto com ela e a levei para a sala. Ela sorriu e apontou para os balões assim que os viu.

— São para você — anunciei, dando um beijo no seu rosto.

Ela olhou para mim, e então gritou, indicando que queria um. Tirei um do arranjo e lhe dei. Ela sorriu, sua mão segurando a fita amarrada ao balão. Ela continuou balbuciando e pôs a mão na boca, olhando para o balão que segurava. Eu adorava demais a minha garotinha. Ellery era minha rainha, Julia minha princesa, e nada jamais mudaria isso.

Os convidados estavam chegando, e a festa começava. Ao todo, cem pessoas vieram comemorar conosco o primeiro aniversário de Julia. Foi um dia de diversão, alegria e horas felizes passadas com a família e os amigos. Ellery chegou ao extremo de convidar Sarah. Ela veio com o namorado, e os dois pareciam muito felizes. Cassidy e Ben ainda estavam juntos, e ele me confidenciara que pretendia pedir Cassidy em casamento. Denny se submetera a um tratamento de quimioterapia agressivo durante um mês, e agora estava em remissão e passando bem.

Julia estava exausta quando a festa acabou, e começando a ficar mal-humorada. Depois que o último convidado se foi, Ellery e eu a levamos para tomar banho. Quando o banho terminou, Ellery vestiu o pijama de Julia, beijamos seu rosto e então Ellery a colocou no berço. Estendi a mão para Ellery, que a segurou, enquanto saíamos do quarto de Julia, fechando a porta. Ficamos parados diante dela por um momento, para ver se Julia não iria chorar. A equipe do bufê e a da faxina limpavam a casa, por isso levei Ellery para a praia.

— Foi uma festa maravilhosa — comentei, enquanto nos sentávamos na areia.

— Obrigada, querido. Foi mesmo, não foi? — Ela sorriu.

Levei sua mão aos lábios, beijando-a, e ficamos olhando o mar.

— Agora que estamos a sós, preciso contar uma coisa a você — disse Ellery.

— O que é, querida? — perguntei, olhando para ela.

Ellery se virou para mim, segurando minhas mãos e, com um grande sorriso, pousou-as na barriga.

—Vamos ter outro filho!

Fiquei olhando para ela, chocado.

— O quê? Tem certeza? Quando você descobriu?

— Hoje de manhã. Queria te contar logo, mas, com aquele entra e sai de gente, os preparativos para a festa e depois os convidados chegando, achei que seria melhor esperar até ficarmos a sós.

A alegria que senti foi incrível. Fiquei tão eufórico por Ellery estar grávida novamente, que tive vontade de gritar isso para o mundo inteiro ouvir. Segurei seu rosto entre as mãos, beijando seus lábios.

— Estou extremamente feliz. Diga que está feliz, amor.

— Estou muito feliz. Talvez agora seja um menino. — Ela sorriu, esfregando a barriga.

— É um menino. Tia Sadie já disse, lembra?

Rimos e trocamos um abraço apertado. Levantei e estendi a mão. Ellery pôs a mão na minha e eu a levei para casa, onde seguimos direto ao nosso quarto para comemorar a notícia.

Os oito meses seguintes passaram muito depressa. Parecia ter sido na véspera que Ellery me contara que estava grávida. Sua cesariana estava marcada para a manhã seguinte. Descobríramos pela ultrassonografia que teríamos um garotinho. Eu estava eufórico com a notícia de que teríamos um filho para carregar o nome Black e, se Deus quisesse, assumir um dia a Black Enterprises. Julia estava crescendo depressa e se tornando, como Mason gostava de chamá-la, uma diva. Mas ainda era minha princesinha, e fazia gato e sapato de mim.

Depois de pôr Julia no berço, entrei no nosso quarto, onde Ellery estava sentada, desenhando num bloco. A empresa de Chicago estava finalmente funcionando, e a galeria de arte ia muito bem. Tirei a camisa e a calça, vesti uma calça de pijama, peguei o notebook e sentei na cama ao lado de Ellery, dando um beijo no seu rosto. Ela se virou para mim, sorrindo.

— Preciso conversar com você.

— Sobre o que, amor? — perguntei, abrindo o notebook.

— Sei que já discutimos alguns nomes de meninos, mas já escolhi um para o nosso filho.

— É mesmo? Você escolheu um nome sem me consultar?

— Escolhi. Isso te surpreende tanto assim? — Ela sorriu.

— Não, nem um pouco. Que nome você escolheu?

— Quero que nosso filho se chame Collin, em homenagem ao seu irmão gêmeo.

Pousei a mão na sua barriga volumosa, sorrindo para ela.

— Eu adoraria chamar meu filho de Collin. Obrigado, querida — agradeci, dando um beijo nela.

— Ótimo, fico feliz que tenha concordado. Eu não sabia se você ia gostar ou não.

— Collin se sentiria honrado de ter um sobrinho com seu nome.

Ellery sorriu e voltou a desenhar no bloco. Respondi alguns e-mails e li um ou outro artigo.

— A propósito, como Ben está passando? — perguntou ela.

— Ben está ótimo. Ele já se instalou no escritório, e está ralando em vários processos.

— Acho ótimo você tê-lo contratado, e tenho certeza de que Cassidy ficou feliz.

— Ele é um excelente advogado. Vai se casar com a minha irmã, e participar de todas as reuniões familiares. Como eu podia não contratá-lo? — Pisquei.

— E pensar que amanhã, a esta hora, vamos ter nosso segundo filho. Nunca pensei que teria um filho, que dirá dois — disse Ellery.

— Nem eu, amor. Nunca vi filhos no meu futuro, até conhecer você. — Sorri, olhando para ela. Estava parecendo muito cansada. Afastei uma mecha de seus cabelos para trás da orelha e passei as costas da mão pelo seu rosto. — Por que não guarda seu bloco e dorme um pouco? Você está parecendo cansada.

— E estou. Foi um longo dia — respondeu ela, fechando o bloco e pondo-o na mesa de cabeceira. Inclinou-se e deu um beijo nos meus lábios. — Te amo.

— Também te amo. — Sorri.

Nem cinco minutos se passaram, e Ellery já estava no oitavo sono. Senti sede, por isso me levantei e desci à cozinha para beber água. Entrei no quarto vago que tínhamos decorado para nosso filho. Acendi a luz e dei uma olhada. As paredes pintadas de azul-esverdeado com peixes, corais e algas coloridas davam ao observador a impressão de estar no fundo do mar. As tartarugas que Ellery pintara na parede tinham ficado incríveis, e também as estrelas no teto. Ela passara três meses trabalhando no teto, e dera os últimos retoques no dia anterior.

Sorri ao pensar que, no dia seguinte, eu teria um filho, e finalmente seríamos uma família de quatro pessoas.

Capítulo 39

ELLERY

Seis anos depois...

Levamos as crianças para jantar antes de irmos à FAO Schwarz. Faltavam três semanas para o Natal, e elas estavam loucas para ver Papai Noel. Sentados a uma mesa no restaurante, esperávamos nossa comida. Julia sentava-se ao lado de Connor e Collin ao meu lado, ambos colorindo desenhos. Julia não parava de olhar para um grupo de mulheres à mesa ao lado, que encaravam Connor. Notei que Julia as observava, mas não fiz comentários. A garçonete se aproximou e colocou os pratos à nossa frente.

— Julia, come seus palitinhos de frango — disse Connor.

— Já vou comer, papai, não se preocupe — respondeu ela, ainda olhando para a mesa ao lado.

Eu sabia que aquelas mulheres estavam paquerando meu marido e, depois de todos esses anos, ainda ficava irritada com isso. Mas aprendera a me controlar, e já não fazia Connor passar por tantos vexames como no passado. De repente, sem o menor aviso, Julia olhou para Connor.

— Papai, aquelas mulheres não param de olhar para você e isso é falta de educação.

Quase engasguei com a minha salada, começando a rir. Connor fixou os olhos arregalados em mim.

— Eu sei, Julia. Não se preocupe com isso. Termina de jantar — disse ele.

— Mamãe, por que elas não param de olhar para cá?

— Elas não param de olhar porque acham o seu pai muito bonito. Agora, termina de jantar, para podermos ir ver Papai Noel.

Julia sorriu, comendo seu frango. Collin estava se comportando direitinho, batendo o prato todo, eufórico por ir à loja de brinquedos. Depois que terminamos de jantar, a garçonete trouxe a conta e Connor a pagou. Ao sairmos do reservado, segurei a mão de Collin, e Connor a de Julia. Quando estávamos de saída, fiquei paralisada ao ouvir Julia perguntar às mulheres da mesa ao lado:

— Ninguém ensinou a vocês que ficar olhando para as pessoas é falta de educação?

Ouvi Connor se desculpando com elas e sorri, continuando a andar. Quando saímos do restaurante, Connor parou, olhando para mim.

— Você ouviu o que a nossa filha disse lá dentro?

— Ouvi — respondi, aos risos.

— Não tem a menor graça, Ellery. Ela me matou de vergonha. Agora vou ter que me preocupar com ela também?

Dei um beijo nos lábios de Connor.

— É, acho que sim — respondi, dando um tapinha no seu peito.

— Não vai dizer nada a ela? — sussurrou ele.

— Por que não diz você? — perguntei.

Quando estávamos andando pela rua em direção à FAO Schwarz, Connor parou e se curvou à altura dos olhos de Julia.

— Julia, o que você fez no restaurante envergonhou o papai, e não quero que faça isso de novo. Combinado?

— Mas por que, papai? Mamãe e tia Peyton falam coisas para as pessoas o tempo todo quando elas fazem alguma coisa mal-educada.

Connor me lançou um olhar, e não pude deixar de rir. Ele se endireitou, segurou a mão dela e resmungou para mim:

— Que ótimo, ela é igual a você.

— Ah, mas você adora. Ela está protegendo o paizinho dela. — Sorri, dando o braço a ele.

Passamos pelas portas da FAO Schwarz, e as crianças se sentiram no paraíso. A primeira coisa que fizemos foi entrar na fila para ver Papai Noel. Não estava muito comprida, e os enfeites natalinos e bonecos animados mantiveram as crianças ocupadas. Connor passou o braço pela minha cintura, dando um beijo na minha testa. Sorri, encostando a cabeça no seu ombro. Julia e Collin se davam muito bem. Ela era protetora com o irmão e sempre o defendia, até de nós. Finalmente chegou nossa vez, e as crianças foram se sentar no colo de Papai Noel.

— O que quer de Natal? — perguntou ele a Collin.

— Quero uma bicicleta e um trenzinho — respondeu ele.

— E você, menina bonita? — perguntou Papai Noel a Julia.

— Quero um cavalete e um monte de tintas para pintar quadros lindos que nem a minha mãe. Ah, e quero Barbies novas e um bebê, mas tem que ser aquele que vem com um peniquinho, fraldas, mamadeira e roupinhas fofas. Quero um monte de joias para brilhar que nem uma princesa. Quero uma casinha que eu vi muito legal que tem quatro andares e vem com toda a mobília e uma família de quatro bonecos.

— Nossa, você quer muitas coisas — disse Papai Noel.

— É claro que quero, Papai Noel. É Natal, e meu pai falou que eu posso ter tudo que eu quero. Daí eu quero tudo isso. — Julia sorriu, saindo do colo dele. Deu alguns passos, mas então parou e se virou. — Ah, Papai Noel, e eu também quero um iPad. O modelo de 128GB, branco, com a capa da Hello Kitty.

Olhei para Connor.

— Que foi? — perguntou ele.

— E você ainda me culpa — respondi.

Ele riu, e fomos até as crianças, dando a mão a elas.

— Sua lista de presentes está comprida demais, Julia — disse Connor.

— Não está não, papai. Tem mais. Vou te dar a lista de Natal completa quando a gente chegar em casa. Estou anotando coisas novas há meses.

Connor balançou a cabeça, olhando para mim. Pensei com meus botões que precisava ter uma conversinha com Julia sobre o verdadeiro espírito do Natal. Quando chegamos ao piano gigante, Collin e Julia correram para ele a toda a velocidade. O piano era sua parte favorita da loja. Connor e eu ficamos a distância, vendo nossos dois lindos filhos tocarem o piano.

— Olhando para os dois assim eu me sinto como se estivesse vendo a mim e a Cassidy — disse Connor.

— É incrível como o tempo voa.

— Eu comprei um — disse Connor, olhando para mim.

— Comprou o quê? — perguntei.

— O piano de chão. Para dar no Natal a eles. Desse jeito podemos tocar juntos, como uma família. — Ele sorriu.

Fiquei olhando para ele, balançando a cabeça.

— Que foi? — perguntou Connor.

— Eu também comprei um.

Connor me puxou para si, dando um beijo na minha testa.

— Mentes brilhantes pensam igual, amor. Não tem problema. Vamos pôr um na cobertura e o outro na casa da praia.

O Natal chegou, passou e, de repente, o verão já tinha chegado e as crianças estavam de férias. Passamos a maior parte do tempo na casa da praia. Eu estava sentada na areia, com os braços em volta das pernas, quando Julia se aproximou.

— Mamãe, papai está sendo muito cruel e não quer me deixar tomar sorvete.

— Vamos jantar daqui a pouco, por isso concordo com seu pai. Nada de sorvete até depois do jantar. — Sorri, dando um piparote no seu nariz.

— Por que está sentada aqui desse jeito? Você está triste?

— Estava só pensando na minha mãe, e como passávamos horas na praia.

— Ela morreu, não foi?

— Foi, Julia. Ela morreu quando eu era pequena.

— Sinto muito, mamãe — disse ela, passando o bracinho pelo meu ombro. — Que bom que você não morreu.

— Também acho — disse uma voz atrás de mim.

Julia se levantou e olhou para Connor, pondo as mãos nos quadris.

— Estou de mal com você — disse ela, afastando-se a passos duros.

Caí na risada, e Connor suspirou, sentando-se ao meu lado.

— Por favor, me diga que isso melhora — pediu.

— Lamento pela má notícia, mas daqui em diante só vai piorar.

— Que ótimo — disse ele, me abraçando.

Pouco depois, Collin e Julia correram até onde Connor e eu nos sentávamos. Julia foi até Connor, jogou areia nas suas costas e saiu correndo.

— Julia Rose Black, volte aqui!

— Desculpe, papai, mas, se quer que eu volte, vai ter que me pegar. — Deu uma risadinha.

Connor olhou para mim com um largo sorriso, e correu atrás de Julia. Collin sentou ao meu lado, abrindo a mão.

— Olha só o que eu achei.

Na palma de sua mão, exibia um lindo seixo rosado.

— É para você, mamãe, porque é bonita que nem você.

Peguei-a de sua mão, dando um abraço nele.

— Você é o meu doce filhinho, e eu te amo, Collin.

— Também te amo, mamãe.

Connor alcançou Julia e a trouxe de cabeça para baixo até o ponto onde nos sentávamos. Julia estava aos risos, implorando a ele que a pusesse no chão. Connor fez o que ela pedia, dando um beijo no seu rosto.

— Olhem, o sol já vai se pôr — falei, apontando para as águas do mar.

Collin já sentado no meu colo, Connor pôs Julia no dele, passando o braço pelo meu ombro, e ficamos assistindo ao pôr do sol sobre as águas do mar como uma família.

Epílogo

CONNOR

— *Nossa, você está linda* — falei, entrando no quarto.
— Oi, pai. — Julia sorriu, virando-se e olhando para mim.
Respirei fundo, balançando a cabeça.
—Você está tão linda, Julia. Está parecendo sua mãe no dia do nosso casamento. Como o tempo pôde passar tão depressa? Minha princesinha já é uma mulher feita e vai se casar — falei, meus olhos se enchendo de lágrimas.
— Pai, não chora. Você vai me fazer borrar o rímel, e o tio Mason vai te matar.
— Tem razão, e não podemos deixar isso acontecer. — Sorri.
— Mal posso acreditar que vou me casar. Passamos um ano planejando o casamento, e o tempo voou.
—A vida passa muito depressa. Há apenas vinte e três anos, eu estava carregando você no colo pela primeira vez. E agora, quando eu menos esperar, você vai me fazer avô.
— Não tão cedo, pai. — Ela riu.
Respirei fundo, segurando suas mãos.

— Acho que agora é um bom momento para ter uma conversinha com você.

— Pai, se vai me fazer chorar, por favor, vamos deixar isso para depois do casamento.

— Você é a minha garotinha e sempre vai ser. Não importa a idade que tenha, sempre vai ser o meu anjo. Hoje, vou dar você em casamento ao seu marido, e por mais que goste de Jake, ainda assim é difícil. Sua mãe trouxe luz ao meu mundo sombrio e, no dia em que você nasceu, ele ficou ainda mais luminoso. Quero que saiba disso.

— Papai — disse Julia, pondo a mão no meu peito. — Você foi o melhor pai que qualquer mulher poderia querer. Você me deu tudo de que eu precisava para me sentir confortável, você me amou até quando não mereci, e me ensinou tudo sobre a vida. Você e mamãe me deram a melhor infância que eu poderia pedir, e me mostraram o significado do amor. O amor que vocês sentem um pelo outro e dão às pessoas é incrível e, graças a vocês, descobri esse amor com Jake.

— Eu sei que descobriu, e também sei o quanto ele te ama. Posso ver isso quando ele olha para você, e tenho orgulho de chamá-lo de genro.

— Ele me contou que você disse isso a ele. — Julia sorriu.

— Contou?

— Contou, depois que você o levou para jantar ontem à noite, para ter sua conversinha.

Eu estava sorrindo para minha garotinha quando a porta se abriu e Ellery entrou.

— Por favor, me diga que seu pai não está te fazendo chorar.

— Não, estamos só tendo uma conversa de pai para filha — falei.

— Que acabou em lágrimas — disse Ellery, olhando para Julia.

Julia riu e se virou, olhando-se no espelho. Collin entrou e disse que precisava de ajuda com o smoking. Quando eu já estava de saída, Julia me chamou.

— Te amo, pai. — Sorriu.

— Também te amo, filha. — Retribuí seu sorriso, saindo do quarto.

Depois de ajudar Collin a pôr as abotoaduras, entrei no quarto e sentei na cama. Alguns momentos depois, Ellery entrou.

—Você está bem, Connor?

— Estou ótimo — respondi, levantando e indo ajeitar a gravata-borboleta diante do espelho.

—Você está achando muito difícil aceitar que Julia vai se casar, não está?

— Só um pouco, e não é que não esteja feliz por ela, porque estou. Amo Jake como a um filho e sei que ele vai cuidar bem dela, mas é difícil vê-la ir embora. Parece que foi ontem que ela estava sentada no chão, rodeada por seus brinquedos.

Ellery me abraçou com força.

— Eu sei que é difícil, querido. Mas você está agindo como se nunca mais fosse vê-la. Você comprou dois apartamentos no andar de baixo e mandou convertê-los em um só, e ela trabalha na Black Enterprises. Você vai vê-la todos os dias.

Ela tinha razão. Eu a veria todos os dias. Desfiz nosso abraço e olhei para minha linda esposa.

— Já te disse hoje que você está simplesmente linda? — Sorri.

— Já, mas não vou me queixar se quiser dizer de novo.

Coloquei as mãos nos seus quadris e me inclinei até meus lábios roçarem seu pescoço exposto.

—Você está linda e elegante, e quero fazer coisas muito safadas com você — sussurrei.

Ellery soltou uma exclamação, inclinando a cabeça para me dar melhor acesso.

— Por mais que eu queira que você faça coisas safadas comigo, temos que ir andando. As limusines estão esperando por nós.

Dei uma olhada no relógio e vi que ela tinha razão. Estava na hora de levar a nossa noivinha para o seu marido.

O casamento seria nos jardins do Conservatório, no Central Park, o mesmo local onde Ellery e eu tínhamos nos casado. Não poupei despesas para esse casamento, que se tornara o acontecimento do ano. Não podíamos ter desejado um dia mais perfeito. Não havia uma nuvem no céu, e o sol brilhava com força. Quando as limusines chegaram aos Vanderbilt

Gates, Ellery deu um beijo no meu rosto e disse que me veria em breve. Olhei pela janela para os convidados que já estavam sentados, esperando que a cerimônia começasse.

— Está pronta, querida? — perguntei a Julia, que se sentava à minha frente.

— Prontíssima, pai. — Ela sorriu.

O motorista abriu a porta. Saí da limusine e estendi a mão, ajudando Julia a descer. Levei-a até a entrada dos portões, e paramos diante da passadeira branca.

— Acho bom não chorar — disse Julia, olhando para mim.

— Acho bom *você* não chorar. — Sorri.

— Mamãe vai chorar, como você sabe.

— Eu sei que vai. Ela estava tentando ser forte naquela hora, mas, quando te vir atravessando o corredor, não vai resistir.

— Eu a peguei chorando hoje de manhã, mas ela não sabe que a vi, por isso, por favor, não conte para ela.

A orquestra começou a tocar a "Marcha Nupcial", e essa foi nossa deixa para atravessarmos o corredor.

— Lá vamos nós. Tem certeza de que quer levar isso em frente? — perguntei.

— Pai, para com isso. É claro que quero.

De braços dados com Julia, conduzi minha filhinha pelo corredor. Jake sorria de orelha a orelha. Olhei para Ellery, e vi uma lágrima escorrer de seu olho. Quando chegamos ao fim do corredor, pousei a mão de Julia sobre a de Jake, dei um beijo no rosto dela e sequei a lágrima que escorreu de seu olho. Sentei ao lado de Ellery e segurei sua mão. Ela se esforçava ao máximo para conter as lágrimas que ameaçavam escorrer. Eu me inclinei para ela, sussurrando:

— Lembre-se da sua maquiagem. Temos que tirar retratos depois da cerimônia.

A recepção foi no Waldorf Astoria Hotel, o mesmo lugar onde Ellery e eu déramos a nossa. Chegamos antes de Julia, Jake e dos padrinhos. Peyton e Henry chegaram alguns momentos depois de nós.

— Elle, a cerimônia foi fantástica! — disse Peyton.

— Não foi? E pensar que, dentro de alguns anos, podemos estar fazendo uma igual para Collin e Hailey.

Olhei para Henry, pondo a mão no seu ombro.

— Ótimo, e aí vai ser a sua vez de pagar por um casamento desses.

Henry riu antes de se dirigir ao bar para pegar uma bebida. Fui até a mesa onde se sentavam Denny e Dana. Os dois estavam com problemas de saúde, mas não podiam perder o casamento de Julia por nada no mundo. Ellery conversava com Cassidy quando me aproximei para avisar que Julia e Jake tinham chegado. A orquestra apresentou os recém-casados, e depois os pais e padrinhos.

Depois de um jantar excepcional, chegou a hora da dança da noiva. Jake segurou a mão de Julia e a levou para a pista de dança. Dava para ver o quanto ele a amava. Ele me lembrava de mim mesmo. Havíamos tido problemas com Julia por causa de alguns de seus namorados, e Ellery e eu ficáramos aliviados quando ela conhecera Jake. Ellery se levantou à minha frente e eu a abracei, enquanto víamos nossa filha e nosso genro dançarem pela primeira vez como marido e mulher.

— Lembra quando dançamos no nosso casamento? — perguntou Ellery.

— Claro que lembro. Como poderia me esquecer? Eu escolhi a música perfeita.

— É verdade, foi mesmo perfeita. Julia e Jake me lembram de nós.

A música terminou, e começou a música das famílias dos noivos. Assim que a orquestra apresentou Collin e Hailey, todos deram vivas.

— Acha que eles vão se casar? — perguntei a Ellery.

— Acho. Eu sei que ele a ama muito, e não ficaria surpresa se lhe desse um anel no seu aniversário daqui a alguns meses.

— Pobres crianças. Eles estão fritos com você e Peyton.

Ellery riu, dando um tapa no meu traseiro.

— Toma cuidado, amor. Você está me deixando duro — avisei.

A orquestra chamou meu nome e me pediu para ir à pista de dança, pois chegara a hora de a noiva dançar com o pai. Sorri, indo até Julia e segurando sua mão. Ao ouvir os primeiros acordes da música, comecei a ficar meio sentimental.

— Como vai, Sra. Jensen? — perguntei a ela.

—Vou muito bem, pai, e você?

— Estou bem. — Sorri.

— Sei que já disse isso mil vezes, mas obrigada pela lua de mel. — Ela sorriu.

— Não por isso, querida. Eu mencionei que sua mãe e eu também vamos?

— Pai! — Julia deu uma risadinha.

— Divirta-se, mas se prepare para trabalhar em dobro no escritório quando voltar. — Pisquei.

— Sua dança com mamãe é a próxima.

—Você não contou a ela que eu escolhi a música, contou?

— Não. Queria que ela tivesse uma surpresa. É uma música tão linda, pai. Você é muito romântico.

Nossa música terminou, e dei um abraço em Julia antes de segurar a mão de minha linda esposa, que entrava na pista de dança.

— Gostaria de lhes apresentar os pais da noiva, o Sr. e a Sra. Connor Black, dançando ao som de "Close Your Eyes", escolhida especialmente pelo Sr. Black e dedicada à Sra. Black — anunciou o cantor da orquestra.

Ellery pôs a mão na minha, seus olhos se enchendo de lágrimas ao ouvir a música que estava sendo cantada para ela.

— Quero que preste atenção a cada palavra, porque essa música diz exatamente o que sinto por você, Ellery. Você é o amor da minha vida, a luz do meu mundo e minha salvadora. Você vai ser tudo isso para mim para sempre — disse, beijando seus lábios. — Não chore. Vai borrar o rímel, e temos mais um retrato para tirar.

— Eu te amo, Connor. Mesmo depois de todos esses anos, você ainda faz meu coração bater mais depressa, e me deixa totalmente molhada — Ellery sussurrou no meu ouvido, sorrindo.

Quando disse isso, não pude deixar de soltar um gemido baixo.

— Espere até eu te levar para o quarto mais tarde, Sra. Black. Prepare-se para passar a noite inteira acordada.

— Estou contando com isso, Sr. Black. — Ela sorriu de orelha a orelha.

Nossa dança terminou, e o resto da noite correu à perfeição. Chegou a hora de Julia e Jake irem embora, porque meu jatinho esperava para levá-los à Europa, onde passariam a lua de mel. Diante do Waldorf Astoria, Ellery, Julia, Collin e eu posamos para uma última foto antes de Julia e Jake entrarem na limusine e acenarem para nós.

No dia seguinte, Ellery e eu fomos para a casa da praia. Parei na orla, olhando para as lindas águas do oceano, e refleti sobre minha vida. Eu era apenas um homem arruinado, e Ellery uma mulher sofrendo de uma doença. O amor nos encontrara e salvara, e tínhamos criado uma linda família em função disso. Enquanto eu estava profundamente pensativo, Ellery se aproximou e passou os braços pelo meu pescoço.

— O que está fazendo aqui fora? — perguntou.

— Estava só pensando na nossa vida a dois e no quanto estou orgulhoso de nós e de nossos filhos.

Ela sorriu, pondo a mão no meu peito.

— Passamos por muita coisa ao longo dos anos, mas triunfamos, e vamos continuar a triunfar. Sabe por quê? — perguntou ela.

— Por quê?

— Porque o infinito é para sempre, e é isso que o senhor é para mim, Sr. Black: o meu infinito.

Eu me virei para ela, sorrindo, e passei o dedo pelos seus lábios antes de roçar os meus neles.

— Nós para sempre, amor. Vamos ser nós para sempre.

FIM

Playlist de *Nós para sempre*

This Woman's Work — Kate Bush
Little Wonders — Rob Thomas
Demons — Imagine Dragons
I Loved Her First — Heartland
It Won't Be Like This For Long — Darius Rucker
Close Your Eyes — Michael Buble
Butterfly Kisses — Bob Carlisle
Kryptonite — Three Doors Down
Crush — Dave Matthews Band
Hot — Avril Lavigne
Where We Came From — Phillip Phillips

Sobre a Autora

Sandi Lynn é uma autora de best-sellers do *New York Times* e do *USA Today* que passa seus dias escrevendo. Publicou o primeiro romance, *Black para sempre*, em fevereiro de 2013 e, no fim do ano, já tinha um total de cinco livros publicados. É viciada em shopping centers, romances de amor, café, chocolate, margaritas e em proporcionar aos leitores uma fuga para outro mundo.

Por favor, entre em contato com ela em:

facebook.com/Sandi.Lynn.Author
twitter.com/SandilynnWriter
authorsandilynn.com
pinterest.com/sandilynnWriter
instagram.com/sandilynnauthor
goodreads.com/author/show/6089757.Sandi_Lynn

Um Enorme Agradecimento

Quero oferecer um ENORME agradecimento a todos os leitores e fãs que me deram a coragem e a força para continuar escrevendo. Os comentários e palavras generosas que vocês postam na minha fanpage e no Twitter significam tudo para mim. Minha jornada como nova autora tem sido fantástica e devo agradecer a cada um de vocês por isso. Ela tem sido cheia de alegria, lágrimas e trabalho duro, mas, acima de tudo, de grandes amizades que se formaram, não apenas com autores e blogueiros maravilhosos, mas também com meus leitores. Eu jamais teria chegado até aqui sem vocês! Vocês são minha inspiração e agradeço do fundo do coração a todos! Espero ter uma chance de conhecê-los algum dia!

xoxo
Sandi Lynn

Papel: Offset 75g
Tipo: Bembo
www.editoravalentina.com.br